AF276092

Casi una novela

Biografía

Megan Maxwell es una reconocida y prolífica escritora del género romántico que vive en un precioso pueblecito de Madrid. De madre española y padre americano, ha publicado más de cincuenta novelas, además de cuentos y relatos en antologías colectivas. En 2010 fue ganadora del Premio Internacional de Novela Romántica Villa de Seseña, en 2010, 2011, 2012 y 2013 recibió el Premio Dama de Clubromantica.com. En 2013 recibió también el AURA, galardón que otorga el Encuentro Yo Leo RA (Romántica Adulta), y en 2017 resultó ganadora del Premio Letras del Mediterráneo en el apartado de novela romántica. *Pídeme lo que quieras*, su debut en el género erótico, fue premiada con las Tres Plumas a la mejor novela erótica que otorga el Premio Pasión por la Novela Romántica.

Encontrarás más información sobre la autora y su obra en:

🌐 https://megan-maxwell.com

f @Megan Maxwell

📷 @megan__maxwell

𝕏 @MeganMaxwell

Megan Maxwell
Casi una novela

Esencia/Planeta

PEFC Certificado

Este libro procede de
bosques gestionados
de forma sostenible

PEFC/14-38-00305   www.pefc.es

La lectura abre horizontes, iguala oportunidades y construye una sociedad mejor.
La propiedad intelectual es clave en la creación de contenidos culturales porque
sostiene el ecosistema de quienes escriben y de nuestras librerías.
Al comprar este libro estarás contribuyendo a mantener dicho ecosistema vivo y
en crecimiento.
En **Grupo Planeta** agradecemos que nos ayudes a apoyar así la autonomía creativa
de autoras y autores para que puedan seguir desempeñando su labor.
Dirígete a CEDRO (Centro Español de Derechos Reprográficos) si necesitas fotocopiar
o escanear algún fragmento de esta obra. Puedes contactar con CEDRO a través de la
web www.conlicencia.com o por teléfono en el 91 702 19 70 / 93 272 04 47
Queda expresamente prohibida la utilización o reproducción de este libro o de cualquiera
de sus partes con el propósito de entrenar o alimentar sistemas o tecnologías de
inteligencia artificial.

© Megan Maxwell, 2013
© Editorial Planeta, S. A., 2016, 2022
   Avda. Diagonal, 662-664, 08034 Barcelona (España)
   www.esenciaeditorial.com
   www.planetadelibros.com

Diseño de la cubierta: Booket / Área Editorial Grupo Planeta
Imagen de la cubierta: Shutterstock
Primera edición en Colección Booket: enero de 2022
Primera edición en esta presentación: enero de 2025

Depósito legal: B. 20.169-2024
ISBN: 978-84-08-29764-2
Impresión y encuadernación: CPI Black Print
Printed in Spain - Impreso en Italia

Para Santi, mi amor; mi amigo,
mi marido y mi motero preferido.
Te quiero

Capítulo 1

—Por fin es viernes —susurró Rebeca al salir de la oficina.

El trabajo algunos días era agobiante. Y aquél había sido uno de esos días. Con prisa, anduvo hacia su coche. Lo abrió, metió su bolso y, cuando iba a cerrar, observó que debajo del coche de al lado había una caja de pizza que se movía. Cerró la puerta rápidamente.

«Será una rata», pensó horrorizada.

Pero, al encender el motor, volvió a mirar y vio cómo asomaba una pequeña cara peluda y blanquecina por el extremo de la caja. Era un perrillo. Sin poder resistirse apagó el motor, bajó del coche y abrió la tapa de la caja de pizza.

—Venga, pequeño, sal de ahí —murmuró sonriendo—. ¿Dónde están tus dueños?

Miró a ambos lados del parking. No había nadie. Estaba sola.

Con dulzura miró al pequeño animal peludo.

—Tienes hambre, ¿verdad? —El cachorro pareció entenderla y ladró—. Oh, Dios... pero si eres una monada.

Divertida, lo cogió con una mano y se lo acercó a la cara. Era menudo y sus ojos tristones la dejaron sin habla. La noche se acercaba y le daba pena dejarlo allí solo. Pero no podía tener un perro en casa. En su vida y con el trabajo que tenía, no había cabida para un animal. Lo dejó en el suelo apenada.

—Lo siento. No me puedo hacer cargo de ti.

Abrió la puerta de su coche y, cuando fue a meter los pies, el cachorro intentó subirse, pero ella no lo dejó.

—Ni un paso más, amiguito. No puedo quedarme contigo. Fin de la discusión.

Arrancó mientras éste se quedaba sentado sobre su regordete trasero. Rebeca lo miró y se agobió. No podía dejarlo allí. Era un cachorro. Un bebé. Al final, abrió de nuevo la puerta, bajó del coche, lo cogió y, tras resoplar, murmuró:

—Vale. Te llevo a casa. Pero sólo será una noche. Llamaré mañana a la protectora de animales y ellos te buscarán un hogar.

Durante el camino a casa, el cachorro de color canela y blanco se enroscó y se durmió en el asiento del copiloto junto al bolso. Rebeca, enternecida, lo miraba mientras pensaba en lo divertido que sería quedarse con él. Pero acto seguido se reprendió. No podía, o más bien no debía hacerse cargo de un animal. Ella casi nunca estaba en casa. Quedárselo sería cargar a Ángela, una encantadora toledana que acudía a limpiar lo poco que ella ensuciaba. La conocía desde que era pequeña y ésta siempre la reprendía por lo poco que comía y lo sola que estaba.

Una vez hubo aparcado en su casa, cogió al animalillo con mimo y entró con él en el salón.

—Bueno, precioso, te daré de comer algo más digestivo que un trozo de pizza.

Al entrar en la cocina, Rebeca lo soltó y lo primero que hizo el perrito fue estrenar la cocina.

—Oh... no... oh... no —se quejó Rebeca mientras se apresuraba a ir a buscar la fregona—. Mal empezamos.

Pero el cachorro parecía contento, y comenzó a correr y a ladrar. Rebeca sonrió al tiempo que se dirigía al frigorífico, sacaba un cartón de leche y buscaba un cuenco y galletas. Cuando apareció con aquello, el perrillo se abalanzó con apetito voraz. Mientras lo veía rebozarse en la leche y las galletas, Rebeca llamó a información. Necesitaba el teléfono del servicio de recogida de animales.

Marcó el número que le habían dado y un contestador automático le indicó que el horario de recogida era de lunes a viernes. Debía dejar la dirección de recogida, la raza del animal, el teléfono y el nombre de la persona por la que debían preguntar. Durante unos instantes dudó. ¡Era tan bonito! Pero tras ver que éste volvía a mearse en la tarima no lo dudó y dio sus datos.

—¿Y qué hago yo contigo el fin de semana? —preguntó mirando al animal.

Una vez hubo cenado, decidió repasar unas estadísticas que se había llevado de la oficina. Siempre estaba trabajando.

—Bueno, hay que ponerse a trabajar—dijo mientras observaba al cachorro enroscado sobre la alfombra.

A las nueve de la noche se puso a repasar unas estadísticas anuales de la empresa, y a las doce decidió irse a dormir. Desperezándose, se levantó de la silla, apagó el portátil y, cuando comenzó a subir la escalera, oyó unos pasitos rápidos tras ella. Al volverse vio al cachorro. La miraba con sus bonitos ojazos mientras movía el rabito.

—De acuerdo... subirás conmigo a dormir. Y, por favor, ¡no te mees otra vez! ¿Vale?

Pero fue dejarlo en el suelo de la planta de arriba y el cachorro volvió a hacerlo. Rebeca resopló, lo limpió todo, colocó una pequeña manta en el suelo y murmuró:

—Te prohíbo terminantemente que duermas en mi cama, ¿me has oído?

El cachorro hizo un sonido que la hizo sonreír. Diez minutos después Rebeca cogió al animal del suelo, lo subió a su cama y por fin se quedaron profundamente dormidos.

Capítulo 2

El fin de semana con aquel cachorro fue sensacional. Diferente. Rebeca se divirtió de lo lindo, aunque cada dos por tres tenía la fregona en las manos. El sábado, después de comer, se quedó mirando con fijeza al perro. Si debía pasar el fin de semana con ella, lo mejor que podía hacer era bañarlo, no fuera a pegarle algo. En el baño descubrió que era una perrita. Una hembra. Había quedado limpia y reluciente y era toda una preciosidad. Pero se negó a ponerle nombre. «Si le pongo nombre me encariñaré más con ella», pensó. Por ello se dedicó a llamarla simplemente perro.

Pasado el fin de semana, el lunes por la mañana esperó la llegada de Ángela para indicarle que los de la protectora acudirían a recoger al animal.

—¡Bendito sea el Señor!... Pero qué cosa más simpática —exclamó Ángela aplaudiendo, nada más entrar y ver a la perrita—. Ya era hora de que tuvieras alguna compañía en esta casa. Ven aquí, precioso —dijo mientras se agachaba para tocarla.

—Ángela... —aclaró Rebeca mientras se tomaba su bol de cereales—, no me la voy a quedar. Me la encontré el viernes, pero hoy vienen los de la protectora a llevársela. Le buscarán un hogar.

La mujer, al escucharla, la miró con sus azulados ojos y, frunciendo el ceño, gruñó:

—Pero Rebeca, ¿cómo puedes negarte a tener esta preciosidad? Yo te ayudaré, reina. Estaré con él durante el día, y a partir de las seis de la tarde, te ocupas tú.

La joven suspiró. Conocía a Ángela y sabía que pronto se enfadaría. Contestó a la defensiva:

—Claro, ¡qué fácil! No, Ángela. Yo me levanto muy temprano. Me voy a la oficina, no vengo a casa a comer y sabes que hay veces en las que regreso muy tarde. ¿Cómo me voy a ocupar de ella?

—¿Ella? ¿Es perra?

—Sí.

—¿Qué nombre le has puesto, hermosa?

—No tiene nombre, Ángela. Ya te he dicho que no me la voy a quedar.

En ese momento el cachorro se volvió a mear. Antes de que Rebeca pudiera moverse, ya estaba la otra con el mocho en la mano.

—Ea... solucionado —dijo la mujer, y con los brazos en jarras añadió—: Hay un refrán que decía mi abuela Gregoria: «Todo lo que coseches hoy, mañana lo recogerás». Piensa en ello.

Ángela, al ver su gesto, supo que se metía en terreno pantanoso. Pero no le importaba. Los años que llevaban juntas les habían enseñado que podían decirse lo que querían cuando querían.

—Eres joven, tesoro mío —continuó—. Tienes veintitrés años. Eres linda, educada, tienes una casa bonita. Pero ¿qué más tienes? —La cara de Rebeca se transformaba por segundos, pero la toledana prosiguió—: Sé que no te gusta que me meta en tu vida. Y sabes que no me meto —se mofó—. Pero ya hace tiempo que pasó lo de Félix y creo que ya es hora de que encuentres a alguien que te quiera como tú te mereces. Sabes que eres como mi hija, que por ti haría cualquier cosa. Por ello, y a riesgo de que me mandes a paseo, como haces algunas veces, me permito decirte que no todos los hombres son iguales. Los hay buenos y malos, mejores y peores, guapos y feos, pero ¡hay que conocerlos!

—Vamos a ver, Ángela: no necesito, ni quiero, ningún hombre a mi lado —contestó enfadada—. Tengo mucha prisa y pocas ganas de discutir.

Una vez hubo cogido el bolso y las llaves del coche, se volvió hacia la mujer que la miraba con descaro y aclaró:

—Hoy vendrán a llevarse al animalillo, ¿entendido?

—Oh... sí, hija, por Dios. Claro que te he entendido.

Rebeca se detuvo ante la perrilla que movía alegremente el rabo y dijo con los ojos llenos de lágrimas:

—Bueno, preciosidad, espero que te encuentren un hogar bonito. Hasta pronto. Ángela... hasta luego.

Pero Ángela no le prestó atención. Cuando se enfadaba murmuraba bajito, como estaba haciendo en ese momento.

Capítulo 3

Mientras conducía el coche por las calles de Madrid, pensó en su exnovio. Lo había querido con toda su alma y él, a cambio, la había engañado como a una idiota tras tres años de relación. Una noche le mandó un mensaje y le dijo que se había enamorado de otra, y no volvió a saber más de él. Lloró mucho, pero pasado el tiempo se alegraba de no estar con una persona como él. Sólo esperaba que algún día alguien le diera un buen escarmiento a aquel presuntuoso. Sumida en sus recuerdos llegó a la oficina. Allí, Belén, su encantadora secretaria, entró con ella en su despacho.

—Buenos días, Rebeca —saludó alegremente—. ¿Qué tal el fin de semana?

—Bien, ¿y tú?

Como siempre, Belén empezó a contarle sus batallitas y, poniendo los ojos en blanco, indicó:

—Estuve con unas amigas de fiesta y conocí a un pedazo de hombre increíble. He quedado este fin de semana para cenar con él, pero no sé, no creo que sea nada serio.

Mientras Belén le hablaba de lo maravilloso que era aquel chico, ella sólo podía pensar en lo que Ángela le había dicho en relación con la perrilla. Quizá no sería difícil tenerla en casa. Estaba tan acostumbrada a estar sola tras lo de sus padres y lo de Félix, que se estaba convirtiendo en una ermitaña. De pronto, sonrió.

—Belén, llama a mi casa. Necesito hablar con Ángela. Urgentemente.

Sonó el teléfono en casa de Rebeca y Ángela lo cogió:

—Dígame —contestó con su inconfundible acento toledano.

—Ángela, quiero pedirte disculpas; no tenía intención de hablarte así esta mañana.

La mujer, con una cariñosa sonrisa, contestó:

—Ay, hermosa, perdóname tú a mí. Es que ya me conoces, soy un poco alcahueta. Siento haberte recordado al simplón de Félix. Pero, tesoro, yo quiero que seas feliz y me da rabia verte siempre sola.

De pronto se oyó un gran estruendo de cacharros y luego unos ladridos.

—¡Cristo de la Vega! —gritó Ángela.

—¿Qué pasa? —preguntó preocupada Rebeca—. Ángela, ¿qué ha ocurrido?

Tras soltar una risotada, la mujer contestó:

—Nuestra amiguita se ha tirado encima el bote de Cola Cao y una taza. Nada grave.

Aquello sorprendió a Rebeca, que sonrió.

—Pero ¿cómo es posible si no levanta un palmo del suelo?

—Eso quisiera saber yo. —Y, cambiando el tono de voz, la mujer susurró—: Ay, cariño... ¿Por qué no te piensas lo de entregar a este pequeño trastillo? Es tan linda... Creo que cuando se acostumbrase a tus horarios no habría problemas. Piénsatelo, sería una grandísima compañía para ti.

Pero Rebeca ya lo había pensado y, con decisión, dijo:

—Mira, Ángela, si van los de la recogida de animales a casa, les dices que nos lo hemos pensado mejor y que nos la quedamos. Si hay algún problema me llamas y hablo yo con ellos. *¿De acuerdo,* hermosa? —la imitó mientras sonreía.

Ángela, llena de felicidad, respondió arremangándose:

—¡Pa chasco! Que de aquí no la sacan. Antes me lío a escobazos con todo el que se acerque.

—¡Bueno, bueno! —exclamó Rebeca riendo.

Cuando colgó el teléfono estaba contenta. Sabía que había dado un paso hacia delante. Intentaría que esa perrita le devolviera parte de la vida que en otros tiempos le habían arrebatado. Pasó el día en la oficina alegre, a excepción de los momentos en los que se cruzaba con el avinagrado del señor Cavanillas, su jefe, a quien no podía soportar tener tan cerca. Su antipatía era mutua.

A las cinco salió de la oficina, pero antes se pasó por una tienda de animales. Necesitaba comida para perro, una cesta para que durmiera, un collar, una cadena y un montón de cosas que le dijeron en la tienda que le hacían falta. Llegó a casa a las seis. Allí estaba Ángela, esperándola con la mejor de sus sonrisas.

—Hola, hermosa. ¿Qué tal hoy en la oficina?

—¡Ángela!, ¿qué haces aquí todavía? —preguntó extrañada.

—Ay, mi niña. Estaba esperando a que vinieras para darte un gran abrazo por la decisión que has tomado. Además, no me apetecía dejar al trastillo meón solo. Pero ya que has llegado y te he visto, me voy. Hasta mañana, tesoros.

—Hasta mañana, Ángela.

Cuando se fue, tenía los ojos empañados de lágrimas. Quería que su niña comenzara a vivir, y poco a poco lo estaba consiguiendo. Quizá la vida había sido dura con Rebeca. Sin embargo todo tiene su fin, y Ángela intuía que algún día aquella mujercita sería feliz.

Cuando se quedaron solas Rebeca y la perrita, la cogió en brazos y se sentó con ella en el amplio sillón.

—Bueno, trastillo, creo que tengo que buscarte un nombre. Vamos a ver... vamos a ver... —La miró a la cara y dijo—: *Dania*, ¿te gusta? Creo que no; veamos... ¿Greta? ¿Laika? ¿Sura? No, tampoco. —Entonces se acordó de cuando la había visto por primera vez y se echó a reír. Miró esos ojazos con una sonrisa y dijo:

—Preciosidad, a partir de hoy te llamarás Pizza.

Capítulo 4

Cuatro años después

Llegaron las Navidades de 2010, y con ellas cayeron los primeros copos de nieve. Ángela se empeñó en adquirir adornos navideños y Rebeca salió con ella de compras. Anduvieron mirando escaparates por las calles Serrano y Goya, y aunque a Rebeca no le apetecía mucho celebrar aquellas fiestas, lo hizo por no darle un disgusto a la toledana. Cuando pasaban por Guzmán el Bueno en coche, el semáforo se puso rojo.

Mientras Ángela hablaba sin parar, como siempre, Rebeca enumeró los regalos que debía comprar. Ángela, Belén, Carla, Noelia. También para sus hermanos Kevin y Donna, su sobrina María, y Miguel, su cuñado. Al pensar en ellos recordó con añoranza los años en que ellos eran pequeños y las Navidades se celebraban con la familia de mamá en Kansas o con la de papá en Madrid.

Qué diferentes eran ahora.

Cada uno había seguido con su vida. Donna, en unas vacaciones en Sevilla, se enamoró de Miguel Jover, un arquitecto andaluz. Después de cinco meses se casaron y ella se fue a vivir a Sevilla, aunque ahora, por el trabajo de su cuñado, vivían en Chicago. Hablaba con ella por teléfono un par de veces al mes, pero se comunicaban por Facebook siempre que podían.

A Kevin lo veía más. Como él decía, era el espíritu libre de la familia. Viajaba de un lado para otro, metido en toda clase de movidas. Tocaba el bajo en un grupo musical, y la telefoneaba cada semana. Intentaba estar pendiente de su «hermanita», como él la llamaba cariñosamente.

Al pensar en su madre, a Rebeca se le llenaron los ojos de lágrimas. Fue el alma de la familia e intuía que, si continuara viva, todos estarían más unidos. Por desgracia, murió en un accidente de tráfico años atrás, cuando un loco borracho se estrelló contra su coche. Nunca olvidaría aquel fatídico día, ni todo lo que sucedió después...

—Rebeca, cariño, ¿te ocurre algo? —preguntó Ángela preocupada.

La gente pitaba desde sus coches. El semáforo hacía rato que estaba en verde y Rebeca no arrancaba.

—No, Ángela. La Navidad, que siempre trae recuerdos. —Al ver que aquélla la miraba, dijo—: Cambiando de tema, ¿qué quieres que te regale?

—¡Bendito sea Dios! Te digo lo mismo todos los años. El mejor regalo para mí es que el día de Año Nuevo vengas a casa a celebrarlo con nosotros. Vendrás este año, ¿verdad? —Al ver que no contestaba, señaló—: Te diré, hermosa, que como no vengas, soy capaz de coger a toda mi familia y llevármelos a tu casa. ¡Vaya si lo haré! —aseguró Ángela.

—Bueno, ya hablaremos —respondió Rebeca riendo—. Todavía quedan dos semanas. Ahora vamos a aparcar el coche y a comprar unos cuantos adornos de esos que tanto te gustan.

Aprisionadas por centenares de personas, entraron en El Corte Inglés. Allí, con seguridad, encontrarían todo lo necesario. Compraron cintas y bolas de colores, encargaron un árbol de Navidad y luego fueron a la planta de los juguetes, donde adquirieron varias cosas para Noelia, la hija de Carla, su mejor amiga, y para María, su sobrina.

Con fingido disimulo se fijó en que Ángela miraba unos pendientes al pasar por la planta tercera, pero se hizo la despistada mientras compraba unas pulseras para Belén, su secretaria. Ahora ya sabía qué regalarle a la toledana, aunque intuía que la mataría cuando se los diera. Según la propia Ángela, tenían un precio indecente.

Salieron de los grandes almacenes cargadísimas. Pero a Rebeca le faltaba algo para su hermano. De pronto vio en el escaparate de una tienda una cazadora de cuero marrón. ¡Eso le gustaría! Fue decidida a comprarla, pero justamente el hombre que entró antes que ellas en la tienda también buscaba lo mismo.

«Vaya por Dios», pensó Rebeca.

Sólo quedaba ésa. Hasta la semana siguiente no recibirían más. Rebeca, dispuesta a llevarse la cazadora, miró al hombre que estaba a punto de probársela y, sorprendiéndose a sí misma, dijo:

—No creo que sea su talla, ni su estilo.

El hombre se dio la vuelta para mirarla. No sabía si hablaban con él y, cuando vio a aquella joven, la miró extrañado y preguntó con una sonrisa:

—¿Por qué cree que no me va?

«Ainsss, madre... ¡Qué digo... qué digo!», pensó con rapidez.

—Creo... creo que ese color no va con el tono de su piel. Además, esa talla es pequeña para usted. Se ve a la legua.

El desconocido, tras intercambiar una mirada con Ángela, que se había quedado sin palabras, se dio la vuelta, se miró en el espejo y se la probó. En ese momento Rebeca se fijó en él. Era un hombre muy atractivo y, por su acento al hablar, se adivinaba que no era español. Parecía americano. Treinta y pocos años, más alto que ella, con buen porte, e iba impecablemente vestido con un traje de Armani. Sin poder dejar de observarlo, se fijó en su oscuro pelo y en sus inquietantes ojos, que la traspasaban a través del espejo.

—Yo creo que es mi talla, señorita —replicó para su disgusto.

Ensimismada por aquella ronca voz, y mientras pensaba en cómo convencerlo para que no se llevara la cazadora, no se dio cuenta de que él se había vuelto para decirle algo y la miraba. Aquella muchacha menuda con aquel divertido gorro a rayas azules y blancas era bonita. Tenía un pelo rubio rizado muy gracioso, una naricilla aniñada y, vestida con aquellos vaqueros viejos, era de lo más tentador. Por unos instantes pensó en la suerte que tendría el tipo para quien ella quería la cazadora. Seguían sin hablarse ninguno de los dos hasta que él rompió el silencio:

—Repito: creo que es mi talla. Pero si usted piensa que yo no debería quedármela, tome, para usted —dijo mientras se la quitaba y se la tendía—. Seguramente a su novio le quedará mejor. Seguramente a su novio le quedará mejor y hará juego con el tono de su piel—se mofó con una sonrisa burlona.

Rebeca, hechizada por su magnetismo, le respondió ofendida:

—No es para mi novio. —Y, frunciendo el entrecejo, aclaró—: Además, ¿quién se ha creído que es usted para hablarme así?

Boquiabierto por su desfachatez, iba a responder cuando se fijó en la sonriente mujer que, callada al lado de aquélla, lo estaba pasando en grande. Por ello, con la mejor de sus sonrisas, volvió a mirar a la joven y señaló:

—Perdone, señorita, pero creo que la primera persona que ha empezado a hablar ha sido usted. Yo simplemente me estaba probando la cazadora y no creo haberle pedido opinión ni a usted ni a nadie. ¿O quizá le he pedido que me diera su opinión?

Ángela, apoyada en el mostrador, se divertía de lo lindo. «¡Qué hombre más interesante! Esta muchacha es tonta si no aprovecha esta situación», pensó, pero calló.

—Está bien. Lo asumo. He sido yo —reconoció molesta—. Le pido disculpas, señor. No quiero la cazadora, y no tengo nada más que hablar con usted.

El hombre, al escuchar la contestación, levantó las cejas sorprendido. No estaba acostumbrado a que las mujeres lo trataran así. Es más, por su trabajo lo habitual era que todas fueran tras él. Rebeca, sin prestarle atención, comentó algo con el dependiente. Una vez hubo terminado, se agachó para recoger los paquetes que llevaban, pero entonces vio a Ángela hablar con el desconocido. Disgustada por cómo le estaba sonriendo a aquel idiota, dijo:

—Ángela, te espero fuera.

—Adiós, señorita —se atrevió a decir el hombre.

Esperaba que ella se diera la vuelta para mirarla otra vez. Sin saberlo, ella le dio el gusto.

—Adiós. Que tenga usted una feliz Navidad.

La toledana, presurosa, cogió el resto de los paquetes que quedaban y salió detrás de ella, no sin antes despedirse con una sonrisa encantadora. Ya en la calle, Rebeca se paró para mirarla y la reprendió.

—Pero bueno, Ángela, ¿se puede saber de qué hablabas con ese hombre?

—Ay, hermosa, qué hombretón tan atractivo y educado. ¡Mmmm! Con uno así las cosas que yo sería capaz de hacer... Eso sí, con treinta años menos.

—¡Ángela! No puedo creer lo que estás diciendo —susurró Rebeca, sin poder creerse lo que estaba oyendo.

Las dos comenzaron a reír como dos tontas en medio de la calle. Entre risas llegaron al coche, donde dejaron los paquetes. En el camino de vuelta a casa, Rebeca pensó un par de veces en el hombre de la tienda. Realmente era un tipo sexy. Esa clase de hombre que tendría montones de moscardonas a su lado. Un tío al que no se acercaría ella... ¡ni *jarta* vino!

Capítulo 5

Faltaba sólo una semana para Navidad. El chalecito adosado de Rebeca en Majadahonda estaba precioso con sus adornos de color rojo, blanco y plateado. Hacía unos días que había mandado por correo los regalos para Donna, María y Miguel. Estaba jugando con Pizza cuando sonó el teléfono.

—¿Diga?

—Rebeca —se oyó muy bajito—. Hola, hermanita. Soy Kevin.

—¡Kevin! ¿Dónde estás?

—En Berlín. ¿Qué tal por Madrid?

Emocionada por oír la voz de su querido hermano, respondió:

—Pues qué quieres que te diga. Un frío de mil demonios. Han caído unas nevadas enormes —explicó mirando por la ventana al ver su muñeco de nieve—. He mandado ya los regalos para Donna a Chicago. Por cierto, ¿qué vas a hacer este año en Navidad?

—Pues... estaba pensando en decirte... ¿Qué te parece si me cojo un tren y pasado mañana estoy allí y la celebramos juntos?

Eso era lo que más le apetecía a Rebeca y, pletórica de alegría, gritó:

—¡Sí, sí! Oh... Kevin, me encantaría. ¿Cuándo llegas?

—El martes. Mi billete me lleva directo a Atocha. Llego a las seis y media de la tarde. ¿Irás a recogerme?

Aplaudiendo como una chiquilla, contestó:

—Por supuesto, tonto.

Después de hablar un rato con él, se despidieron hasta el martes. ¡Qué maravilla! Su hermano pasaría las Navidades con ella.

Tenía que hacer planes. Comprar más comida y, sobre todo, ir a comprar su regalo. Sacó una tarjeta del bolso, llamó a la tienda y le confirmaron que habían recibido más cazadoras. ¡Bien!

Aquella tarde cogió el coche y fue a El Corte Inglés para adquirir los pendientes que tanto le gustaron a Ángela, además de un pañuelo de seda que le iba a encantar. Más tarde pasó por la tienda para comprarle la cazadora a Kevin. Al entrar dirigió la vista hacia el lugar donde el hombre de la mirada penetrante había estado ese día y sonrió al recordar los comentarios de Ángela.

Mientras caminaba, en una de las tiendas de la calle Preciados vio un vestido de noche. ¡Era precioso! De precio algo indecente, pero se merecía un capricho. Su hermano volvía para celebrar las fiestas y, además, quería estar guapa en Nochevieja. El vestido parecía hecho para ella. Era de seda de color salmón claro, ajustado, con una abertura lateral y largo hasta los tobillos. No sabía adónde iría con Kevin, pero seguro que, fuera a donde fuese, se lo pasaría bien.

Transcurrieron los dos días; se metió en el coche con Pizza y fue camino de la estación para recoger a su hermano. Una vez allí, miró en los paneles de información para ver en qué andén llegaba el tren de Kevin. Cuando entró en la enorme sala de espera, de pronto vio un rostro familiar. Se paró en seco y vio al hombre de la tienda de cazadoras, con un gran ramo de flores, sentado en uno de los bancos de la estación. A su lado había una niña pequeña que jugaba y se reía de las cosas que él le contaba. Tenía los mismos ojos que él y la misma sonrisa burlona.

«Desde luego no puede negar que es su hija», pensó Rebeca mirándolos.

Tenía que pasar por delante de ellos para ir al fondo de la sala.

Por ello, agarró con fuerza a Pizza y caminó lo más rápido que pudo. Él no la vio, pero la niña, al ver a la perra, corrió hacia ella.

—Hola —saludó la cría—. ¿Es tuyo este perrito?

—Sí.

—¿Cómo se llama?

Rebeca, con rapidez y sin pararse, contestó:

—Pizza.

Pero él ya la había visto. Aquélla era la gruñona de la tienda de días atrás. Al principio no podía creer lo que veían sus ojos, pero entonces se levantó y se acercó a ella divertido.

—*¡¿Pizza?!* —preguntó la niña riendo mientras caminaba a su lado—. Qué nombre tan raro. No conozco a nadie que se llame así. ¿Por qué se llama así?

Agobiada, Rebeca quiso apretar el paso, pero la niña se lo impedía. De pronto oyó aquel peculiar acento extranjero.

—Qué pequeño es el mundo, ¿verdad?

A Rebeca no le quedó más remedio que pararse. «Educación ante todo», pensó.

Al volverse, vio cómo cogía de la mano a la niña a la vez que la miraba con una sonrisa y decía:

—El otro día no me dio tiempo a presentarme. Me llamo Paul Stone —señaló tendiéndole su mano libre, mientras con la otra sujetaba a la niña y el ramo de flores. Rebeca, tras resoplar y darse por vencida ante aquella implacable mirada, le ofreció la mano que no tenía ocupada y dijo:

—Encantada, Paul. Mi nombre es Rebeca Rojo.

Él sonrió. Pero la niña era un auténtico torbellino parlanchín.

—¿Cuántos años tiene la perrita? —preguntó, tirándole del abrigo.

Convencida de que ya no podía escapar, Rebeca se agachó para poder hablarle de frente.

—Ahora tiene cuatro años —respondió mientras la perra se tumbaba panza arriba para que la tocasen—. Mira, ¿ves? Le gusta que la acaricien. Se pone así para que le hagas cosquillas en la barriguita, ¿lo ves? —La niña sonrió y la tocó—. ¿Cuántos años tienes tú?

La niña, abriendo los ojos inmensurablemente, dijo con una sonrisa:

—Yo también tengo cuatro años, y a mí también me gusta que me hagan cosquillas en la barriguita. ¿Verdad, papi?

Éste, desde su altura, sonrió. Adoraba a su hija por encima de todas las cosas.

—Vaya, vaya... También tienes cosquillas, ¿eh? —bromeó Rebeca mientras le tocaba la barriguita a la niña y ésta se escondía detrás de las piernas de su padre.

Pizza, al ver jaleo, se levantó de un salto y se enredó entre las piernas de todos, y por un rato los tres se estuvieron riendo de la situación.

—Mira, papi... como en la película de 101 dálmatas —exclamó la pequeña riendo al verse en aquella tesitura.

Cuando lograron desenredarse y controlar la situación de la niña y la perrita, Paul dijo:

—Esta locuela es mi hija Lorena. Y como podrás ver, es un terremoto, y está en la edad de no parar de preguntar cosas —aclaró con una sonrisa en los labios.

Rebeca asintió y tuvo que sonreír. El momento lo pedía. De pronto anunciaron por megafonía la llegada del tren procedente de Barcelona. Rápidamente y sin pensarlo, al ver la oportunidad de alejarse dijo:

—Bueno, Paul, encantada de haberte conocido. Por cierto, ¿te compraste la cazadora? —preguntó a continuación, lo cual hizo que él volviera a reír.

Paul iba a contestar cuando se empezaron a oír las voces de un hombre que la llamaba. Era Kevin, quien se acercaba a su hermana corriendo. Rebeca al verlo agitó la mano y, tras mirar a Paul y a la niña, se despidió de ellos deseándoles un feliz año nuevo. Después corrió para abrazar a su hermano. Paul la siguió con la mirada, hasta que la niña volvió a atraer su atención al ponerse a dar chillidos. Unos metros más atrás una mujer los saludaba: la madre de Paul.

—Pero ¿quién es esta niña tan preciosa? —preguntó Tina, una mujer corpulenta pero con una dulce voz.

—Soy yo, abuelita. Lorena —contestó la cría abrazándola.

Paul se acercó a su madre, la besó con cariño y le dio el ramo de flores.

—Hola, mamá. Cada día estás más joven y más guapa. ¿Qué tal el viaje? —preguntó mientras cogía las maletas.

Tina miró a su hijo y ambos comenzaron a hablar. Qué orgullosa estaba de él. Había sacado adelante él solo a aquella chiquilla y eso la hacía feliz.

No muy lejos de ellos, Rebeca estaba como loca con la llegada de su hermano. Llevaba tres meses sin verlo, y quería aprovechar cada segundo de su visita.

—¿Cómo está mi hermanita pequeña? —dijo Kevin sonriendo y abrazándola.

—Pues, como verás, no creo estar nada mal —señaló ella con voz de mujer fatal que los hizo reír a ambos.

Kevin, agachándose para tocar a la perra, que saltaba y ladraba a su alrededor, saludó:

—Hola, Pizza. ¿Cómo estás, loca?

Abrazados, se dirigían a la salida de la estación cuando Rebeca oyó que una vocecita la llamaba. Se volvió y vio que era la niña, Lorena. Enseguida la agarró de la mano.

—Pero, cielo, ¿qué haces aquí? ¿Dónde está tu papá?

La niña miró a Kevin y respondió:

—Está allí con mi abuelita. ¿Quién es este señor?

Sorprendidos por el desparpajo de la niña, los hermanos se miraron y rieron.

—Lorena, te presento a mi hermano Kevin—respondió Rebeca agachándose.

Con una espectacular y mellada sonrisa, aquélla lo miró y dijo:

—Hola, Kevin. ¿Tú también vienes a pasar las Navidades aquí?

Él se acercó a la pequeña, sonrió y añadió:

—Pues sí, señorita. Vengo a pasar las Navidades con mi hermanita y con Pizza. —Y, acercándose más a la niña, le susurró—: Y bueno, también para ver si tengo suerte y este año Papá Noel o los Reyes Magos me traen algún regalo.

—Tendrás que haber sido bueno —cuchicheó la niña muy bajito—. Porque si no, ellos no se acordarán de ti. Yo he sido muy buena. ¿Y tú?

En ese momento, Paul se acercó hasta ellos como un vendaval; el hombre, al ver que su hija no estaba junto a él, se había angustiado. Pero se tranquilizó al comprobar que estaba con Rebeca.

—Lorena —la regañó mientras la cogía con fuerza de la mano—. No vuelvas a hacer esto. Nos has dado un gran susto a la abuela y a mí.

—No te enfades, papi. Sólo quería decirles adiós a Rebeca y a Pizza —dijo la niña agarrándose al abrigo de Rebeca.

Kevin miró a aquel hombre. Su cara le sonaba, pero ¿de qué? Se agachó de nuevo junto a la niña y le susurró:

—No tienes que volver a darle un susto así a tu papá. Recuerda lo de ser buena.

Intentando no reír, Rebeca se tapó la boca. Aquel gesto tan natural y aniñado hizo sonreír a Paul.

—Anda... es verdad —dijo la pequeña en voz muy baja—. ¿Crees que se enfadarán conmigo por esto y no me traerán regalos?

Paul iba a contestar, pero Rebeca se le adelantó.

—No te preocupes, Lorena. Creo que no. Sólo venías a darnos un beso a Pizza y a mí. Pero de todas formas, no tienes que volver a hacerlo o estoy segura de que se enfadarán. ¿De acuerdo?

La niña asintió en el momento en que su abuela llegaba.

—¡Lorena! ¿Estás bien? —preguntó acalorada mientras se fijaba en cómo la niña tenía agarrada a Rebeca—. Disculpen. Este pequeño diablillo nos ha asustado. Estaba hablando con mi hijo y de pronto ha desaparecido. Menos mal que la han encontrado ustedes. Lorena, suelta a la señorita, no molestes.

Rebeca la contempló y, ante la atenta mirada de Paul, dijo:

—No se preocupe, no molesta. Soy Rebeca —saludó tendiéndole la mano mientras observaba que unos chicos que pasaban por su lado se paraban para mirarlos. ¿Qué miraban?—. Éste es mi hermano Kevin, acaba de llegar en el tren de Barcelona.

—Encantada, jovencitos. Mi nombre es Tina. Soy la madre de Paul, y la abuela de este trasto.

—La perrita se llama Pizza —indicó Lorena encantada.

—Oh, qué nombre tan original —asintió la mujer—. Entonces este joven y yo hemos venido en el mismo tren. Qué pequeño es el mundo, ¿verdad? —exclamó Tina riendo, al tiempo que pensaba en lo encantadora que era Rebeca.

Paul y Rebeca se miraron y sonrieron. Aquella frase ya la habían oído dos veces en menos de una hora.

—Bueno, nosotros tenemos que irnos —anunció Rebeca—. Encantada de haberla conocido. Espero que pasen todos juntos unas felices Navidades. —Luego, mirando a la niña, se agachó y le dio un beso—. Sé buena y seguro que te traen muchos regalos.

Una vez se hubo levantado, miró a Paul y, sintiendo la boca seca, sólo pudo decir un «hasta pronto» entre susurros. Aquel hombre, no sabía por qué, la ponía nerviosa. Mientras caminaba junto a su hermano hacia el coche, Kevin, con una media sonrisa, comentó:

—Mmmm... ¿Tienes algo que contarme?

Divertida por lo que él decía, sonrió.

—Pero qué dices, tonto. Si tuviera algo que contarte, ¿no crees que ya te lo habría contado?

—Bueno, quizá tengas razón —contestó sin darle importancia. Pero mirándola de reojo, se burló—: Tampoco creo que sea tu tipo. Demasiado guapo. ¡Bah! Olvidémoslo. Vamos a ver, ¿qué planes me tienes preparados para hoy, hermanita?

Entre risas y empujones, como chiquillos fueron bromeando hasta su coche. No muy lejos de ellos, Tina y su nieta bromeaban y caminaban junto a Paul. Éste, con disimulo, extrajo su BlackBerry y apuntó la matrícula del coche de Rebeca. De camino a casa, Tina intentó sacar el tema de la estación. Aquella muchacha le había causado buena sensación. Paul estaba pensativo, y conocía muy bien aquella mirada de su hijo.

«Algo trama», pensó Tina complacida.

Capítulo 6

Los días junto a Kevin eran diferentes. Su hermano era un muchacho muy divertido y extrovertido. Hablaba con todo el mundo y era vivaz. Rebeca lo veía guapo. Era alto, de pelo claro, y ese aire aventurero que a todas las mujeres les solía gustar. No sabía si lo veía así por amor de hermana, pero lo cierto era que Kevin tenía mucho éxito con el sexo femenino. Todas querían hablar con él, y eso en ocasiones lo agobiaba.

Ángela insistió para que acudieran a su casa y cenaran con su familia en fechas tan señaladas. Pero ellos declinaron su ofrecimiento. Les apetecía hacer algo diferente. Irían a cenar a una sala de fiestas y disfrutarían después de la fiesta.

La noche del 24 de diciembre, como en muchos hogares, Papá Noel llegó. Esa noche, Rebeca bajó a oscuras para dejar los regalos de Kevin y Ángela bajo el árbol de Navidad. Sonrió para sus adentros al ver que su hermano se le había adelantado. Con curiosidad, se sentó en el suelo y cogió el paquete que tenía su nombre y lo tocó. Intentó adivinar qué era por el tacto, pero le fue imposible. Como una niña pequeña, disfrutó el momento sin darse cuenta de que su hermano estaba sentado en el poyete de la ventana fumándose un cigarro. La miraba divertido. Estaba graciosísima con su pijama de corazones rojos y su melena suelta.

«Tiene el mismo pelo que mamá», pensó mientras observaba que su hermanita ya era toda una mujer.

—No lo acertarás por mucho que lo toques —le dijo de pronto, sobresaltándola.

—Qué susto me has dado. ¿Cómo es que estás todavía despierto?

—¿Y tú? —preguntó riéndose.

Con gesto aniñado y divertido, ella abrió los ojos y cuchicheó:

—No sé. Quizá estoy nerviosa porque viene Papá Noel.

Kevin se acercó a ella, se sentó en el suelo y preguntó:

—¿Te has portado bien este año? Ya sabes que si has sido mala te pueden castigar, o directamente pasar de ti y no traerte ese fabuloso Ferrari rojo que tanto deseabas.

—Pero qué tonto eres. —Rio a carcajadas.

Pasaron el resto de la noche hablando sobre sus vidas, y a las seis de la mañana, se dieron permiso el uno a la otra para abrir los regalos. Primero los abrió Rebeca.

En uno de los paquetes había una preciosa y antigua hada de porcelana, y en otro unos pendientes, una pulsera y una pinza de pelo de nácar. A Rebeca se le llenaron los ojos de lágrimas.

—Caray... Kevin. Gracias —susurró emocionada—. ¡Es todo precioso! —dijo mientras se ponía los pendientes—. Ahora tienes que abrir el mío. Toma, ábrelo.

Kevin lo cogió e imitó los movimientos que ella había hecho horas antes. Lo tocó, lo movió. La estaba imitando muy bien.

—Venga, ábrelo ya, tonto.

Kevin abrió el paquete tan bien envuelto, y dio un fuerte silbido al ver la cazadora.

—Como diría Ángela: ¡Madre del amor hermoso! Esto ha tenido que costarte un riñón y parte del otro. ¡Es preciosa! —Rápidamente se la probó—. ¿Qué tal me queda?

—¡Genial! Estás guapísimo.

Kevin se agachó y la besó con cariño.

—Gracias, cielo, me encanta. Creo que hemos debido de ser muy buenos los dos este año. —Rio poniendo voz de niño.

Rebeca, divertida, cogió un cojín que había al lado y se lo tiró a la cabeza.

Capítulo 7

La mañana de Navidad en casa de Paul Stone era un verdadero caos. Había montones de regalos bajo el árbol. La mayoría, como era lógico, para Lorena. Cuando la niña se despertó y vio tal cantidad de paquetes, se puso tan nerviosa que salió disparada hacia el cuarto de su padre para llamarlo.

—¡Papi... papi! ¡Tienes que levantarte y ver lo que hay debajo del árbol! —gritó nerviosa—. ¡Venga, levántate! Seguro que hay alguno para ti. Voy a avisar a la abuelita.

Era un gozo ver a la niña tan contenta.

Paul adoraba a su pequeña, y todo lo que hiciera por ella siempre le sabía a poco. Papá Noel aquel año se había acordado de todo. Y cuando de entre los regalos apareció un perro de peluche, la niña miró a su padre y sentenció:

—Lo voy a llamar Pizza, como la perrita de Rebeca. ¿Cuándo vamos a volver a verlas? —Lo observó esperando una respuesta—. A mí me gustó mucho la perrita. ¿Puedo tener yo también un perro de verdad, papi?

Sorprendido por aquello, la miró y respondió antes de besarla en la frente:

—De momento, princesa, tienes que conformarte con tu nuevo perrito.

Por la tarde, Paul salió a dar una vuelta con el coche.

La tarde anterior había llamado a un amigo que trabajaba en la DGT. Necesitaba saber la dirección que correspondía a la matrícula de un coche. Se dio un par de vueltas por Majadahonda, hasta que dio con el adosado donde ella (Rebeca) vivía.

Una casita modesta pero bonita. En el pequeño patio delantero descubrió un chuchurrío muñeco de nieve. Se imaginó que lo había hecho ella y sonrió. Le apetecía muchísimo volver a verla y conocerla mejor. Pero no sabía qué pretexto usar para llamar a su puerta. Al final, tras mucho pensar, decidió regresar a su casa. Se sentía un poco ridículo ante la situación.

Como Rebeca había previsto, Ángela se escandalizó cuando vio los pendientes que le había comprado. Se echó las manos a la cabeza y protestó por el carísimo regalo hasta que se quedó sin saliva. Pero acto seguido se la comió a besos.

Kevin, que también adoraba a la toledana, le había comprado un jersey beige de angorina que la mujer le agradeció con achuchones y besos. Ella también les había llevado sus regalos: una cartera de piel muy bonita y un juego de guantes y bufanda para Kevin, y un bolso para Rebeca que sabía que le gustaba. Les llevó parte del pastel que había hecho en su casa y desayunaron los tres juntos entre sus risas y los ladridos de Pizza, que también estrenó su nuevo cazo amarillo.

Los días pasaron y llegó la última noche del año, Nochevieja. Rebeca se puso su vestido nuevo, junto con sus pendientes de nácar, y cuando su hermano la vio, dio un gran silbido y bromeó diciendo que esa noche no iba a dejar que bailara con nadie excepto con él.

A las nueve tenían reserva en una de las grandes salas de fiestas de Madrid. Primero cenarían y luego habría cotillón hasta altas horas de la madrugada. Durante la cena lo pasaron de maravilla. Hacían una pareja muy bien avenida. A las 23:59 las luces se apagaron, la gente empezó a contar hacia atrás y al momento todos se besaron deseándose un feliz año nuevo 2011. Emocionados, se abrazaron, y cuando comenzó la música todos empezaron a bailar.

Una hora después, agotada por tanta salsa y merengue, Rebeca se sentó durante unos instantes a descansar mientras disfrutaba de su rico cóctel Gointreaupolitan. Con una sonrisa, miró cómo su hermano bailaba con una rubia que llevaba toda la noche mirándolo. Al verla sentada, varios hombres la invitaron a bailar, pero ella los rechazó con amabilidad. Necesitaba descansar.

Desde su mesa recorrió con la mirada todo el local. La gente estaba como loca bailando y divirtiéndose. Aunque había para todos los gustos. Gente bailona, gente triste e incluso llorando o borracha perdida. Se fijó en la entrada del local. Acababa de llegar un grupo de gente y, de pronto, en medio de ese grupo distinguió a Paul.

«Ay Dios mío, nooooooo. ¿Por qué me lo tengo que cruzar otra vez?», pensó al descubrirlo.

Pero sintió curiosidad por ver en qué lugar se sentaba y lo siguió disimuladamente con la mirada.

«Vale... vale... está lo bastante lejos como para que no me vea», caviló sin quitarle ojo.

No podía dejar de mirarlo.

Estaba muy guapo con su esmoquin negro. Le llamó la atención la morena que había a su lado y que lo tocaba con demasiada familiaridad.

«Bueno... bueno... ¡Seré idiota! Pues ¿no me estoy poniendo celosa? Como diría Ángela: ¡pa matarme!», pensó mientras fruncía el ceño y se metía entre pecho y espalda otra copa de champán. Kevin, al verla con el ceño fruncido, se acercó.

—Rebeca, ¿qué pasa? —preguntó mirando a su alrededor pero sin reparar en Paul.

«Que soy imbécil.»

—Oh... nada. Las burbujas, que me están comenzando a atocinar.

—¿Quieres que nos vayamos a casa?

Ella lo miró y haciéndolo reír respondió:

—Pero ¡qué dices! Irnos ahora, con la buena música que están poniendo. Venga, vamos a bailar.

Con gesto divertido, Rebeca metió a su hermano entre el barullo de gente. Necesitaba pasarlo bien y especialmente olvidarse de que aquel tipo estaba allí. Bailaron merengue, hip-hop y, sin saber por qué, Rebeca se fue enfadando cada vez más. Cada vez que miraba hacia donde estaba Paul y lo veía rodeado de muchachas riendo, o cómo la morena le tocaba el pelo, se ponía enferma. De pronto cambió la música y el ritmo, y se dio paso al romanticismo. Los focos del local se atenuaron propiciando un ambiente más íntimo. Rebeca bailaba entre los brazos de su hermano. Pero de pronto se sobresaltó al ver demasiado cerca a Paul con la morena, y temió que la fuera a reconocer.

—Kevin, estoy un poco mareada. ¿Te importaría llevarme a casa?

Preocupado por ella, Kevin la sacó de la pista.

—¿Te encuentras mal?

—No, tranquilo —cuchicheó medio escondiéndose—. Toma. Ve a recoger los abrigos, te espero en la salida. Así me da el fresquito de la noche, ¿de acuerdo?

Kevin asintió con la cabeza y se dirigió a guardarropía. Rebeca, con paso acelerado, caminaba hacia la salida cuando alguien la cogió con suavidad del brazo; ella se volvió y allí estaba él.

«Oh... no... oh... no», pensó al tenerlo tan cerca.

—Feliz año nuevo, Rebeca —susurró Paul.

La había visto salir de la pista con su hermano y no podía

creerse que de nuevo tuviera la oportunidad de encontrarla. Por ello, y sin importarle la chica que acababa de dejar sola en la pista, la siguió hasta que la alcanzó. La miraba hipnotizado. Estaba preciosa con ese vestido y con el cabello sobre los hombros. Por un momento pasó por su cabeza la idea de besarla, pero prefirió contenerse. No sabía cómo podría reaccionar.

—¡Feliz año nuevo, Paul! —dijo ella tratando de hacerse la sorprendida—. ¿Qué haces tú por aquí? Creía que ibas a pasarlo con tu familia.

—He venido con un grupo de amigos —contestó él señalando hacia donde estaban aquéllos—. ¿Quieres que te los presente? —dijo devorándola con la mirada—. O mejor ven conmigo, te invito a una copa.

Sin soltarla, él se dirigió de nuevo al interior de la sala, pero ella, con un rápido movimiento, se desasió y se separó de él.

—No, gracias, Paul, ya me iba —contestó mirándolo a los ojos—. Llevo aquí desde las nueve de la noche y ya son las seis de la mañana. ¡Estoy agotada! Y lo que más me apetece en este momento es llegar a casa, quitarme los zapatos, que me están matando, y meterme en la cama... Por lo tanto, adiós... me esperan. Me tengo que ir.

Sin poder creerse cómo se lo había quitado de encima, la observó. ¿Quién la esperaba? No quería que se marchara. Le apetecía estar con ella, así que la asió del brazo y sentenció:

—Te acompaño hasta la puerta. —Necesitaba saber qué tipo, además de su hermano, estaba con ella.

Molesta, ella lo miró y apuntó:

—Paul, no hace falta. Sé cuidarme yo sola.

De pronto apareció Kevin con los abrigos.

—¡Paul! —saludó con afecto—. ¡Feliz año! Qué coincidencia estar todos en la misma fiesta.

Pero al ver la expresión de su hermana supo que debían desaparecer de allí cuanto antes, así que dijo:

—Aunque es una pena. Ya nos vamos. Estamos agotados.

Paul, sin darse por vencido, comentó:

—Le estaba pidiendo a Rebeca que os quedaseis cinco minutos. Os invito a una copa.

En ese momento la morena se acercó por detrás, lo cogió cariñosamente por la cintura y, apoyándose en el brazo de él, sonrió mimosa. Aquello no le hizo mucha gracia a Paul, y aún menos al ver la expresión sombría de Rebeca.

—Pues va a ser que no —remarcó Rebeca con frialdad—. Estamos cansados, y ya que estás tan bien acompañado, te dejamos en buenas manos. Adiós, Paul. Que lo pases bien.

Sin darle tiempo a decir nada más, Rebeca se dio la vuelta y salió por la puerta del local. Kevin, sin poder creerse cómo se había comportado su hermana, sonrió. Le había recordado a su madre. Kevin se volvió hacia un boquiabierto Paul, que en ese momento le indicaba a la morena que lo esperase en la mesa.

—Bueno, Paul, en tres días regreso a Berlín. De todas formas —dijo sonriéndole—, encantado de haberte conocido. Por cierto, ¿Papá Noel se acordó de traerle cosas a Lorena?

Paul sonrió al pensar en su hija.

—Más de las que necesita —dijo mientras se estrechaban la mano.

Incapaz de marcharse sin obtener una respuesta, Kevin se acercó a él y le preguntó directamente:

—Una cosa más, Paul. ¿Estás casado o algo por el estilo?

—Divorciado —contestó, al entender lo que el otro quería saber.

Tras retirarse el pelo de la cara, Kevin sonrió, miró hacia la puerta por donde había desaparecido su hermana e indicó sin dejar de sonreír:

—Si te gusta de verdad, adelante, ve a por ella. Pero como la hagas sufrir, vendré y te daré la mayor paliza que te han dado en tu vida.

Ambos se estrecharon la mano de nuevo y Paul lo vio alejarse mientras en su boca bailaba una sonrisa.

Capítulo 8

Las fiestas pasaron y Kevin se marchó con ellas. El trabajo volvió a la normalidad y, con ello, el agotamiento diario. Una mañana muy fría salió con desgana hacia la oficina. Sabía el duro día de trabajo que la esperaba. Con seguridad, el señor Cavanillas convocaría una reunión sorpresa. La crisis y su reducción de personal. Aquello era un tema sobre el que no había querido pensar durante las vacaciones.

Le dolía pensar en lo poco humana que se volvía la gente cuando escalaba niveles en la empresa. Recordaba cuando ella había comenzado como recepcionista. Era duro trabajar diez horas al día, y por la noche estudiar en casa en la universidad a distancia. Con el tiempo, ascendió a auxiliar y, cuando por fin terminó la carrera de Derecho, se sintió la mujer más feliz del mundo. ¡Era abogada!

Lo malo era trabajar con un jefe como Cavanillas. Un hombre sin escrúpulos y a quien no le había hecho gracia que fuera una mujer y no un hombre una de los nuevos abogados de la empresa. Siempre la miraba como si por ser mujer fuera inferior. ¡Machista! De hecho, intentaba darle los trabajos menos importantes, mientras que a Richard, otro abogado, lo trataba con todos los honores.

Sabía que por la oficina se comentaba lo mucho que le gustaba a Cavanillas menospreciarla. Al principio, la mayoría de los trabajadores la miraban con pena. Pero, poco a poco, todos se habían dado cuenta de que ella era paciente y lista. Solamente tenía que esperar a que llegara su oportunidad. El tal Richard era un hombre insoportable, medio tonto, pero que se creía alguien desde que lo habían ascendido. Muchas veces, mientras ella se quedaba en la oficina comiendo un sándwich, veía cómo Cavanillas salía con Richard para comer. «¡Comidas de negocios!», decían ellos. Ella ya se había acostumbrado a ese tipo de indiferencia, y se lo tomaba con humor.

Aquella mañana fría llegó antes que Belén, su secretaria. Se sentó a su mesa y se vio envuelta en montones de papeles. A las ocho y media llegó Belén, que se emocionó al encontrar encima de su mesa un regalo de parte de su jefa.

La mañana transcurrió con normalidad hasta que entró Belén en su despacho hecha un manojo de nervios.

—Rebeca, tienes que ir al despacho del señor Peterson urgentemente.

—¿Qué pasa? —preguntó extrañada mientras se levantaba y se dirigía hacia ella.

—No lo sé. Pero creo que es algo relacionado con el viaje que tenían que hacer Peterson, Cavanillas y Richard a la convención anual de París. Al parecer, Richard no tiene las estadísticas de este último año y Cavanillas está que arde. Peterson las está pidiendo desde hace una semana.

Eso significaba problemas incluso para ella. Se dirigió a su mesa a toda velocidad y sacó una carpeta con varios CD. Allí tenía las estadísticas de los cuatro últimos años. Algo que no le había resultado nada fácil conseguir. Según el señor Cavanillas, aquello no era de su incumbencia. Siguió mirando y recordó que ella había ido preparando una estadística del último año. De pronto, allí estaba lo que buscaba.

Levantó la mirada y fijó la vista en Belén. Tendiéndole el CD, y con voz temblorosa pero decidida, susurró:

—Diles que en diez minutos estoy allí. Sácame varias copias de lo que hay en este CD. Rápido.

Belén salió del despacho dejando a Rebeca sumida en un mar de dudas. No sabía si estaba bien lo que iba a hacer, pero se daba cuenta de que era el momento que llevaba tiempo esperando. Dejó los papeles que tenía en la mesa a un lado y, por un momento, miró la foto de su madre. Contemplarla le daba fuerzas. Un minuto después entró una nerviosa Belén con las copias que le había pedido. Las repasó durante unos segundos comprobando las estadísticas de los últimos años junto con las del presente.

«Menos mal que soy ordenada y me gusta llevarlo todo al día», pensó al imaginar que aquello acabaría en la mesa del jefazo Peterson.

Cogió aire y, ante la atenta mirada de Belén, murmuró todo lo tranquila que pudo:

—Llama a Susana y dile que voy hacia allí.

Belén salió disparada y, cuando Rebeca se dirigía hacia el despacho del jefe, Belén la llamó. Rebeca se volvió hacia ella.

—¿Qué pasa ahora? —preguntó con el corazón a mil.

Su secretaria se acercó y le dio un cariñoso apretón en el hombro.

—Sólo era para decirte que están todos los jefazos —susurró.

«Ay, Dios mío», pensó mientras el estómago le crujía.

Por un momento, deseó no haberse levantado de la cama. Ella no era responsable de lo que estaba pasando, pero intuía que Cavanillas trataría de perjudicarla.

—De acuerdo. Espérame aquí por si tengo que llamarte para algo, ¿de acuerdo?

—Aquí estaré —contestó su secretaria cogiéndole las manos para infundirle ánimos—. Y piensa que eres la mejor. La más lista y la más profesional. Machaca a ese imbécil de Richard.

—Gracias, Belén. —Sonrió.

Mientras subía en el ascensor a la planta presidencial, notó que las rodillas le temblaban.

«Ains... madre, qué tensión», pensó agarrada a la barandilla.

Cuando se abrieron las puertas del ascensor vio a Susana, una antigua compañera de sus primeros tiempos en la empresa. Una chica muy guapa que había ascendido gracias a lo bien que se lo montaba entre las sábanas. Era la secretaria del jefazo, Peterson.

—Señorita Rojo —saludó con profesionalidad—. La están esperando en la sala de reuniones. Sígame, si es tan amable.

En el momento en que se dirigían hacia la sala, Rebeca empezó a sentir náuseas. Tenía que controlarse. En cuanto llegaron frente a la puerta de la sala, y antes de abrirla, Susana se acercó a ella y, muy bajito, cuchicheó:

—A por ellos, que tú puedes.

Aquello le renovó las fuerzas. Tras asentir y sonreír, Susana tocó la puerta con los nudillos; luego la abrió.

—Señorita Rojo, pase y siéntese —saludó Peterson con amabilidad.

—Gracias, señor Peterson. —Sonrió agradecida, aunque a punto de sufrir un infarto.

Luego, mirando al resto de los hombres, dijo:

—Buenos días, señores.

Acto seguido, Cromwell, uno de los consejeros, se dirigió a ella y le indicó que estaba encantado de que personas del sexo opuesto y tan jóvenes comenzaran a formar parte de los puestos de responsabilidad de la empresa. Tras aquello, le preguntaron por sus estudios, y poco después empezaron a hablar del tema que les preocupaba: las estadísticas.

—Creo que hace una semana, más o menos —señaló Peterson

dirigiéndose a Cavanillas, a Richard y a Rebeca—, les pedimos las estadísticas que todos los años llevamos a la convención de París.

Cavanillas estaba inquieto en su sillón y no paraba de moverse. Miraba fijamente a Richard, quien a su vez intentaba evitarlo con la mirada. El responsable de las estadísticas era él. Sólo él.

A Rebeca le sudaban las manos. Había un silencio incómodo y se esperaba que alguien comenzara a hablar. Se le empezó a secar la boca. Necesitaba un trago de agua. Vio que había varias botellitas de agua y vasos en una bandeja. Estiró la mano para coger una botella y un vaso, y se sirvió agua.

Se percató, con el rabillo del ojo, que Cavanillas la observaba, pero también se dio cuenta que éste, delante de Peterson, no la trataba de forma tan despectiva como cuando estaban a solas o delante de los otros empleados. Ésa era una baza que Rebeca tenía a su favor. Tan pronto como hubo bebido agua, miró los papeles que estaban encima de la mesa, y dijo:

—Yo... me he permitido traer unas estadísticas que he ido confeccionando a nivel particular en estos últimos años. La de este año aún no la he evaluado... pero creo que les puede servir como referencia.

Se levantó y dio una copia a cada uno de ellos sin excepción. Echaron una rápida ojeada a los papeles que ella les había entregado, y al cabo de unos minutos, que le parecieron una eternidad, Peterson la miró y le preguntó:

—Señorita, ¿le apetecería venir con algunos consejeros y conmigo a la convención de París?

«¡Sí... sí... sí!», quiso gritar Rebeca, pero no lo hizo.

No lo podía creer; el jefazo se lo estaba pidiendo. Llevaba años anhelando ir, y allí estaban, pidiéndole que fuera con ellos en calidad de abogada.

—Claro está —siguió hablando Peterson— que tiene tres semanas para sacar las estadísticas definitivas. También nos interesaría disponer de un posible proyecto sobre las ventas que deben alcanzarse el año que viene.

—Un momento —habló Cavanillas mientras se levantaba—. Creo haber entendido que irán a París usted, los consejeros y la señorita Rojo. ¿Sólo ustedes? ¿Por qué me excluyen? Nunca le he fallado en los veinticinco años que llevo trabajando con usted en la empresa. No creo que esto sea un pago adecuado a mis servicios prestados.

Todos lo miraron directamente y Rebeca tragó saliva.

—Querido Cavanillas... —empezó el jefazo sonriendo—, tengo que disculparme. En ningún momento he intentado excluirte del grupo. Siento que me hayas entendido mal. Me limitaba a hablar con la señorita Rojo y he creído oportuno invitarla a que nos acompañase, pero sin ánimo de ofenderte, querido amigo. Damos por hecha tu asistencia, que para nosotros es valiosísima. Pero al igual que contamos contigo, también tengo que decir —miró fijamente a Richard— que en este viaje no contaremos con su presencia, Richard. Creo que sobra decir que sabemos que, para Cavanillas, usted es un número uno. Pero para ser un número uno en una empresa competitiva como ésta, hay que demostrarlo día a día, y más cuando se trabaja al nivel que se trabaja aquí. Le hemos dado un cargo de responsabilidad, y creo que puedo y debo decirle que nos ha decepcionado. No solamente por no tener preparadas las estadísticas anuales de ese año, sino también por los múltiples escándalos de faldas con los que se lo relaciona. Quiero decirle que sus escarceos amorosos no nos incumben. Pero en interés de nuestra empresa, no nos beneficia que lo relacionen a usted con las empresas Owlson. Por lo tanto, y sintiéndolo mucho, tenemos que comunicarle que su contrato quedará rescindido a partir del día uno del próximo mes.

Boquiabierto, Richard miró a Cavanillas para pedirle ayuda. Pero éste desvió los ojos hacia otro lugar. Sabía que tenían razón, pero nunca imaginó que Cavanillas, al que consideraba un colega, fuera a reaccionar así. Conocía muchas cosas que podrían perjudicarlo si las sacaba a la luz en el momento que él quisiera. Lo estaban despidiendo, y Richard, sin poder creerlo, veía cómo aquél no hacía nada por ayudarlo. Pero no, no estaba dispuesto a irse así, sin más. Ese viejo zorro se las iba a pagar.

De pronto Richard se levantó y se dirigió hacia los grandes ventanales. Se estiró la chaqueta de su caro traje y volviéndose hacia ellos con aire en apariencia tranquilo, dijo:

—Muy bien. Me echan. —Y mirando a Cavanillas, gritó—: ¡¿No vas a decir nada?! Te vas a quedar tan tranquilo mientras mi futuro se va al garete. Pensé que eras mi amigo, además de mi jefe.

Cavanillas le clavó una dura y fría mirada y contestó:

—Richard, sabes que te he advertido varias veces respecto a tus salidas nocturnas. Te había dicho que fueras más discreto porque esto podía pasar. Sabes que nos habían pedido las estadísticas y tú eras el responsable de ellas. Pero últimamente estás fallando y aquí sólo queremos a los mejores y...

—¿Y qué, viejo zorro? —interrumpió Richard fuera de sí—. Quiero que sepas que si yo caigo, tú también caerás. —Miró a Rebeca y se dirigió a ella enfurecido—: Oye, preciosa, yo ya no tengo nada que perder, pero ten cuidado. Nunca te fíes de un superior que te trate como a una igual, ése ha sido mi fallo. No lo cometas tú.

Con la poca dignidad que le quedaba, se dirigió hacia la puerta y cuando llegó hasta ella se volvió y aclaró:

—Recogeré mis cosas hoy mismo. No estoy dispuesto a ser el hazmerreír de esta empresa. Pónganse en contacto con el departamento de personal para que vayan preparando mi liquidación, y sepan que no pienso aceptar cualquier miseria. Espero que lleguemos a un buen acuerdo económico, si no quieren que me querelle contra ustedes. Buenos días.

Se dio la vuelta y, dando un portazo, se marchó. Rebeca, horrorizada por lo sucedido, no entendía nada. Peterson y los consejeros miraron a Cavanillas, esperando que éste aclarara ciertas cosas que había dicho Richard.

—¡A esta rata la voy a hundir! —voceó Cavanillas levantándose indignado—. Nunca va a volver a encontrar trabajo. —Luego, mirando a Peterson, señaló—: Respecto a su amenaza de querellarse, no tenemos que preocuparnos de las posibles injurias que ese individuo pueda decir de nosotros. Tengo ciertas informaciones sobre ese cabrón que le podrán callar la boca. Más le vale que no cree problemas.

Pasados los primeros minutos de tensión, Peterson se dirigió a Rebeca para darle instrucciones del viaje. Le indicó que la querían más cerca de ellos. Pronto empezaría la mudanza para ella a la planta presidencial.

El jefazo le preguntó si quería cambiar de secretaria o prefería quedarse con la que tenía. Ella, sin dudarlo, afirmó que Belén era la mejor secretaria que podía tener. Aclarada la situación, Peterson llamó por el interfono a Susana, su secretaria, quien segundos después entró en la estancia y tomó notas de lo que su jefe le explicaba sobre los nuevos cambios en cuanto a la asesoría jurídica. Tras haber apuntado todo, Susana se dirigió a la salida y, cuando pasó al lado de Rebeca, le guiñó un ojo con complicidad.

—Rebeca, ¿puedo tutearla? —preguntó Peterson mientras se levantaban. Ella asintió—. Creo que, en unas semanas, una vez finalizadas las obras, tú y tu secretaria ya podréis acomodaros en los nuevos despachos.

—Muchas gracias, señor Peterson —dijo aún sin creer lo que había pasado.

El jefazo abrió las puertas de la sala y la invitó a salir mientras decía:

—Me imagino que ya sabías que habría una nueva reestructuración en esta planta para poder ubicaros.

Rebeca se encogió de hombros al tiempo que con el rabillo del ojo miraba a Cavanillas, que seguía discutiendo con Cromwell, uno de los consejeros.

—Ven —invitó Peterson—. Vamos a ver los despachos. Aunque, lógicamente, querida, están aún sin terminar.

Se dirigieron hacia una parte de la planta que hasta entonces había estado cerrada. Rebeca no podía creer lo que veían sus ojos. Allí estaba el despacho que ella siempre había anhelado: grandes ventanales y amplio espacio para habitar. Nada que ver con la pecera en la que hasta el momento había trabajado.

A través de uno de los ventanales se veía la Puerta de Alcalá. Por un instante notó que los ojos se le llenaban de lágrimas, pero en ese momento intervino Peterson.

—Tenemos que encontrar más personal para la asesoría. Habrá que buscar dos abogados más y, por supuesto, dos secretarias. Mientras los seleccionamos, la obra habrá llegado a término. Pero ellos no estarán ubicados hasta que volvamos del viaje a París. Éste —comentó indicándole uno de los despachos— es tu futuro despacho, Rebeca. ¿Qué te parece? Me parece que en el momento en que pongas tu toque femenino quedará perfecto, ¿verdad?

—¿Éste será mi despacho? —preguntó ella sin poder creérselo—. Pero si es el más grande.

—¡Claro que sí! —asintió él con naturalidad—. Tienes que dar una buena imagen cuando hagas las entrevistas y la selección de tus futuros ayudantes en la empresa.

—¡¿Qué?! —exclamó en un hilillo de voz sin entender—. Pero el señor Cavanillas... Él es el encargado de las entrevistas para acceder a este departamento. ¿Qué va a decir? —preguntó horrorizada—. Yo... yo no sé si estaré a la altura para poder decidir quién es mejor que otros. Yo...

Peterson, consciente de los miedos de aquella joven, la interrumpió con una sonrisa.

—Rebeca, quiero gente nueva. Gente emprendedora y que sepa aprovechar la oportunidad que le vamos a ofrecer. Estamos pasando un momento de crisis mundial, y no deseo que eso afecte a mi empresa. En definitiva, buscamos un buen equipo, y quiero que seas tú quien cree ese equipo.

Las manos le sudaban como nunca.

—Yo... me siento muy honrada y...

—Mira, Rebeca, te confesaré algo. En este último año, aunque tú no lo supieras, te he estado observando. Sé la cantidad exacta de veces que Richard te ha pedido ayuda, y tú lo has ayudado desinteresadamente. Tengo buenos informadores. —La miró sonriendo—. Tampoco creas que no he notado el poco interés que Cavanillas ha mostrado hacia tu trabajo por tu condición de ser del sexo femenino. En la reunión he dicho que Cavanillas consideraba a Richard un número uno, pero creo que ese calificativo te corresponde a ti. Sólo quiero, y necesito, que respondas como hasta ahora. La única diferencia que habrá entre antes y ahora es un ascenso en tu carrera. La oferta que te estoy haciendo es interesante para ti y tu futuro, y no creo que seas tonta y vayas a desaprovechar esta oportunidad. —Ambos sonrieron—. En lo que se refiere a Cavanillas, no te preocupes. Ahora tengo una reunión con él y le ofreceré un puesto que lleva tiempo ambicionando en Barcelona. Por supuesto, dentro del departamento jurídico. —Mirando hacia atrás, Peterson vio que los otros se acercaban y cuchicheó en confianza—: Todo depende de ti. Si eres la persona que creo que eres, aceptarás este reto. Si necesitas hablar algo más con respecto al tema, sólo tienes que ponerte en contacto con Susana y ella te dirá dónde encontrarme. Espero tu contestación a todo lo que te he expuesto después del viaje a París —dijo tendiéndole la mano para despedirse de ella.

El jefazo se dio la vuelta y se dirigió hacia Cavanillas y Cromwell. Éstos se despidieron de ella y se encaminaron hacia el ascensor charlando, mientras ella se quedaba sola y sumida en un mar de dudas. Regresó a su futuro despacho. Pasó por encima de unos tablones que había en el suelo y, mirando la Puerta de Alcalá, pensó que ésta era su oportunidad; lo que llevaba tiempo esperando. Poco a poco sus pulsaciones se normalizaron y comenzó a tener ganas de bailar. Casi no se lo podía creer y se pellizcó para ver si estaba soñando.

En ese momento se acordó de Belén, y sintió unos deseos enormes de contárselo. Se dirigió hacia el ascensor y, mientras esperaba, miró a ver si alguien podía verla en ese momento; cuando se cercioró de que no había nadie, dio un chillido de alegría y saltó. Las puertas del ascensor se abrieron y, muerta de risa, se metió corriendo en él. En cuanto llegó a su planta, allí estaba esperándola Belén, que se levantó de su mesa enseguida al verla. Rebeca, muy seria, pasó por su lado y le pidió que entrara en su pecera. La otra, rápidamente, cogió un cuaderno y un bolígrafo y la siguió.

—Bueno, Belén —dijo sentándose—, no sé cómo decirte esto, pero... ¿Qué te has traído para comer hoy?

Con los nervios de punta y sin entender nada, respondió:

—Dos sándwiches de jamón y queso. ¿Tienes hambre? ¿Quieres uno?

—No... —contestó Rebeca mientras empezaba a tener un ataque de risa.

—¿Qué pasa? Cuéntame —rogó Belén—. He visto cómo Richard salía hecho una furia.

Pero Rebeca no podía parar de reír. Y su secretaria no sabía qué pensar.

—¡Por Dios, Rebeca, me estás asustando! No nos habrán despedido, ¿verdad? Ay, Dios... que tengo que pagar la hipoteca. ¿Se puede saber qué es lo que ha pasado?

Rebeca se levantó, aún muerta de risa, cogió el bolso y el abrigo y dijo:

—Vámonos. Te invito a comer en el Vip's. Tengo que contarte muchas cosas, y te aseguro que te van a gustar.

De camino al ascensor, de pronto Belén se paró en seco y, dando un grito, se abrazó a su jefa. Los que andaban por la planta las miraron, pero a ellas les daba igual. Comenzaban el año bien y con un prometedor futuro por delante.

Al día siguiente todos entendieron la alegría de las dos muchachas, aunque, como siempre, hubo quienes envidiaron su suerte.

Capítulo 9

A partir de ese ascenso los días para Rebeca empezaban muy temprano y terminaban, la mayoría de las veces, demasiado tarde. Su vida dio un giro de ciento ochenta grados. Tenía que terminar las estadísticas, ultimar los preparativos del viaje a París, estaba pendiente de la finalización de las obras en los despachos, y sabía que en cuanto regresara del viaje debería encargarse de la contratación de los nuevos abogados. No tenía tiempo para nada más, casi ni para Pizza.

En las escasas ocasiones que se relajaba en su casa, por su mente se cruzaba aquel hombre, Paul. Cerraba los ojos y lo veía con aquel traje negro en la fiesta, pero de inmediato en sus divagaciones irrumpía la morena que se había acercado a él. Cada vez que lo recordaba, se regañaba. No debía pensar en él. Imaginaba que no volvería a verlo en su vida. Lo que ella no sabía era que aquel hombre que ocupaba ocasionalmente sus pensamientos, a menudo la veía regresar a su casa por las noches. La esperaba dentro del coche, con la intención de reunir valor para acercarse a ella, pero ese valor se esfumaba en cuanto la veía aparecer.

Pasaron las semanas y con ellas el viaje a París, que fue todo un éxito. Un sábado, cuando se dirigía a casa de su amiga Carla, decidió pasar a una tienda infantil para comprarle algo a Noelia, la hija de Carla. Ella era la madrina de la pequeña. Una preciosa niña pelirroja de once meses, nacida de la relación entre Carla y Alfonso.

Entró en la tienda decidida a adquirir una preciosa camiseta de gatitos que había visto en el escaparate y, en el momento en que se dirigía a la caja para pagar, vio unos muñecos graciosísimos. Estaba agachada mirándolos de cerca cuando oyó una voz familiar; se volvió y vio a Lorena, la hija de Paul, con una chica de su edad más o menos.

¡Increíble!

En cuanto se cercioró de que no estaba su padre con ella, se acercó para saludarla.

—Pero bueno, ¡mira quién está aquí! —dijo agachándose a su lado.

La niña, al verla, y sobre todo al reconocerla, sonrió y la abrazó con fuerza.

—¡Rebeca! —gritó encantada. Y mirando a los lados, preguntó—: ¿Dónde está Pizza?

—En casa, cielo. Ella no puede entrar en las tiendas, es muy juguetona y lo tiraría todo. ¿Qué tal estás, preciosa?

—Yo bien, pero... ¿por qué no vienes nunca a casa? —preguntó arrugando el entrecejo—. Papi me dijo que como tenías mucho trabajo no podías venir. Pero yo quiero que vengas y traigas a Pizza.

Rebeca sonrió nerviosa ante las cuestiones que le planteaba aquella pequeña, y para cambiar de tema le preguntó:

—¿Dónde está tu abuelita, cariño? Por cierto, ¿se acordó Papá Noel de ti?

—Oh sí... —asintió la cría abriendo desmesuradamente los ojos—. Me trajo muchas cosas, incluso un perrito de peluche que se llama Pizza.

—Vaya... ¡eso es genial! —exclamó Rebeca riendo.

—También me trajo la Barbie mechones de moda, la casa rosa de Barbie, incluso una moto de verdad para mí —añadió orgullosa—. Pero ha dicho papi que es para cuando vayamos a la casa del campo. Y a ti ¿qué te trajeron?

Con gesto desenfadado Rebeca sonrió y respondió:

—Pues un hada preciosa, un bolso, unos pendientes y cositas que necesitaba.

—A mi papi también le trajeron cosas. Mi abuelita le pidió que le trajeran una corbata, una camisa y unos libros, pero deben de ser muy aburridos.

—Aburridos... ¿por qué? —Rebeca sonrió.

—Por la noche, papi se pone a leer, pero yo veo que no mira hacia donde están las letras. Además, siempre está en la página que pone un cinco y un ocho. Yo creo que es un libro muuuuuy aburrido.

Rebeca soltó una carcajada. Esa cría y su manera de explicarse eran geniales.

—Pero yo le regalé una cosa que sí le gustó. ¿Sabes lo que es? —Divertida, Rebeca negó con la cabeza—. Es un muñeco que hice en el cole. Lo hemos puesto en la entrada de casa, y sirve para colgar las llaves del coche. Cuando se lo di, me dijo que era su regalo preferido.

—Pues claro que sí, cariño, no lo dudes —dijo una voz profunda detrás de ellas.

Paul llevaba rato observándolas. Estaba comprándole ropa a Lorena cuando se dio cuenta de que se había dejado la cartera en la guantera del coche. Pidió a una de las dependientas que cuidara un momento de la niña mientras se acercaba al automóvil, y en cuanto volvió a la tienda no daba crédito a lo que sus ojos veían.

¡Allí estaba ella!

Tan preciosa como todas las veces que la había visto. Vestida con unos vaqueros, una cazadora azul, unas deportivas blancas, y el pelo recogido en una coleta alta. Era una belleza natural. Aunque tenía la mirada algo apagada. Se la veía cansada.

Al escuchar aquella voz, a Rebeca se le puso la piel de gallina, y pensó «Vaya por Dios».

—¡Papi! —gritó la niña encantada—. Me he encontrado a Rebeca, pero no está Pizza.

Ella se incorporó como pudo, levantó la mano a modo de saludo e intentó sonreír. No sabía por qué, pero aquel hombre la ponía nerviosa. Demasiado nerviosa.

—Hola, Rebeca —saludó éste con una radiante sonrisa, y volviéndose hacia la señorita que cuidaba a su hija, le entregó la tarjeta de crédito y dijo—: Muchas gracias por cuidar de ella. Ha sido muy amable. Tome, cargue en mi cuenta las compras.

—¿Para quién es ese muñeco? —preguntó la niña señalando hacia la mano de ella—. Yo tengo uno casi casi igual que ése, pero el mío tiene el pelo azul.

—Es para mi ahijada Noelia; y esta ropita, también. ¿Te gusta?

—Sí. ¿Dónde está Noelia? —volvió a preguntar la incombustible pequeña.

—Cielo... creo que ya vale de preguntas. Estás mareando a Rebeca —susurró él mientras andaban hacia la caja para pagar lo que ambos habían comprado.

Al oír aquello, la aludida suspiró y, con una sonrisa, indicó:

—No te preocupes. Es una niña y se comporta como tal.

Tras pagar, salieron de la tienda. Rebeca se volvió hacia Paul dispuesta a despedirse.

—Bueno, me tengo que ir. Voy a casa de una amiga.

Sin embargo, la niña no estaba dispuesta a dejarla marchar. Algo que su padre le agradeció en silencio.

—¡Joooooo...! Pero ahora no te puedes ir; íbamos a tomar una riquísima hamburguesa. ¿Por qué no te vienes con nosotros? ¿Te gustan las hamburguesas? —Aunque no le dio tiempo a contestar—. No importa si no te gustan, puedes tomar otra cosa. ¿Verdad, papi? ¿Verdad que se tiene que venir con nosotros a comer algo? —suplicó la niña.

Rebeca se encontró con los ojos de Paul clavados en ella y pensó: «*¿Por qué no?*».

—Está bien. Me has convencido. ¿Dónde nos comemos esa riquísima hamburguesa? Pero sólo puedo quedarme un ratito. —Consultó el reloj—. He quedado con mi amiga en su casa.

Al oír eso Paul quiso saltar de alegría, pero se contuvo. Los tres se dirigieron hacia una pequeña hamburguesería. La niña iba saltando delante de ellos, mientras que éstos la miraban y sonreían.

—Ya he oído que has tenido varios regalos —dijo él para romper el hielo—. ¿Qué tal tu hermano? ¿Se fue ya?

—Sí —suspiró—. Es una pena. Sólo nos vemos tres o cuatro días cada dos o tres meses, aunque no me puedo quejar. A Donna, mi hermana, llevo sin verla dos años.

—¿En serio? —exclamó Paul—. Pero ¿dónde vive tu hermana?

—En Chicago. Vive allí desde hace unos cinco años —dijo Rebeca encogiéndose de hombros mientras observaba que un chico los miraba sorprendido—. Se fue a pasar unas vacaciones a Sevilla. Conoció a Miguel. Se casaron. A Miguel le salió un trabajo en Chicago, y ahora viven allí junto a mi sobrina María. Al otro lado del charco.

Divertido, en tono de broma le indicó:

—Ahora me dirás que tus padres viven en Tokio.

Nada más decir aquello, Paul vio que había metido la pata.

—Bueno... ellos murieron.

Deteniéndose en medio de la acera, la cogió del brazo y le susurró:

—Perdona, Rebeca. Me siento como un verdadero tonto por haber dicho algo tan inapropiado.

—No te preocupes, no pasa nada. Todos tenemos recuerdos, alegres y tristes.

Él asintió.

—Por desgracia, sí, tienes razón, pero vuelvo a pedirte perdón.

Rebeca, para quitarle hierro al asunto, sonrió.

—De verdad, no pasa nada. —Y mirando a Lorena, que le hacía señales desde la puerta de la hamburguesería, comentó—: Me parece que ya hemos llegado. Es aquí, ¿verdad?

Entraron y pidieron unas hamburguesas con patatas.

Rebeca confirmó lo que ellos habían dicho antes: esas hamburguesas estaban riquísimas. Pero también fue consciente de que la gente los miraba. En especial los chicos jóvenes; ¿qué ocurría? La pequeña, tras acabar su hamburguesa, que devoró, corrió a la zona de juego, mientras ellos hablaban. Durante ese rato, Paul supo que la fallecida madre de Rebeca era americana, de Kansas, aunque su padre era de Madrid. Él le comentó que su padre era de Illinois y su madre inglesa, aunque residía en Barcelona.

Un buen rato después, ella consultó su reloj y se sorprendió al darse cuenta de que habían pasado dos horas. Tenía que marcharse, Carla la estaría esperando. Con pereza, se levantó de la silla para irse, pero Paul rápidamente se ofreció para acercarla hasta la casa de su amiga.

En un principio Rebeca desechó la idea. Pero ante la insistencia de Lorena y de Paul, se rindió. Montaron en el coche y le indicó el camino.

Durante el trayecto, Lorena no paró de hablar hasta que por fin llegaron frente a la casa de Carla. Rebeca se volvió hacia el asiento trasero donde iba la pequeña y, dándole un beso, se despidió de ella prometiéndole que volverían a verse. Mintió. Cuando llegó el momento de despedirse de Paul, se sorprendió al ver que él se bajaba del coche y la acompañaba hasta el portal.

—Quisiera pedirte algo —dijo asiéndola suavemente del brazo—. Ya que ambos tenemos padres americanos, o «guiris», como se dice en España, y creo que hemos estado muy a gusto charlando... —ambos sonrieron— ¿cenas conmigo mañana por la noche?

«Ay... que no. Que no me convienes... que no.»

—¿Mañana...? —murmuró despacio—. Lo siento, pero mañana tengo mucho trabajo.

—¿Pasado mañana? —insistió Paul.

—Uf... imposible —dijo mientras lo rechazaba de nuevo sin pensárselo dos veces.

Agachando la mirada, él no se dio por vencido y, con una pícara sonrisa, cuchicheó:

—¿No cambiarías de opinión si te prometo algo mejor que una triste hamburguesa?

«Por favorrrrrrrrrr... no voy a poder contenerme más, ¡es irresistible!», pensó, pero contestó:

—No, gracias.

Paul, sin poder creerse aquellas negativas, se apoyó en la puerta, se acercó más a ella y volvió preguntar:

—¿Por qué lo haces? ¿Por qué no quieres cenar conmigo?

«Porque no eres recomendable para mí. Los tipos como tú siempre me han dado problemas y acaban decepcionándome», pero balbuceó:

—No te entiendo, Paul.

—Estás a la defensiva en todo momento. Sólo te estoy pidiendo que cenes conmigo, nada más. No te estoy pidiendo que te acuestes conmigo ni nada por el estilo. Sólo una cena.

«Uf... qué calor... qué calorrrrrrrrrrrrrr», pensó al escuchar aquello e imaginarlo. Pero no. Ella era una buena chica y las buenas chicas no pensaban en esas cosas... ¿o sí?

Paul le clavó su mirada inquietante. Lo que más le apetecía era conocer a fondo a esa mujer, y saber por qué huía en todo momento. Algo en él le indicaba que debía ir despacio. Más despacio de a lo que él estaba acostumbrado. Aquella joven nada tenía que ver con las mujeres vacías y ambiciosas con las que se había topado hasta ahora.

—Vamos a ver, Paul —resopló ella—. En estos momentos no estoy preparada para salir con nadie. No quiero atosigamientos. No me apetece complicarme la vida, ¿entiendes eso?

Él sonrió al escucharla.

—De acuerdo, Rebeca. Siento que te hayas sentido atosigada. —Y, llevándose las manos a la cabeza, exclamó—: ¿Te has dado cuenta de la cantidad de veces que me he disculpado hoy contigo?

Ella asintió y sonrió, y él, buscando las palabras más adecuadas, concluyó:

—Sólo quiero que seamos amigos. Si te prometo que no te seduciré y que me comportaré como un caballero, ¿me aceptarás la cena... amiga?

A Rebeca se le derritieron los muros de hielo en aquel instante. Aquel tipo era verdaderamente encantador; tras pensárselo unos segundos, respondió:

—Eres imposible, ¿lo sabías? —Él asintió con una sonrisa—. Está bien. Cenaré contigo. Pero pagamos a medias, ¿de acuerdo?

Paul sonrió, pero no respondió nada. Había conseguido una cita con ella.

—Pasaré mañana sobre las seis por tu casa —dijo mientras se dirigía de nuevo al coche, donde Lorena se había quedado dormida.

Apoyada en el portal y con el corazón a mil revoluciones, Rebeca suspiró y señaló:

—Vivo en Majadahonda, la dirección es...

—Ya la sé —cortó Paul desde el coche.

Anonadada por aquello, puso los brazos en jarras y preguntó:

—Pero bueno, ¿cómo la sabes?

Él no contestó. Se limitó a sonreír mientras abría la puerta del coche y se marchaba.

Capítulo 10

«Seré tonta. ¿Por qué he tenido que decir que sí? Si es que soy masoquista. Sé que ese tío me va a traer problemas, y yo, ZAS... quedo con él», se regañaba Rebeca mientras subía por la escalera hasta la casa de Carla. Una vez delante, llamó a la puerta. No abrieron. Volvió a llamar repetidas veces, pero nadie contestó.

«Bajaré al parque. Seguro que Carla está allí con la enana», pensó.

Sin embargo, cuando iba hacia la escalera, el llanto de un bebé llamó su atención. Regresó a la puerta de Carla y comprobó que el llanto salía de allí. Volvió a llamar. Ahora estaba segura de que la que lloraba era Noelia. Pero no abrieron. Bajó a la portería y Pepe, el portero, como la conocía, le dio la llave que Carla tenía allí de emergencia, aunque no se alarmó. Quizá Carla se había quedado dormida. Preocupada, subió los escalones de dos en dos, metió la llave en la cerradura, abrió y entró. Al entrar en el salón, no había nadie.

—¡Carla! —llamó, pero no contestaron.

Sólo se oían los gemidos de Noelia. Se dirigió rápidamente al dormitorio y vio en la cuna a la niña llorando de forma desconsolada. Rebeca la cogió en brazos e intentó tranquilizarla mientras miraba por las habitaciones. Al intentar abrir la puerta del baño, lo encontró cerrado con el pestillo por dentro. Acercó el oído a la puerta y oyó sollozar a su amiga.

Alarmada, Rebeca le gritó que abriese la puerta. No sabía qué había pasado, pero ella estaba allí para ayudarla. Tras un rato de angustiosa espera, Rebeca sintió que quitaban el pestillo de la puerta y, cuando por fin abrió, lo que vio la dejó sin habla.

Acurrucada al lado del bidé estaba Carla. Sangraba por el labio y tenía un feo golpe en el rostro. Sus ojos estaban hinchados de tanto llorar y su pelo... ¿qué se había hecho en el pelo?

Su precioso pelo rojo estaba cortado a trasquilones. Tenía un aspecto horroroso.

Le habló. Intentó consolarla. Logró sacarla del baño y llevarla hasta el salón. Allí la tumbó en el sillón y la tapó con una manta y, sin perder un segundo, se ocupó de Noelia. Fue hasta la cocina con ella en brazos y le preparó un biberón. La niña estaba hambrienta. Cuando se lo hubo tomado, le cambió el pañal y la llevó a la cuna, donde la pequeña se quedó dormida. Acelerada, regresó junto a Carla y vio que no se había dormido. Se acercó a ella y comenzó a limpiarle con una esponja la sangre reseca que tenía en la cara, pero ésta empezó a llorar.

—Tranquilízate, Carla —dijo mientras la abrazaba.

—Oh, Rebeca... ha sido horrible —sollozó.

—Pero ¿qué ha pasado? ¿Quieres que llame a la policía? —dijo mientras alargaba la mano para coger el teléfono.

—¡No! —gritó Carla—. No llames. Por favor, Rebeca, no llames a la policía.

—Pero, Carla, ¿cómo no voy a llamar a la policía? Te miro y veo que tienes el labio partido, un ojo hinchado y moratones en el cuerpo. ¡Dios mío! Cuando he llegado, la niña estaba totalmente histérica. Y tu pelo, Carla... —Se paró para no continuar. Estaba perdiendo el control de sí misma—. ¿Se puede saber por qué no quieres que llame a la policía? Quien te haya hecho esto tiene que pagarlo. ¿Quién ha sido?

Tapándose la cara con las manos, Carla sollozó.

—Él no quería hacerlo. He sido yo, que soy muy cabezona, y...
—De pronto le dio un ataque de tos y su cara se transformó en un
rictus de dolor. Se llevó las manos al estómago e intentó decir
algo, pero el dolor fue tan intenso que se desmayó.

Asustada como nunca en su vida, Rebeca llamó enseguida al
112. Minutos después, viajaba con Carla y su hija en una ambu-
lancia.

Capítulo 11

El hospital Doce de Octubre le traía millones de recuerdos tristes. Pero allí estaba de nuevo, sola y con la pequeña Noelia en brazos. Llamó a la madre de Carla, pero como era de esperar, no quiso saber nada de su hija. Tras colgar el teléfono, sentía ganas de matarla y no sabía qué hacer ni a quién llamar. Pensó en Ángela. La telefoneó y en media hora estaba allí. Asustada por lo que Rebeca le contaba, finalmente ésta consiguió que se llevara a Noelia a casa. Ella iría más tarde.

Angustiada durante horas, suspiró cuando un médico salió y preguntó por los familiares de Carla Benítez. Rebeca se acercó con rapidez. Éste se presentó, su nombre era Samuel Álvarez, un médico joven, agradable y simpático. Sentándose con ella, le preguntó datos sobre Carla. Una vez cumplimentado todo, le informó de que su amiga tenía dos costillas rotas, un derrame en el ojo, un fuerte golpe en la cara y varios moratones por todo el cuerpo que indicaban que había sido víctima de una brutal paliza. Debía quedarse ingresada en el hospital.

Horrorizada, Rebeca se llevó las manos a la boca y lloró. ¿Cómo le podía haber pasado aquello a Carla? Era una chica tan buena y plácida, que era imposible pensar que alguien quisiera hacerle daño. El médico preguntó si conocía al animal que le había dado tal paliza. Negó con la cabeza. Tenía que hablar con ella. Tras charlar con aquél sobre la necesidad de que Carla denunciara el caso, este le indicó que podía pasar a verla unos minutos.

Con el corazón encogido, siguió al doctor hasta la habitación donde su amiga estaba postrada. Nada más verla, Rebeca le cogió la mano y se la besó. El doctor Álvarez, al comprobar que la paciente estaba consciente, se acercó a la cabecera de su cama. Le preguntó si estaba mejor, y Carla asintió. Antes de marcharse, aquel solícito medico recordó a la enferma que aquella noche estaba de guardia, que si lo necesitaba o sentía el más mínimo dolor, que lo llamara. Después se fue. Rebeca, consternada, se sentó en la silla que había en la cabecera de la cama. Le temblaban las piernas.

—¿Y... la... niña...? —logró pronunciar Carla.

—Está con Ángela. —Le pasó con cariño la mano por el pelo y prosiguió—: Ya sabes que ella va a cuidarla mejor que nadie. Y no te preocupes, durante los días que estés aquí, Noelia se quedará conmigo en casa.

—Lo... siento... lo... siento —repetía Carla mientras le resbalaban las lágrimas por las mejillas.

Conmovida, Rebeca se le acercó y la besó al tiempo que le secaba las lágrimas.

—Escucha, cielo —dijo mirándola con dulzura—, no te preocupes por nada. Ahora lo que tienes que hacer es ponerte buena. Cuando estés mejor hablaremos. Pero de momento lo más importante es que te mejores. ¿De acuerdo?

Apareció una enfermera para avisar de que Carla tenía que descansar. Rebeca, tras darle un dulce beso en la frente, le recordó que al día siguiente regresaría. Al salir, le dio a la enfermera su número de teléfono por si tenían que contactar con ella.

Cuando se marchó del hospital eran las once de la noche. Le encantó recibir el aire fresco de la calle, pero recordó que Ángela estaba en casa con Noelia. Cogió un taxi y, tras darle la dirección de su casa, pensó en su cita con Paul para el día siguiente. ¿Cómo avisarlo? No tenía su teléfono, ni su email ni nada, pero decidió no pensar en ello. Bastante agobiada estaba ya.

Al pasar por una farmacia de guardia, le pidió al taxista que parase unos minutos. Allí Rebeca compró biberones, chupetes, pañales, un muñeco de goma y leche en polvo para la niña. Una vez hubo pagado, volvió a montar en el taxi. Cuando llegó a su hogar, como siempre salió Pizza a recibirla.

«Por fin en casa», pensó tocando la barriga del animal, hasta que una voz la sobresaltó.

—Por fin estás aquí. Estábamos preocupados por ti.

Se quedó boquiabierta al ver a Paul frente a ella con gesto de preocupación.

Pero ¿qué hacía allí?

¿En su casa?

Él, al ver cómo lo miraba, rápidamente se acercó a ella y dijo:

—Siento haberte sobresaltado. —Y con una sonrisa encantadora le susurró—: Como verás, ya me estoy disculpando por algo.

Sonrió al oír aquello.

—Pero... ¿tú qué haces aquí?

—Te he llamado al móvil, pero no me lo has cogido. Por eso he llamado a tu casa —explicó Paul—. Te has olvidado en el coche la bolsa en la que iba la muñeca que le has comprado a la hija de tu amiga. Ángela ha contestado al teléfono, y la pobre mujer me ha contado angustiada lo que había sucedido. Acababa de llegar del hospital con la niña. El resto creo que no hace falta que te lo cuente.

Rebeca asintió pero, a la vez que torcía el cuello, murmuró:

—Vale... entiendo lo que me dices, pero ¿por qué has venido a mi casa?

Dispuesto a aclararle el porqué, sonrió y dijo:

—Ángela me ha comentado que no tenía nada de ropa para

cambiar a la pequeña, ni pañales, ni leche... nada. Y yo me he ofrecido a traerle lo que necesitara. En casa tengo todavía ropa de Lorena y he comprado en una farmacia lo necesario. Aunque lo gracioso de verdad ha sido ver su cara cuando he llamado a tu puerta y ha abierto —continuó, haciéndola sonreír a su vez—. Casi le da algo. Luego he llamado al hospital, pero allí me han dicho que ya habías salido y aquí estoy, esperándote por si necesitas lo que sea.

En ese momento apareció Ángela que rápidamente la abrazó y preguntó por Carla. Mientras la joven hablaba, la mujer le hizo pasar a la cocina. Rebeca necesitaba comer y ella enseguida se puso manos a la obra.

—Hermosa, ahora mismo vas a comer algo —dijo Ángela obligándola a sentarse a la mesa—. Conociéndote, no habrás comido nada a excepción de las guarrerías de la maquinita del hospital.

Con gesto pícaro la mujer le guiñó el ojo y miró a Paul. Rebeca tuvo que hacer esfuerzos por no reír, a pesar de la situación. Ángela, a veces, era tan cómica.

—Vale... vale —asintió divertida—. ¿Dónde está Noelia?

La mujer contestó mientras se movía por la cocina:

—Está durmiendo en tu cuarto. Paul la ha dormido. Por cierto, este hombretón tiene mano para los niños, y Noelia está totalmente rendida a él.

—Gracias, Ángela —se mofó Paul.

—No sé qué habría hecho si él no hubiera venido a echarme una mano —continuó la mujer.

—No olvides, Ángela, que tengo una hija. Algo aprendí cuando era un bebé —respondió Paul divertido.

—Uiss, hermoso —indicó ésta—. Mi marido y yo tuvimos cinco hijos y te aseguro que él no aprendió nada. Siempre decía: «¡Los niños *pa* su madre!».

Los tres volvieron a reír y Rebeca se levantó y dijo, tras pasar junto a Paul, que estaba apoyado en el quicio de la puerta:

—Voy a ver a la pequeñaja y a ducharme mientras terminas la cena. —Y, mirándolo, preguntó—: ¿Te apetece cenar algo?

Él asintió con la cabeza y Rebeca no pudo evitar volver a reír al ver que Ángela, tras un aplauso, ponía otro plato en la mesa. Rebeca suspiró y lo miró divertida.

—Si te apetece beber algo, coge lo que quieras. No tardaré mucho.

Rebeca subió al primer piso de su chalecito seguida por Pizza. Se acercó a su cama y allí, en el centro, y entre almohadas para que no se cayera, dormía Noelia. Con una sonrisa, se dirigió al baño, abrió el agua, se desnudó y se duchó. La ducha le sentó fenomenal. Se puso unos leggins blancos y un blusón rojo. El pijama lo dejó para cuando Paul se marchara. Se secó el pelo un poco y bajó la escalera, desde donde no pudo evitar fijarse cómo Paul miraba por la ventana mientras se tomaba una cerveza. Se lo veía tan guapo y varonil con aquel vaquero y su polo azul, que daban ganas de acurrucarse junto a él.

«Uff... este hombre es una auténtica tentación para cualquiera», pensó.

Realmente necesitaba que alguien la acurrucara y la mimara, pero no él. Era demasiado perfecto para ella. Además, aquella tarde le había dejado claro que sólo serían amigos.

—No te había oído llegar —dijo Paul dándose la vuelta—. ¿Te encuentras mejor tras la ducha?

—Sí, gracias —consiguió balbucear—. ¿Cenamos algo? Desde que he comido la hamburguesa con vosotros no he vuelto a comer nada. Por cierto, ¿dónde está Lorena?

Él consultó su reloj y, viendo la hora que era, contestó:

—Me imagino que en llevará dormida unas cuantas horas. Ella está en casa, con Julia.

«¡¿Julia?! ¿Quién es esa Julia?», pensó, y Paul, al ver su gesto, aclaró:

—Julia es la señora que me ayuda a cuidarla desde que era pequeña. Le he dejado tu teléfono por si ocurría algo. Espero que no te importe.

Extrañada porque ella no se lo había dado, preguntó con una pícara sonrisa:

—Vamos a ver, Paul Stone, ¿cómo sabías mi número de teléfono?

—Mejor no preguntes —se mofó, mientras esbozaba una encantadora sonrisa que hizo que a Rebeca le temblaran las piernas.

En ese momento apareció Ángela poniéndose el abrigo. Paul se ofreció para llevarla en su coche, pero ella se negó. Les había dejado la cena encima de la mesa de la cocina y quería que se la comieran caliente.

Tras batallar con ella, al final Rebeca le susurró a Paul que era inútil discutir con esa mujer. Si ella decía que no, era que no. Con una sonrisa en los labios, Ángela terminó de ponerse el abrigo y les ordenó que fueran a la cocina. Ellos, entre risas, obedecieron rápidamente.

—Menudo carácter tiene esa mujer —dijo Paul riendo mientras se sentaba en una de las sillas.

—Es un sol. Mi ángel de la guarda. No sé qué habría sido de mí si no la hubiera tenido a ella. Por cierto, ¿agua o vino? —preguntó mientras abría el frigorífico.

—¿Tú qué bebes?

—Soy poco exótica, pero me gusta comer con agua o Coca-Cola.

—Pues no se hable más —asintió él—. ¡Agua para todos!

Mientras cenaban, Paul se interesó por lo ocurrido con Carla. Ella le contó lo poco que sabía, hasta que oyeron llorar a Noelia. Rebeca subió corriendo a la planta de arriba para calmarla.

—Hola, chiquitina —susurró con cariño mientras se sentaba en la cama y la cogía—. ¿Tienes hambre?

La niña la miraba con los ojos muy abiertos y empapados en lágrimas. Pero en cuanto la reconoció, sus pucheros cesaron. Rebeca le habló con dulzura, y poco después la niña sonrió.

—Por lo que veo, te gustan los niños —dijo Paul, que llevaba un rato apoyado en el marco de la puerta.

Azorada, pues no se había dado cuenta de que él la había seguido hasta su habitación, se levantó de la cama y se dirigió hacia la puerta.

—La verdad es que sí. Me encantan. Especialmente esta brujita, que creo que nos está diciendo que tiene hambre, ¿verdad, preciosa? —Sonrió mirando a la niña—. Venga, vamos a prepararle un biberón.

Ya en la cocina, Rebeca pidió a Paul:

—Por favor, cógela un momento mientras le preparo el bibe.

Él la cogió en brazos encantado y fue con ella al salón seguido de Pizza. Allí comenzó a tirarle a la perrita una pelota y la niña reía a carcajadas. Una vez preparado el biberón, Rebeca fue al salón y Paul se lo pidió porque quería dárselo. Ella, divertida, se lo entregó y se sentó en el poyete de la ventana para mirarlos.

—Vaya, parece que has nacido para esto.

—Querida amiga —dijo él riendo—, a mi pequeña le di todos los biberones del mundo. Era una glotona.

—¿Puedo preguntarte por la madre de Lorena?

Él suspiró.

—Ella no quiso cambiar su estilo de vida cuando nació la niña. Para ella, Lorena nunca fue importante —respondió modificando el tono de voz.

—Lo siento, Paul, no quería...

—No te preocupes, Rebeca —dijo mirando a Noelia y luego a

ella con una sonrisa—. Ése es un tema que ya he superado. Por suerte tengo a Lorena. Ella es lo más precioso que poseo en este mundo. Y volvería a hacer todo lo que he hecho por ella, mil veces más.

«Ay, Dios... cada vez me parece más interesante», pensó, tras un breve suspiro.

—Me alegro de que lo veas así. Pero ¿creerías que soy poco discreta si te pregunto qué pasó?

—Para eso están los amigos, ¿no te parece? —dijo mirándola a los ojos de una manera que la hizo estremecer—. Estuve tres años casado con Silvia, la madre de Lorena. Ella es de Madrid. Siempre tuvimos claro que no íbamos a tener hijos. Pero, como se dice ahora, un fallo técnico nos hizo encontrarnos de pronto con que íbamos a ser padres. En un principio estábamos tan confundidos con el tema que no sabíamos qué hacer, pero finalmente decidimos tenerlo. Cuando estaba de cinco meses y en su cuerpo se comenzaban a notar bastante los cambios, su carácter se volvió irascible. Todo le molestaba; decidió de la noche a la mañana que no quería tener ese hijo. Como podrás imaginar, los cuatro meses restantes fueron horribles. Llegó el parto y tuvieron que practicarle una cesárea porque no dilataba. Ése fue el primer gran enfado de Silvia contra la niña.

Sin poder creerse lo que escuchaba, Rebeca tuvo que sentarse.

—En ese momento, yo, como un tonto, pensé que cuando Silvia viera a la pequeña todo cambiaría. Pero no. Al nacer la niña empezó el verdadero infierno. Desde el primer momento pasó de ella; incluso cuando le pregunté por el nombre que le gustaría ponerle, me dejó muy claro que no deseaba saber nada del tema. Si yo quería ser padre, lo sería. Pero ella no sería madre, ni me ayudaría. —Cogiendo aire prosiguió—: Cuando Silvia salió del hospital y volvió a casa, ya no quiso compartir la misma habitación conmigo ni con Lorena. En ese tiempo creí volverme loco con el trabajo, mis viajes y la niña. Hice todo lo que pude para aprender a cuidar a un bebé y trabajar al mismo tiempo. Pero tengo que aclarar que lo conseguí gracias a la ayuda de mi madre y de Julia. Cuando Lorena cumplió seis meses la situación se hizo insostenible entre Silvia y yo.

Hubo un breve silencio en el que Paul ayudó a Noelia a eructar.

—La gota que colmó el vaso fue el día que se presentó en casa con unos amigos que iban hasta las cejas de cocaína y se empeñó en montar una de sus fiestas. Cuando ya estaba harto de música, risas y gritos, paré la fiesta y la encontré en la habitación de invitados haciendo un trío con dos hombres. Como podrás imaginarte, mi indignación fue enorme. Pero no por verla en esa situación, su vida sexual ya me daba igual, sino porque no podía aceptar que eso ocurriera en la casa en la que vivía mi pequeña. Al día siguiente hablé con un amigo abogado y presenté la demanda de divorcio. Ella firmó encantada, junto a la renuncia como madre por la custodia y los derechos de Lorena. —Paul, echándose a Noelia sobre el hombro para que eructara de nuevo, finalizó—: Ésa es mi historia. Y en lo concerniente a bebés, entiendo tanto de biberones y pañales como de enfermedades infantiles.

Rebeca, aún boquiabierta y sin dar crédito a lo que acababa de escuchar, murmuró:

—Me has dejado sin habla. —Él sonrió. Era lógico—. No puedo entender cómo una madre o un padre pueda renunciar a su derecho de amar y educar a un hijo.

—En su momento yo tampoco lo entendí. Pero lo primero que tienes que sentir por un hijo es amor. Si no lo tienes, el resto sobra.

—¿Lorena no te pregunta nunca por su madre?

Paul asintió cabeceando.

—Ése es un problema al que ahora estoy empezando a enfrentarme —contestó mirándola a los ojos—. Ahora es cuando comienza a preguntar y a querer saber. En un par de ocasiones le he dicho que su mamá murió. Siento mentirle, pero soy incapaz de decirle otra cosa. Ella aún es demasiado pequeña para entender.

—Es comprensible, Paul.

Con delicadeza, él sentó a Noelia sobre sus rodillas y le dio un cariñoso beso en la frente.

—Parece mentira que el tiempo pase tan deprisa. Hace poco estaba dándole el biberón a mi pequeña, y ahora... es casi una señorita. Es tan encantadora, vivaz y locuela, que me tiene a sus pies.

Eso los hizo sonreír. Verdaderamente Lorena era una auténtica pillina.

—¿Te apetece un café? —preguntó Rebeca.

—Sí, gracias. Con leche, por favor.

Aquella amabilidad le tocó la fibra sensible; lo miró y, mientras se levantaba para preparar los cafés, le dijo:

—Gracias a ti, Paul, por hacerme compañía en un día como hoy.

Instantes después, mientras Rebeca veía cómo pasaban los segundos en el reloj digital del microondas, pensó en la historia que le había contado Paul. Ella nunca podría haber abandonado a un hijo, ni a un hombre como aquél tan cariñoso y comprensivo. Cuando sonó el timbre del microondas, puso los cafés en una bandeja, y al llegar al salón se quedó sorprendida al descubrir a Paul cambiándole el pañal a la niña. Al ver su gesto él sonrió.

—¿Sabes? Esto me trae recuerdos preciosos —dijo él—. Es lo que hacía siempre cuando terminaba de darle el biberón a Lorena. Primero el biberón y luego el pañal.

Con una amplia sonrisa, Rebeca no pudo contenerse.

—Ay, Dios, Paul. Que te estás poniendo melancólico. —Él soltó una carcajada—. Anda, trae aquí a Noelia, echémosla en el sillón a ver si se duerme.

Con los cafés en la mano, continuaron charlando. Rebeca le habló de su trabajo y él se sorprendió al saber que era abogada. Pero más asombrada se quedó ella cuando supo que él era piloto oficial de motos, además de tener acabada la carrera de Filología Inglesa.

—Ahora lo entiendo... —asintió Rebeca al pensar.

—¿El qué?

—Ahora entiendo por qué siempre nos mira alguien. ¡Eres famosete! Y la gente te reconoce por la calle.

Él sonrió al oír aquello. Precisamente que no lo hubiera reconocido, ni supiera nada de él, le encantaba. Estaba harto de las mujeres que se le acercaban con el único propósito de salir en las revistas y la prensa del corazón.

Entre risas continuaron hablando y ella le confesó que siempre se había imaginado a los pilotos de carreras de motos como tipos rudos, que bebían cerveza y eructaban. Eso hizo que Paul se carcajeara y se riera como hacía tiempo que no hacía.

—Cada vez que me cuentas algo me dejas sin palabras —dijo ella impresionada—. Pero cuéntame cómo te metiste en esto de las motos.

—Uf... esto viene de familia, aunque fue mi padre quien me metió el gusanillo de la velocidad. Él era otro motero. —Sonrió al recordar—. Comencé participando en carreras sobre tierra de Dick Track. En Illinois es muy típico participar en carreras de motillos, y bueno...

—Qué locura, por Dios. ¡¿Piloto de motos?! —Ella rio.

—Sí... te doy la razón. Soy consciente que para competir en esta profesión, hay que estar un poco loco.

A continuación, Paul le contó que el primer loco de las motos que hubo en la familia había sido su abuelo antes que su padre. Tenía un taller de coches y motos, y en su séptimo cumpleaños le había regalado su primera moto. Con los años se apuntó —primero lo hizo su padre y luego él— a todas las carreras que se presentaban cerca de donde vivía. Algo que su madre llevaba fatal, pues casi siempre regresaba lesionado o escayolado.

Con el paso del tiempo, comenzó a conseguir patrocinadores, y al cumplir los dieciocho tuvo su primera oportunidad de participar en un Mundial de Motos. A los veintiún años fue campeón del mundo de 125 c.c. A los veinticinco, de 250 c.c., y actualmente a los treinta y dos, de MotoGP.

—Recuerdo la alegría de mi padre cuando gané el Gran Premio de Australia —susurró con los ojos humedecidos—. Yo tenía veintiún años y fue mi primer pódium como profesional. Él siempre confió en mí y decía que el día que me vio arriba saludando a la gente y con el trofeo en la mano, fue el tercer gran día de su vida.

—¿Y cuáles fueron los otros dos? —preguntó Rebeca.

Con cariño en la mirada, Paul respondió:

—Papá afirmaba que el primer gran día de su vida fue cuando conoció a mi madre. El segundo, cuando yo nací, y el tercero, el que te acabo de decir. Desgraciadamente, mi padre murió hace ahora siete años a consecuencia de un cáncer.

—Oh... —dijo Rebeca levantándose para acercarse a él—. Lo siento, Paul.

Tenerla tan cerca era una tentación para él. Su olor a fresa lo envolvía de tal manera que en cierto modo le nublaba la razón. Deseó devorar aquellos labios tentadores mientras le hacía el amor. Pero no. No podía hacer aquello. Debía controlar sus apetencias si quería que confiara en él. Ella era demasiado vulnerable, su mirada la delataba. Al final optó por recoger con delicadeza uno de sus mechones tras la oreja mientras le explicaba:

—Llevaba enfermo varios años, y sabíamos que tarde o temprano ocurriría. Lo que pasa es que cuando ocurre siempre es demasiado pronto.

—Sí... te entiendo —murmuró Rebeca al recordar a su madre.

Tras un tenso silencio, Paul prosiguió.

—Me acuerdo de que cuando mi padre murió, no tenía ganas de seguir compitiendo. Pero mi madre —dijo Paul sonriendo—... ¡caray, qué mujer! Me dijo que mi padre y yo habíamos luchado mucho para llegar a donde estaba, y que no me iba a permitir que lo dejara. Que si era necesario, ella se subiría en otra moto para acompañarme.

—Olé por tu madre —aplaudió Rebeca haciéndolo sonreír.

—Siempre recordaré la cara de mi padre cuando gané el Gran Premio de Australia. Era la viva imagen de la felicidad y el orgullo —susurró emocionado—. La pena es que no pudo ver más victorias.

—Pues claro que sí las ha visto —contestó ella con cariño—. Tienes que pensar que allá donde esté, él te anima y está muy orgulloso de todo lo que has llegado a conseguir.

Aquellas emotivas palabras hicieron que Paul la mirara directamente a los ojos. En todos sus años nunca se había sincerado con una mujer como lo estaba haciendo con ella, y le gustó escuchar y sentir sus palabras.

—¿Sabes, Rebeca?

—¿Qué?

—Eres un encanto.

Su voz varonil sonó tan profunda que a Rebeca se le encogió el estómago. No sabía qué le pasaba, pero deseaba besarlo. Pero no. No lo haría. No quería que pensara que era una fresca. Nerviosa como pocas veces en su vida, Rebeca se levantó del sofá.

—¿Quieres otro café? —preguntó.

«No... lo que quiero es besarte», pensó él. Pero en lugar de eso miró su reloj.

—Te lo agradezco, pero no. Creo que ya es hora de que me vaya. —Sacó su cartera y de ella una tarjeta—. Mis números de teléfono. Si necesitas algo, lo que sea, sea la hora que sea, me llamas, ¿de acuerdo?

—Está bien. Si cunde el pánico cuando tenga que cambiarle los pañales a Noelia, te llamaré —bromeó mientras lo acompañaba hasta la puerta.

—Mañana te telefonearé... y espero que la próxima vez que nos veamos seas tú la que cuente algo de su vida. Por cierto, ¿sigue en pie la cena de mañana?

Ella arrugó la nariz. Aquel gesto le gustó.

—Pues... no sé... ahora tengo una inquilina nueva —dijo señalando a Noelia, que dormía plácidamente en el sillón—, y no puedo dejársela a nadie. Creo que vamos a tener que posponer la cena para otro día.

—Está bien. ¿Con quién comes mañana? —propuso Paul sin darse por vencido.

Con rapidez, y segura de lo que hacía, respondió:

—Por la mañana iré al hospital para ver a Carla, pero si quieres podemos vernos a mediodía para comer. Lo único es que tendré que ir con la niña —respondió.

—¡Perfecto! —Paul sonrió—. No hay problema, yo llevaré a Lorena. —Se acercó a ella y murmuró, poniéndole la carne de gallina—: De lo más íntimo, ¿no crees?

Ella rio a carcajadas. Pero eran carcajadas nerviosas. Al tenerlo tan cerca sintió deseos de tirarlo contra el sillón y arrancarle la ropa para hacerle el amor. Pero no. ¿O sí?

—Hasta mañana, Paul —dijo cuando éste salió.

—Hasta mañana —respondió él encaminándose hacia el coche—. Te llamaré.

—De acuerdo —asintió ella mientras cerraba la puerta.

Una vez se hubo quedado sola, se apoyó en ella, cerró los ojos y suspiró. ¿Qué estaba haciendo? ¿Ella y un piloto de motos? No sabía hacia dónde iba, pero la sensación de estar cerca de Paul le gustaba.

Capítulo 12

ᴥᴥᴥ

Los días pasaron. Carla se recuperó, salió del hospital y le confesó a Rebeca que había sido Alfonso el que le había dado la paliza. La drogadicción de éste lo estaba matando y aquello había sido la gota que colmaba el vaso. El chico que conoció antaño, amable y encantador, había desaparecido. En su lugar había aparecido un hombre manipulador y egoísta que sólo pensaba en él, en sus dosis, y en conseguir dinero, le pesara a quien le pese. Por ello, y con todo el dolor de su corazón, Carla había cogido a su hija y se había marchado de aquella casa para comenzar una nueva vida sin él.

Era marzo. Habían pasado tres meses desde la primera vez que Rebeca había visto a Paul (sin contar con el primer encuentro en la tienda de la cazadora, cuatro años atrás). En ese tiempo se habían convertido en buenos amigos. Pero nada más. Cuando el trabajo de ambos lo permitía, salían a cenar, e incluso alguna vez que otra habían ido al cine con Lorena. En esa época, Paul comenzó a viajar. Su trabajo como piloto de MotoGP le requería viajar continuamente, en especial, de febrero a noviembre. El tiempo que duraba el Mundial.

Una mañana en que Rebeca estaba atareada en la oficina, Belén, su secretaria, la avisó de que tenía una llamada, y ella lo cogió enseguida.

—Rebeca... ¿me oyes? —Era la voz de Paul.

No se oía muy bien por el rugido de los motores.

—Hola, Paul —saludó emocionada—. ¿Desde dónde llamas que hay tanto ruido?

—Desde Eastern Creek, el circuito de Australia.

Apalancándose en su sillón, Rebeca se volvió para mirar la Puerta de Alcalá. Cada día le gustaban más sus llamadas, su conversación, su sonrisa, y él. Pero él no se le acercaba lo más mínimo. Se le insinuaba, la rondaba, pero no atacaba. Eso a Rebeca la tenía de los nervios. Por su parte, Paul no estaba mucho mejor. Se había propuesto no asustarla, pero su hambre por ella comenzaba a desesperarlo y no sabía hasta cuándo podría aguantar.

—¿Qué tal por esos mundos, señor piloto?

Él sonrió. Escuchar su voz lo tranquilizaba. Rebeca se había convertido en una necesidad para él, aunque se guardó mucho de decírselo.

—Trabajando mucho. ¿Tú qué tal por Madrid?

Chupando un bolígrafo, Rebeca sonrió.

—Como tú más o menos, sin parar. ¿Cómo van los entrenamientos?

—Bien. Aunque hoy llevamos un día complicado. Durante los entrenamientos la moto me ha hecho algo raro, y ahora tengo a los mecánicos como locos para averiguar qué ocurre.

Eso alertó a Rebeca.

—¡¿Que te ha hecho algo extraño?! —contestó preocupada, sacándose el boli de la boca—. Oye... no montarás en ella de nuevo hasta averiguarlo, ¿no?

Él se rio a carcajadas. Estaban acostumbrados a todo tipo de problemas. Pero Rebeca insistió.

—No te rías, que eso es muy peligroso, y no... no puedes montarte sin solucionar ese problema; ¿estás loco o qué?

—No te preocupes, mujer —contestó Paul secándose los ojos de la risa—. En peores condiciones hemos salido en otras ocasiones.

—Pero... pero eso es una locura —protestó, sin embargo él la interrumpió.

—Recuerda... estamos un poco locos.

Eso la hizo sonreír.

—¿Cuándo es la carrera? —preguntó intentando normalizar su voz.

—Este domingo. ¿La verás? —quiso saber él esperanzado—. Las suelen retransmitir en Televisión Española o por la parabólica en el canal de deportes.

—Claro que la veré —asintió impaciente—. Me llama la atención verte en acción.

Él volvió a sonreír.

—Empezarán sobre las once de la mañana. Aunque serán en diferido. Aquí los horarios son diferentes.

—Vale.

—Por cierto, Lorena me ha pedido que te dijera que la llamaras. Yo cumplo órdenes.

—De acuerdo. —Sonrió—. La llamaré esta noche cuando llegue a casa. Y oye, por nada del mundo me perdería las carreras este fin de semana. Me dijiste que corrías en la categoría reina. MotoGP, ¿verdad?

—Sí.

Rebeca pensó en las carreras que alguna vez había visto de pasada.

—¿Cómo te voy a reconocer? —preguntó curiosa.

—Muy fácil —contestó riéndose por la pregunta—. Cuando veas a un tipo con un clavel rojo entre los dientes, ése soy yo, muñeca. —Eso la hizo carcajearse con ganas. Le encantaba su risa.

Era fantástica—. Cuando veas una moto con el número dos, soy yo. Mi moto es del equipo Ducati, y es roja. Llevaré un mono rojo y blanco.

—Intentaré reconocerte —asintió con sinceridad—. En motos estoy muy pez. Si fuera en coches, con todo el fenómeno Alonso y tal, todavía, pero motos... como que no. Por cierto, ¿cuándo vuelves?

A Paul le gustó esa pregunta. Significaba que quería verlo.

—Aún no lo sé. Tras este premio tengo el de Malasia, y a veces, como es en este caso, nos vamos directamente de un país a otro para entrenar en pista. Calculo que sobre el doce o quince de abril, más o menos, podré pasar por Madrid.

«Casi un mes... ¿Un mes para volver a verle?», pensó con desesperación.

—Uf... qué lata. Pobre Lorena. Te debe de echar mucho de menos.

«Y yo a ti», pensó él, pero no lo dijo.

—Y yo a ella. —Él sonrió al notar la decepción en la voz—. Pero sé que entre mi madre, Julia y ahora tú, está muy bien atendida. De todas formas, a partir de julio, que es cuando ella acaba el colegio, suele venir conmigo a las competiciones. Los pilotos a veces viajan con la familia, y ella se lo pasa muy bien aquí con sus amigos.

—Pero ¿cuánto dura el Mundial?

—Normalmente empieza en marzo y termina en octubre, noviembre... depende de en cuántos circuitos corramos.

—¡Madre mía! Qué vida más loca.

—No, mujer —dijo él riendo—. De noviembre a marzo los pilotos solemos tener una vida más relajada. Aunque bueno, continuamos entrenando para mejorar nuestra moto y las marcas. Pero esos meses acostumbran a ser más tranquilos.

—Vaya... qué interesante. Te pasas medio año viajando y conociendo diferentes países.

—Bueno... se puede decir que sí.

—¿Y qué países visitas?

—A ver, lo que tú llamas conocer, yo lo llamo trabajar. A veces no nos da tiempo a ver nada más que el circuito donde competimos. Y los países que visitamos son Australia, que es donde estoy ahora, Malasia, Japón, España, que por cierto, cuando corra en Aragón, Valencia, Barcelona y Jerez, te convenceré para que vengas conmigo. —Ella sonrió y él continuó—. También corremos en Alemania, Italia, Holanda, Francia, Inglaterra, Estados Unidos, República Checa, Brasil, Argentina, y creo que alguno más que queda por concertar. ¿Qué te parece?

—¡Madre mía! —exclamó Rebeca—. Qué países más maravillosos. Me encantaría viajar sin parar como tú. ¡Qué suertaza!

El rugido de los motores le obligó a hablar a gritos.

—No creas. Últimamente comienza a darme pereza, aunque cuando estoy en el circuito y me subo en mi moto, estoy encantado.

—Tiene que ser fantástico saber manejar una máquina de ésas.

—Cuando quieras te enseño.

—Uf... no. Soy muy torpe para eso. Las motos siempre me han dado miedo.

Paul sonrió.

—Eso es porque nunca has montado con alguien que te aportara seguridad. —Ella no contestó y él dijo, al sentir su silencio—. Por cierto, ¿qué tal Ángela y Pizza?

—Pizza tan loca como siempre, y Ángela me pregunta por ti casi todos los días. Desde que le contaste cuál era tu profesión está preocupadísima por ti.

Al oír eso Paul no pudo evitar sonreír. En ese momento uno de sus mecánicos lo llamó. Reclamaban su presencia.

—Tengo que dejarte, Rebeca.

—Vale... No te preocupes.

—Te llamaré. ¿De acuerdo? —le aseguró, molesto por tener que cortar la conversación.

—Sí... ¡Oye, Paul!

—Dime.

—Gana la carrera.

—Lo intentaré. —Sonrió al colgar.

Le hubiera gustado decirle que la echaba mucho de menos. Que sentía algo por ella muy especial, pero quería decírselo mirándola a los ojos. Volvió a escuchar la voz del mecánico y, sumido en sus pensamientos, fue hacia él.

Capítulo 13

Cuando Rebeca colgó el teléfono, continuó mirando la Puerta de Alcalá mientras pensaba en lo emocionante que tenía que ser viajar por el mundo como lo hacía él. En ese momento entró Peterson en su despacho.

—Hola, Rebeca; ¿puedo pasar un momento?

Sobresaltada por aquella visita, ella volvió el sillón hacia su mesa y asintió.

—Por supuesto, señor Peterson.

Al oír aquello el hombre sonrió amablemente.

—Querida, podrías suprimir lo de señor y llamarme por mi nombre. ¿No ves que yo te tuteo? Por favor, Rebeca, haz lo mismo.

—De acuerdo, Thomas —asintió sonriendo—. De acuerdo.

El hombre se sentó en la butaca blanca que había frente a ella.

—Sólo venía para saber qué tal te encuentras en tu nuevo puesto de trabajo.

—¡Genial! Espero ser de utilidad el tiempo que esté en la empresa. Por cierto, ahora que estás aquí, ¿qué te parecen los dos abogados que contraté? —respondió sorprendida por aquella visita y por cómo él escrutaba cada rincón de su despacho.

—Bien. En eso no me meto. Es un tema que tú tienes que ver que funciona. Tú eres la jefa.

Rebeca sonrió. Estaba un poco turbada por tutear al señor Peterson, pero contestó con seguridad.

—Sinceramente, Thomas, fue una labor dificilísima. Pero de

entre todos los abogados que vinieron, Linda y Jorge fueron los que me parecieron más apropiados para el trabajo. A una de las secretarias la contraté a través de una empresa de colocación. La otra es amiga mía. Se llama Carla. —Y, mirándolo seriamente, dijo—: Es muy profesional, y una persona muy cualificada para el puesto.

—Me parece fenomenal —declaró el hombre complacido—. Yo también he ayudado a amigos y mis amigos en su momento me ayudaron a mí. Para eso están los amigos, ¿no crees?

—Sí —asintió ella y afirmó con convicción—: Creo que en estos momentos tenemos un buen equipo.

El jefazo se levantó y se dirigió a la puerta.

—Me encanta escuchar eso. Hasta luego, querida.

Dicho esto, desapareció. Rebeca, feliz, se levantó y fue hacia el armario para coger unos documentos que necesitaba. Al volver a la mesa sonó el teléfono.

—Rebeca, te llaman por la línea dos —dijo Belén.

—¿Quién es? —preguntó ella.

—Me ha dicho que te diga que es el espíritu libre de la familia —respondió conteniendo la risa.

—Oh... —Rio al pensar en su hermano—. Este chico no tiene remedio. —Y apretando una tecla, preguntó divertida—: Kevin, ¿eres tú?

—Hola, hermanita. ¿Cómo has sabido que era yo? —se mofó él.

—Sólo conozco un espíritu libre tan loco como para llamarme al despacho con esa carta de presentación. ¿Qué tal estás? Me tenías preocupada. Llevas sin llamarme dos semanas. ¿Se puede saber dónde te has metido?

Al verla tan acelerada, se limitó a murmurar arrastrando las palabras:

—Estoy en Eslovenia. Sano y salvo. Y tú ¿qué tal estás?

—¡¿Eslovenia?!

—Sí, hermanita, Eslovenia. —Rio al escucharla.

—Pero... pero ¿qué haces allí? —Kevin se carcajeó y ella volvió a preguntar—: ¿Por qué no me has llamado en dos semanas? Me tenías preocupada.

—No he podido.

—Pues he estado a punto de llamar a la policía.

—Pero bueno —respondió él divertido—, ¿por qué siempre piensas que estoy metido en líos? Ay... hermanita, siento decepcionarte, pero tengo treinta y cuatro años y, me guste o no, mis prioridades en la vida van cambiando.

—Lo sé... lo sé...

—Hablas como si toda la vida fuera a tener veinte años. Además, no creo haber estado metido en ningún lío desde hace tiempo.

—Oye, ¿de verdad tú te llamas Kevin Rojo Elliot? Porque, sinceramente, eso que me acabas de decir sobre que tus prioridades en la vida van cambiando, es algo que nunca se lo he oído a mi hermano —preguntó consciente de que decía la verdad y de que ella era una exagerada.

—Los años no pasan en balde, hermanita, y los valores y conceptos de la vida cambian. Y aunque te parezca mentira soy yo, y te llamaba para hablar contigo y comentarte algo muy importante.

Sentada en su confortable sillón, Rebeca asintió para sí.

—De acuerdo, cuéntame eso que te está rondando por la cabeza.

—Bueno... —susurró él titubeante—. Aunque parezca mentira, no sé por dónde empezar.

—Me harás caso si te aconsejo que comiences por el principio.

Kevin cogió aire.

—Hace un mes conocí a una chica llamada Bianca. Es encantadora, Rebeca, si la conocieras te caería fenomenal. Tiene tu edad, y la razón de no haberte llamado en estas dos semanas ha sido porque he estado con ella acampado en la montaña.

Era la primera vez que su hermano mostraba un interés especial por una mujer. Eso la asombró.

—¿Me estás diciendo que te has enamorado?

—Sí, hermanita. Y lo mejor de todo es que ella también está loca por mí.

—Ostras, Kevin. Me alegro muchísimo por ti. Bueno, por vosotros. ¿Cuándo la voy a conocer?

—Bueno, ése es otro tema que te quería comentar. En los días que hemos estado solos en las montañas, hemos hablado muchísimo, y... —se paró para tomar aire—... y le he pedido que se case conmigo. Ha dicho que sí.

Boquiabierta, se incorporó de la silla.

—¡¿Qué?!

—Lo que has oído.

—Dios mío, Kevin, en buen lío te has metido —soltó totalmente alucinada.

Molesto por la reacción de su hermana, protestó como un chiquillo.

—No la conoces. No me parece justo que pienses eso.

Aturdida, Rebeca se volvió a sentar en la silla. ¿Su hermano se iba a casar?

—Vamos a ver, Kevin. Acabas de decirme que la has conocido hace un mes. ¿No lo ves un poco precipitado?

—No.

—Creo... creo que deberías pensártelo mejor. Yo no quiero que te enfades conmigo, pero tienes que entender que yo creo que casarse con alguien significa algo más que haber pasado juntos dos semanas en las montañas.

Kevin resopló. Sabía que su hermana le diría algo parecido.

—Rebeca, sé que parece una locura, pero tienes que entender que es mi vida y estoy feliz por haberla conocido. Es maravillosa y no puedo vivir sin ella. —Y cambiando su tono de voz aclaró—: No me enfado contigo, tontuela. Sé lo que hago, confía en mí, ¿vale?

—De acuerdo. Está bien, confiaré en ti —respondió dudosa pero dispuesta a estar feliz por él.

—Así me gusta —dijo Kevin riendo al otro lado de la línea telefónica—. A ver... ya que estamos hablando de ello, quería pedirte otro favor.

—Dime.

—¿Podríamos casarnos en el jardín de tu casa? —pidió esperanzado.

—Por supuesto que sí. —Rebeca asintió como en una nube—. Pero habrá que hablar con el cura de Majadahonda, a ver si celebran bodas fuera de la iglesia.

—¡Perfecto! —asintió Kevin.

—Oye, ¿para cuándo tenéis pensado que sea la boda?

—Para mayo. Faltan todavía dos meses, pero yo creo que serán suficientes para poder organizarlo todo —contestó Kevin—. Quiero que sea algo familiar. Díselo a Ángela, me gustaría que estuviera allí. Esta noche llamaré a Donna a Chicago para que venga también.

«Veremos lo que opina cuando reciba la llamada», pensó Rebeca al oír hablar de su hermana.

—Llámala. Te aseguro que se sorprenderá tanto como yo.

Cuando colgó el teléfono, Rebeca estaba estupefacta. No podía creer lo que su hermano iba a hacer. No pensaba que casarse fuera algo terrible, pero sí le parecía demasiado rápido. Un mes no era tiempo suficiente para conocer a nadie, por mucho que uno se enamorase. Confusa, se levantó y se acercó a los ventanales.

—Mamá... ojalá Kevin tenga razón —susurró mirando la Puerta de Alcalá.

Capítulo 14

El domingo Rebeca se dispuso a ver las carreras de motos, como le había dicho a Paul. Miró un par de veces por la ventana con inquietud para ver si Lorena llegaba con Julia. El día anterior le había dicho que irían a su casa para ver la carrera. Extrañada, llamó por teléfono a casa de Paul, pero nadie contestó y dejó un mensaje en el contestador automático.

Media hora más tarde, Rebeca se sentó frente al televisor para ver la carrera. Al principio todos los pilotos le parecían iguales. Hasta que localizó la moto roja con el número dos. Rápidamente puso el vídeo a grabar. Allí estaba él, subido en su potente e intimidatoria moto roja. Pocos minutos después, el cámara de televisión fue deteniendo la imagen piloto por piloto durante unos segundos. Cuando la detuvo en él, Rebeca aplaudió; en su mirada vio la concentración.

Emocionada, vio cómo comenzaban a despejar la pista. Salió un hombre con un cartel en el que se leía «un minuto». En la pista sólo quedaron los pilotos, y los motores comenzaron a rugir. Como le explicó Paul, los pilotos dieron primero una vuelta de reconocimiento a la pista, para llegar de nuevo a parrilla y a sus posiciones. La carrera iba a empezar y todos los pilotos observaban en tensión el semáforo rojo. Instantes después se puso verde y todos aceleraron buscando la mejor posición.

Llegaron a la primera curva e iban como una piña. Rebeca los observaba horrorizada mientras estrujaba el mando que tenía en la mano. Parecía mentira que pudiesen ir tan pegados los unos a los otros y que no cayeran todos por los suelos.

Vuelta a vuelta, las posiciones de algunos pilotos fueron variando. Paul luchaba en el grupo de cabeza por una primera posición. A Rebeca le sudaban las manos al ver los malabarismos que hacían curva tras curva encima de sus máquinas. Parecía que en cualquier momento se rozarían y caerían.

Sólo quedaban dos vueltas para finalizar la carrera y Paul seguía en cabeza en un grupo de cinco corredores, y no parecía que ninguno fuera a darse por vencido. Todos tenían las mismas ansias por ganar, y arañaban los posibles segundos que podían en cada vuelta. Pasaron por meta y los mecánicos les informaron con sus carteles: «última vuelta».

Aquello era de infarto. Se adelantaban en sitios donde era casi imposible pasar y, de pronto, dos de los pilotos se salieron de pista y cayeron. Una gran nube de polvo impidió ver quiénes eran. Rebeca, histérica, no podía ver si había sido Paul uno de ellos, hasta que la cámara de televisión volvió a enfocar la cabeza de carrera, y lo vio allí.

«Ay, Dios... menos mal», pensó con el corazón a mil.

Sólo faltaban dos curvas para la llegada a la meta y aquellos locos seguían luchando como al principio. Paul intentó adelantar al piloto que tenía delante, pero éste le cerró el paso por el lado por el que intentaba colarse. El tercer piloto aprovechó aquel mal movimiento y trató de adelantar a Paul, pero éste no se lo permitió y así llegaron a meta. Paul quedó segundo. Rebeca, al finalizar la carrera, dio tal salto de alegría que asustó a Pizza, que se puso a ladrar.

—¡Esos hombres están locos! —exclamó Rebeca riendo y mirando a su perra.

No sabía si en realidad estaba contenta porque hubiera acabado y no le hubiera pasado nada o porque Paul hubiera quedado segundo. Aunque cuando lo vio subir al pódium, y observó su cara de felicidad en el momento en que le dieron la copa, se emocionó y aplaudió. Después no pudo evitar reírse al ver cómo aquellos bravos hombres se empapaban de champán como niños. Emocionada, se dirigió a la cocina y, cuando estaba preparándose algo de comer, sonó el teléfono.

—Hola, Rebeca.

Al reconocer su voz, se limpió las manos en una servilleta y gritó emocionada:

—¡Paul!... ¡Has estado fantástico! Enhorabuena.

—Gracias. —Rio al oírla tan contenta—. Vaya... veo que has logrado reconocerme aunque no llevara el clavel entre los labios.

—Oh... sí, qué tonto eres. Ha sido una carrera de infarto. ¿Siempre es así?

—Más o menos. Bueno, ¿qué te ha parecido?

—Una auténtica locura —respondió, sentándose en un taburete de la cocina—. ¿No pasas miedo al ver cómo os acercáis los unos a los otros?

Él se carcajeó. Estaba encantado de hablar con ella; en cuanto hubo terminado la rueda de prensa, había ido en busca de un teléfono para poder oír su voz.

—A veces. Todo depende del piloto que lleves a tu lado.

—Ay, Dios... he visto caer a varios pilotos casi al final. Ha sido horrible, pobrecillos.

—Kolesi y Misaru. Son dos pilotos jóvenes y tienen muchas ansias de triunfo. Pero todavía les queda mucho por aprender. Por cierto, ¿has podido hablar con Lorena?

—A ver, te cuento. Hablé con ella y Julia anoche, pero me ha extrañado no verlas hoy. Quedaron en venir a casa a ver la carrera.

—Estoy llamando a casa y me salta el contestador; me resulta extraño —indicó Paul con inquietud.

—No te preocupes, hacemos una cosa. Volveré a llamar, y si no contestan, me acercaré con el coche a tu casa. ¿Te parece bien? —lo calmó Rebeca rápidamente.

—Gracias, Rebeca —asintió—. Por favor, cuando consigas localizarla llámame al teléfono móvil que te voy a dar. Mi móvil ayer lo pisoteó mi moto y, como suele decirse, ha muerto.

—De acuerdo.

Antes de colgar apuntó el número de teléfono que él le dio. Enseguida volvió a llamar a casa de Paul, pero como nadie lo cogió decidió ir a su casa. Llegó a la puerta del chalet de Boadilla del Monte; llamó, pero nadie contestó. Con paciencia estuvo una hora sentada frente al chalet, hasta que, cansada, decidió volver a su casa.

Al llegar, se fijó en el contestador automático y vio que tenía varios mensajes. Uno era de Ángela, para explicarle que el lunes no podría ir a su casa. Llegaba familia suya de Italia e iría al aeropuerto a recogerlos. El siguiente de su hermana Donna, y por lo que decía ya debía de haber hablado con Kevin. Se estaba riendo del mensaje que su hermana había dejado cuando empezó a sonar el tercer mensaje. Era Julia, la mujer que cuidaba a Lorena. Le decía que estaba en el hospital Montepríncipe con la niña, en la habitación 378.

Sin pensárselo dos veces, cogió el bolso y las llaves del coche y se marchó hacia el hospital. Por el camino se angustió. Pensó en llamar a Paul, pero decidió esperar para ver qué había pasado. Al entrar en el edificio, su nariz se impregnó de aquel olor que a ella no le traía buenos recuerdos. Odiaba ir a los hospitales desde que su madre murió.

Subió a la tercera planta y buscó la habitación. Al llegar se paró frente a la puerta y cogió aire, después puso la mano en el pomo y abrió. Al instante, vio a Lorena dormida en la cama de la habitación y a una señora que no conocía a su lado leyendo una revista. La señora, al verla, se puso en pie a toda velocidad y se dirigió hacia ella.

—Hola, soy Rebeca —saludó ésta entrando—. ¿Qué ha pasado?

—Peritonitis —susurró la mujer—. Anoche pasó una mala noche y esta mañana la he traído al hospital y la han tenido que operar de urgencia —aclaró apurada.

—¿Ha avisado a Paul? —preguntó Rebeca—. Está muy preocupado.

La mujer se retorció las manos nerviosa.

—Sí, he intentado hablar varias veces con él al teléfono que tengo aquí —dijo enseñándole un móvil—. Pero cada vez que llamo me hace un ruido extraño. Telefoneé a la señora Tina a Barcelona y decidí llamarla a usted.

Sorprendida por aquello, Rebeca miró a la niña y vio el apuro de la mujer reflejado en su rostro.

—Tranquila, Julia, has hecho todo perfectamente.

—Gracias, señorita.

Rebeca se acercó a la cabecera de la cama de Lorena y, tras ver que estaba bien, se volvió hacia la mujer y esbozó una sonrisa para tranquilizarla.

—Voy a intentar llamar a Paul por teléfono para decirle que todo está bien. No te preocupes por nada, ¿vale, Julia?

Más tranquila, Rebeca salió al pasillo. Al ver que tenía buena cobertura, llamó al teléfono que Paul le había dado. Al segundo timbrazo lo cogió una voz que no conocía, pero tras preguntar por él le indicaron que esperase un momento.

—Al habla Paul Stone.

—Paul, soy Rebeca.

Al oír su voz, se tensó. Llevaba esperando esa llamada un par de horas.

—Rebeca, gracias a Dios. ¿Has conseguido localizar a Lorena?

—Sí, y no te preocupes, no ocurre nada grave, ella está bien. —Lo oyó suspirar y ella continuó—: Escúchame, pero tranquilo, ¿vale? Esta mañana la han tenido que operar de peritonitis, pero la niña está perfectamente. Te lo juro, Paul.

—¡¿Qué?!—gritó levantando la voz—. ¿Dónde estáis? ¿Cómo está ella? ¿Cómo no me ha llamado Julia?

—Tranquilo, Paul. Lorena está bien. Estamos en el hospital Montepríncipe, en la habitación 378. Lorena está dormida ahora, pero te aseguro que dentro de dos semanas ya estará trotando otra vez por tu casa. Julia ha intentado telefonearte, pero tú mismo me has dicho que lo pisó tu moto. Llamó a tu madre, que ya está en camino, y luego me llamó a mí.

Pasaron unos segundos de tenso silencio que Rebeca entendió.

—Salgo en el primer avión que encuentre para España —dijo Paul al final.

—Vale, Paul. Pero tranquilo. Tu madre ya está de camino y yo no me moveré de aquí hasta que ella llegue. Todo está controlado.

Pero Paul no podía ni hablar. Saber que su pequeña había sido operada de urgencias y que él no estaba junto a ella le dolió. Tras despedirse de él, regresó a la habitación. Allí le comentó a Julia que Paul ya lo sabía y que ella se quedaría con la niña hasta que Tina llegara de Barcelona. Al principio Julia se negó a marcharse, pero Rebeca le rogó que descansara. Si ella caía agotada, no podría ayudar a cuidar a la niña. Al final la mujer le dio la razón y se marchó a descansar.

Capítulo 15

Ocho días después todos estaban más relajados, Lorena se encontraba estupendamente bien y la vida volvió a la normalidad. Pero Paul tenía que marcharse de nuevo. Su siguiente carrera era en menos de seis días. De camino al aeropuerto, en el taxi, pasó por casa de Rebeca. Quería despedirse de ella. Le indicó al taxista que esperase y llamó a la puerta. La primera en salir a recibirlo fue Pizza, y tras ella Rebeca, que sonrió al verlo.

—Hola. Vengo a decirte adiós —dijo mirándola directamente.

Ambos se miraron de tal manera que sus ojos hablaron por sí solos.

—Vaya, ¡qué detallazo! ¿A qué hora sale tu avión?

—A las seis y cuarto. Dentro de tres horas y media.

—¿Te da tiempo a tomar un café? —preguntó Rebeca con un hilo de voz, nerviosa por cómo él la observaba.

Él asintió y la siguió al interior de la casa. Mientras iba tras ella, se fijó en su cuerpo. Rebeca pareció leerle el pensamiento y se detuvo.

—¿Se puede saber por qué estás tan calladito? —preguntó dándose la vuelta.

Paul suspiró y sonrió.

—Sólo pensaba en la pereza que me da tener que irme ahora de viaje.

Contenta con aquella respuesta, se volvió y continuó andando hacia la cocina. Si seguía mirándolo se tiraría a su cuello, y no debía hacerlo. Una vez allí, cogió dos tazas y sacó la leche del frigorífico.

—¿Cuánto tiempo vas a estar fuera esta vez? —preguntó con la cafetera en la mano.

—Dos semanas, quizá tres.

—Por Lorena no te preocupes —murmuró nerviosa sin mirarlo, mientras echaba el café en las tazas—. Está tu madre con ella y yo he quedado este fin de semana con ellas para ir al cine, y según dijo la pequeñaja, luego se vendrá a dormir conmigo.

—Ya lo sé —contestó sonriendo mientras se acercaba a ella—. Pero aunque te decepcione lo que te voy a decir, mi hija está encantada de dormir aquí porque va a dormir con Pizza. Algo que a mí me parece de lo más decepcionante, teniéndote a ti —murmuró al tiempo que bajaba el tono de voz.

A Rebeca se le puso todo el vello de punta. Su voz, su cercanía, todo en él la excitaba, pero agarró una servilleta y se la tiró a la cara para romper aquel momento.

—Oh... Paul, qué tonto eres.

Sin dar un paso atrás, él la cogió por el brazo para retenerla.

—No sé cómo darte las gracias por todo lo que estás haciendo por Lorena y por mí.

—Pero si yo lo hago encantada —contestó azorada por ello al oírlo.

Él sonrió. Verla tan tensa, indecisa y excitada al mismo tiempo le gustó. Y acercándose más, susurró dispuesto a conseguir lo que había ido a buscar:

—¿Qué te parece si cuando vuelva te invito a cenar? Hay algo que quisiera comentar contigo.

Levantando la vista, lo miró a los ojos.

—Será algo bueno... ¿verdad?

—Te lo puedo asegurar —asintió con voz ronca y varonil.

Notando su respiración cada vez más cerca, Rebeca, aprisionada entre la encimera de su cocina y el fibroso cuerpo de Paul, no conseguía mantener la calma.

—De acuerdo. Llámame para decirme cuándo vuelves, o... —balbuceó entre jadeos.

—No dudes que voy a llamarte —contestó, atrayéndola hacia él para besarla.

Sin ningún miramiento, Paul le tomó los labios. Rozó con la lengua el labio superior para tantear el terreno y, cuando vio que ella abría la boca, se apoderó de su lengua y se la devoró. Rebeca, rendida a lo que él le ofrecía, se apretó contra él, y cuando creía que iba a estallar de gozo, sus labios se separaron y, tras una breve mirada, ambos comenzaron a reír.

—Caray... —susurró Paul excitado—, más vale que me vaya, porque como esté contigo cinco minutos más, no me marcho a Japón.

Deseosa de más besos, Rebeca suspiró y, con gesto aniñado, asintió.

—Sí... creo que es mejor que te vayas.

Paul, tras darle un nuevo y dulce beso en los labios, se dirigió hacia la puerta, mientras Pizza corría entre sus piernas. Rebeca, como en una nube, iba a su lado. ¡La había besado! Al llegar a la puerta se miraron.

—Espero que tengas un buen viaje —dijo ella—. Y, por favor, no te preocupes por Lorena y ten cuidado con la moto. ¿De acuerdo?

—Te llamaré —respondió él mientras volvía a atraerla de nuevo hacia sí para besarla.

Se besaron apasionadamente.

—Recuerda. Tienes una cena pendiente conmigo —dijo Paul, separándola de él.

—De acuerdo.

Tras un último y rápido beso, él se marchó. Rebeca lo siguió con la mirada hasta que el taxi se alejó. Una vez hubo entrado en su casa y cerrado la puerta, miró a su perra, que la observaba con fijeza, y con la mejor de sus sonrisas murmuró:

—Dios... cómo me gusta Paul Stone.

Capítulo 16

El trabajo de Rebeca iba viento en popa, aunque cada vez tenía que tomar decisiones más complicadas. Estaba sumida en sus pensamientos cuando oyó cómo se abría la puerta del despacho. Era su amiga Carla.

—¿Puedo pasar? —preguntó desde la puerta.

—Anda... déjate de tonterías y pasa —respondió divertida aquélla.

Había sido un total acierto el contratarla para que trabajara en el despacho. Todos estaban felices con la labor que desempeñaba. Pero Ella la conocía muy bien y sabía que algo le pasaba. Mientras Carla se sentaba frente a ella, Rebeca intuyó que su amiga había ido por fin a contarle la razón de su quebradero de cabeza.

—Rebeca, tengo un gran problema.

Con cariño, ésta se levantó de la silla y se sentó junto a su amiga.

—Lo sé, Carla. Nos conocemos muy bien y lo sé. Cuéntame.

Ésta sonrió, pero rápidamente cambió el gesto.

—Todo comenzó después de haber estado en el hospital. ¿Te acuerdas de las veces que te he dicho que cuidaras de Noelia?

Al pensar en esa preciosa niña, Rebeca sonrió.

—Sí... pero yo estoy encantada de cuidarla. Ya lo sabes.

—Lo sé —respondió Carla—. Pero... yo necesitaba que la cuidaras porque he empezado a salir con alguien.

—Me lo imaginaba. Lo que no puedo imaginar es con quién.

—Con Samuel. El médico que me atendió en el hospital.

Sorprendida por aquello, Rebeca sonrió feliz y aplaudió.

—¡¿Con Samuel?! Pero eso es fenomenal. Es un tipo encantador. —Carla sonrió—. Y ahora que lo dices, me ha parecido verlo un par de veces al salir de la oficina.

—Es encantador. Me cuida y con la pequeñaja se porta fenomenal —asintió Carla emocionada, y con un hilo de voz dijo—: Y yo... yo... creo que me he enamorado de él, y él de mí.

Rebeca, al ver llorar a su amiga, no entendía nada, así que la cogió del mentón y la miró a los ojos.

—¿Dónde está el problema? —preguntó—. Si Samuel te hace feliz, no lo pienses y adelante.

—El problema es Alfonso —admitió Carla sollozando.

Al oír aquel nombre, Rebeca se tensó. Al acordarse de lo que ese individuo le había hecho a su amiga, se le revolvía el estómago.

—Ese malnacido. ¿No pensarás volver con él? —soltó mirándola con intensidad.

—No... no... Pero ha venido a mi casa un par de veces a vernos a mí y a la niña, y... y está cambiado. Lo sé. Lo veo. Es como el Alfonso que conocí hace años, cariñoso, atento...

Cogiéndola de las manos, Rebeca clavó los ojos en su amiga.

—Carla, hemos hablado sobre eso, y tú sola llegaste a la conclusión de que no volverías con él. Recuerda lo que te hizo. ¿Por qué me cuentas sus virtudes ahora? —Al ver que no contestaba, Rebeca prosiguió—: No creo que vayas a ser tan tonta como para volver a vivir con él sabiendo lo que sabes.

—No... no...

—Mira, cariño —susurró Rebeca—, debes poner en una balanza las cosas buenas y malas de Samuel y de Alfonso y tomar una decisión. Como amiga, lo único que puedo decirte es que no olvides que con Alfonso no tienes un futuro y con Samuel sí.

—No es tan fácil, Rebeca, no es tan fácil pensar eso —respondió.

—Nadie dice que sea fácil. Pero no debes mirar por ti sola, debes pensar en Noelia. Ella no se merece pasar malos momentos, ni tener problemas. Es una niña preciosa y se merece lo mejor y ser feliz. Piénsalo, Carla... piénsalo.

Carla asintió y, limpiándose las lágrimas de los ojos, se levantó de la silla y se dirigió hacia el ventanal.

—Tengo que contarte otra cosa.

—¡Suéltalo.

—Estoy embarazada.

Cada vez más sorprendida, Rebeca se levantó y se acercó hasta ella.

—¡¿Que estás qué?!

—Lo que has oído.

Rebeca reaccionó rápidamente.

—¿No será de Alfonso? Por favor, dime que no es de él o me da algo.

Carla miró a su amiga y soltó:

—Es de Samuel, y él no lo sabe.

—Ay, Dios, Carla. ¿Qué vas a hacer?

—He mirado varias clínicas para abortar. —Al ver el gesto en su amiga, aclaró—: Rebeca, no puedo cargar yo sola con dos niños pequeños. Noelia ya me da mucho trabajo. —Y rompiendo a llorar dijo—: No sé qué hacer.

Enseguida se abrazaron.

—Oh... Carla, en esto no sé qué decirte. Lo único que puedo aconsejarte es que hables con Samuel. Creo que él tiene derecho a saberlo —dijo al pensar en lo que Paul le había contado de su exmujer—. No es sólo tu hijo, también es de él. ¿Qué te hace pensar que él no lo va a querer?

Carla resopló. No era fácil saber qué hacer.

—Ayer, cuando Samuel llegó a mi casa, estaba Alfonso jugando con la niña. No le gustó que estuviera allí. Tuvimos una discusión tremenda y me acusó de jugar con sus sentimientos.

—Ay, cielo, lo siento. —Rebeca la abrazó.

—En definitiva, me dijo que tenía que tomar una decisión. O él o Alfonso. —Secándose las lágrimas, concluyó—: Dijo que lo llamara cuando me hubiera aclarado.

—Ay, Dios... —suspiró Rebeca—. Carla, ¿qué vas a hacer? ¿De cuánto tiempo estás?

—De dos meses. Si quiero abortar debo hacerlo ya. No puedo esperar mucho más.

Ambas se miraron. Aquella decisión era dura, fuerte y fría. Tras unos segundos en silencio, Rebeca miró a su amiga.

—Sinceramente, ¿a quién amas, Carla? ¿A quién quiere tu corazón?

—A Samuel. Pero Alfonso es el padre de Noelia y no puedo negarle que la vea.

Su amiga tenía razón. Una cosa no quitaba la otra, aunque Alfonso, tras lo ocurrido, no fuera objeto de su devoción.

—Pero, vamos a ver, ¿eso se lo has dicho a Samuel?

Carla negó con la cabeza.

—Intenté decírselo, pero estaba tan furioso que no me escuchó.

Rebeca cogió el teléfono y se lo pasó a su amiga con decisión.

—Llámalo al móvil y queda con él para esta noche. No te preocupes por la niña, ya me encargo yo, ¿de acuerdo?

Carla asintió. Decidida, aunque temblorosa, lo llamó al móvil. Tras hablar unos segundos con él, hizo lo que su amiga le había sugerido y después colgó.

—¿Y bien? —preguntó Rebeca.

—He quedado esta noche a las nueve. Hablaremos.

Rebeca sonrió.

—¡Perfecto! Habla con él. Sé clara en todo, él se merece una explicación. Piensa en cómo se sintió él al llegar y ver a la persona que casi te mata, jugando en tu casa con la niña.

—Tienes razón. Seré sincera con él. —Y abrazándola sonrió—. Gracias, Rebeca. No sé qué haría si no te tuviera.

—Venga, tontuela, para eso estamos las amigas —contestó quitándole hierro al asunto—. Por cierto, ¿a qué hora me traerás a Noelia?

—A las ocho.

—Vale —asintió Rebeca mientras Carla salía por la puerta.

Capítulo 17

A las ocho y veinte, tras dejar a Noelia en casa de Rebeca, Carla se dirigía en su coche hacia Plaza de España. Iba nerviosa. Debía darle a Samuel una noticia que estaba segura de que lo iba a bloquear. ¡Iba a ser padre! A las nueve entró en el restaurante donde había quedado con él. Pidió un zumo de piña. Cinco minutos después, y tan guapo como siempre, lo vio entrar. Samuel, al verla, se dirigió hacia la mesa. Deseaba besarla y acariciarla. Pero no, no lo haría. La saludó con frialdad y pidió al camarero una botella de agua.

—¿Cómo estás? —preguntó nervioso.

Sólo la conocía hacía pocos meses, pero pensar en perderla le resultaba insoportable.

—Bien. Gracias por venir —atinó a contestar.

Tras un incómodo silencio, el camarero se acercó y llevó la botella de agua a Samuel. Tras beber y aclararse la garganta, finalmente la miró.

—La última vez que nos vimos quedamos en que tú me llamarías. Tú eres la que tiene que decidir qué hacer con su vida.

Carla asintió, y le respondió intentando que no le temblara la voz.

—Es todo tan complicado que...

—No. No es complicado. Se trata de decidir, ni más ni menos —interrumpió él.

—Samuel, te quiero y... y Alfonso es sólo el padre de mi hija.

Aquello erizó el vello del cuerpo del hombre, pero estaba dispuesto a soltar lo que llevaba en su interior.

—Comprendo que él es el padre de Noelia, pero ese animal casi te mata hace unos meses, ¿no lo recuerdas? —Ella asintió y él prosiguió—: ¿Cómo puedes verlo tan tranquila? ¿Cómo lo dejas entrar en tu casa? ¿No has pensado que si ocurrió una vez puede volver a ocurrir?

Ella negó con decisión.

—Alfonso nunca había sido agresivo y lo que pasó fue algo... algo puntual.

—Oh, sí, claro —se mofó Samuel con amargura—. Parece mentira que no escuches las noticias en relación con esos hijos de puta que maltratan y matan a las mujeres.

Entendió lo que decía. Por ello, y como estaba dispuesta a hablar y no a discutir, Carla respiró antes de contestar.

—Sé lo que quieres decir, pero yo nunca pondría en peligro a Noelia. Si lo dejo entrar en casa es porque sé que no viene con malas intenciones. Está arrepentido y...

Incapaz de seguir escuchándola, él volvió a interrumpirla.

—Joder, Carla, no entiendes nada. Yo no veo mal que él vaya a ver a la niña. ¡Es su hija! Pero por el amor de Dios, procura no estar sola. Llámame a mí o a Rebeca o a cualquier persona, pero no te quedes sola con ese malnacido, porque no me fío de él. —Se acercó a ella y continuó con rabia—: Por mi trabajo veo muchas mujeres con el rostro y el cuerpo marcados por esos hijos de puta y no lo puedo soportar. Mira, Carla, comprendo la situación. Él es el padre de Noelia, no yo. Él tiene unos derechos con respecto a ella y me parecerá bien que los cumpla, siempre y cuando reconduzca su conducta y su vida. Mira, cariño —susurró tocándole el mentón—, no pretendo dirigir tu vida, ni quitarle la niña a un padre. Sólo quiero saber que estáis seguras.

—Lo sé, pero él es el padre de Noelia. Una persona a la que yo he querido muchísimo, y...

—Me parece enternecedor todo lo que dices —murmuró separándose de ella—. Pero olvidas un grandísimo detalle. ¡Casi te mata! ¿Crees que él pensó que tú eras la madre de Noelia cuando te hacía daño? —estalló con furia—. Por favor, Carla, no hables así de él, me dan ganas de cogerle del cuello y matarlo.

Lo asió del brazo para acercarse a él.

—De acuerdo, tranquilízate. Pero tienes que entender que hubo algo entre nosotros y que de esa unión nació Noelia. No puedo negarle que la vea. Entiéndelo, por favor —suplicó mirándolo a los ojos—. Te quiero, Samuel. Te quiero como nunca he querido a ningún hombre. Eres bueno, amable, me haces la vida fácil y yo... yo no deseo perderte porque te quiero, pero necesito tu ayuda...

Aquello derribó todas las defensas de aquél, el cual la abrazó y le susurró al oído lo que sentía.

—Dios Santo, Carla, estaba desesperado al ver que no me llamabas —dijo besándola en la boca—. Cuando esta tarde he hablado contigo por teléfono me he temido lo peor. Claro que voy a ayudarte, mi vida. ¿Por qué lo dudas?

Emocionada por el cariño que le demostraba, Carla suspiró.

—Perdóname por todo el daño que te he hecho. Nunca lo pretendí.

—Olvídalo, cielo, pero necesito que entiendas que cuando llegué a tu casa y os vi tan felices a los tres, yo... me sentí mal. No soy un niñato, soy un hombre con esperanzas de formar una familia contigo y...

—A propósito de lo de formar una familia —susurró Carla—. Tengo que decirte que...

Pero como él estaba emocionado, la interrumpió y volvió a sorprenderla.

—¿Quieres casarte conmigo? —Aquello la descuadró y él, a pesar del gesto de Carla, prosiguió—: Sé que llevamos poco tiempo juntos, pero, cielo, tú eres la mujer que quiero y la que he buscado toda mi vida. Solucionaremos lo de las visitas de Noelia con su padre. Si tú quieres, mañana hablamos con Rebeca, que es abogada, y buscamos la mejor solución para todos.

Desencajada por aquello, Carla apenas logró balbucear unas palabras.

—¿Me... me estás pidiendo... que me case... contigo?

Samuel, seguro de lo que estaba haciendo, asintió.

—Sí, cariño. No puedo vivir sin ti y sin Noelia. Ambas sois lo más importante que tengo en esta vida. Y estoy seguro de que juntos podremos tener una bonita vida y unos preciosos hijos. Quiero formar una familia contigo, si tú quieres, claro.

«Ay, Dios mío», pensó Carla a punto de llorar.

Samuel, mirándola a los ojos, vio su confusión.

—Bueno, ¿cuál es tu respuesta?

Carla lo miró como si estuviera en la luna.

¿Cómo podía sentir aquel amor por alguien a quien apenas conocía? Pero estaba convencida de que Samuel quería hacerla feliz. Él, al ver que ella no respondía, trató de que sonriera.

—Si me dices que sí, sólo te pido una cosa.

—¿Qué?

—Que nunca vuelva a haber secretos entre nosotros.

—No puedo prometerte eso —susurró Carla a punto de retorcerse de risa por la situación. Aquello comenzaba a desbordarla.

—¡¿Cómo?! ¿Qué pasa ahora?

—Cariño... aún hay algo que no sabes pero que debes saber.

Samuel, con la tensión en el rostro, asintió.

—De acuerdo. Adelante. Sea lo que sea, estoy a tu lado.

Carla le dio un beso que lo desconcertó aún más.

—Como veo que lo nuestro va a la velocidad de un rayo, tengo que decirte que en pocos meses vas a ser papá.

Samuel abrió los ojos como platos y susurró impresionado, mirando al camarero:

—Por favor, tráigame un whisky doble. —Luego, mirando de nuevo a Carla, preguntó—: ¿Qué has dicho? ¿Voy a ser padre?

Carla, emocionada, asintió.

—Sí, cariño. Esperaba poder hablar contigo para decidir qué hacer.

El camarero llegó con el whisky y lo dejó encima de la mesa. Samuel, con un gesto le pidió un segundo whisky; cogió el que tenía y dio un buen trago. Tras gesticular con la cara, la volvió a mirar y, con la mejor de sus sonrisas, asintió.

—Te quiero y vamos a tener unos hijos preciosos.

Emocionada, Carla aceptó los brazos que él le ofrecía y se acurrucó entre ellos.

—Eso es lo que deseo, cielo, eso es lo que deseo.

Capítulo 18

⧜

La boda de Samuel y Carla fue una boda sencilla, entrañable y bonita. Todo fue rápido y se organizó en dos semanas. La vida por fin sonreía a Carla, y Rebeca estaba feliz por ella. Las llamadas de Paul cada vez eran más seguidas y más íntimas, hasta que por fin llegó el día de su regreso. Regresaba aquella noche tras el premio de Japón, y Rebeca estaba tan nerviosa que no sabía qué ponerse, ni qué le diría cuando lo tuviera delante. Habían pasado tres semanas y cuatro días desde que se despidiera de él en la puerta de su casa con un beso abrasador, y eso la tenía al borde de un ataque de nervios.

Era sábado, y se encontraba ante su mesa de trabajo cuando sonó el timbre de la puerta. Rápidamente, Pizza se puso a ladrar. Rebeca se levantó y se dirigió hacia la puerta para ver quién era, y cuál no sería su sorpresa cuando, al abrir, allí estaba Paul con la mejor de sus sonrisas y un precioso ramo de flores. Durante unos segundos se miraron desconcertados, hasta que él la agarró y la besó de forma apasionada.

—Pero ¿qué haces tú aquí? —preguntó Rebeca segundos después—. ¿No llegabas esta noche?

—Muy bonito —se mofó él—. Yo cambiando vuelos para llegar cuanto antes, y tú me preguntas que qué hago aquí.

Cogió su maleta y se dio la vuelta dispuesto a marcharse.

—De acuerdo. Me voy y hasta esta noche no regresaré.

—No, Paul. —Rio mientras lo agarraba del brazo—. ¿Qué haces, tonto? No quiero que te vayas.

Soltando la maleta con una espléndida sonrisa, él volvió a abrazarla y la besó de una manera que la dejó sin aliento.

—Eso es lo que yo quería oír —susurró haciéndola reír—. No sabes las veces que he pensado en este momento.

Rebeca lo miró encantada. Ella también había pensado mil veces en aquel momento, y estaba siendo mil veces mejor de lo que su cabeza había imaginado.

—Tú no sabes las vueltas que le he estado dando para saber qué me ponía esta noche, y ahora resulta que llegas antes de la hora y me pillas con estas pintas —susurró tras varios besos abrasadores.

Él la devoró con la mirada y respondió encantado, mientras contenía sus ganas de desnudarla y poseerla como tantas veces había soñado:

—Estás preciosa.

—Sí... seguro —y se rio mientras se separaba de él. Si continuaba tan cerca lo tumbaría y le haría el amor como estaba deseando desde hace meses—. Por cierto, ¿has llamado a Lorena para decirle que ya has llegado?

Dejó la cazadora encima del sillón y asintió.

—He hablado con Julia y me ha dicho que Lorena estaba en el cumpleaños de su amiguito Dani. Un niño del colegio. Por lo tanto, tengo unas horas para estar contigo.

—¿Cenaremos juntos esta noche? —preguntó Rebeca.

—Por supuesto. Dentro de un rato iré a casa a darle un besazo a Lorena y, cuando la acueste, la noche será para nosotros —murmuró tras suspirar—. ¿Has decidido a qué restaurante quieres que te lleve?

—No se me ocurre ninguno. Vayamos a cualquiera que conozcas tú.

Feliz por estar con ella, Paul la atrajo hacia él y se dejó caer sobre el sofá abrazándola.

—De acuerdo, preciosa —murmuró con gesto cansado—. Pero de momento ven aquí para que yo pueda disfrutar de ti.

Mimosa, Rebeca se dejó abrazar y besar por el que tantas noches en vela había pasado. Lo que más le apetecía en esos momentos era aquello y no se lo iba a negar. Paul era un hombre terriblemente sexy y ella lo deseaba. Cuando Paul sintió que ella bajaba las manos por su abdomen y se detenía en el botón de su vaquero, la miró y preguntó con voz ronca:

—¿Estás segura?

Con una cautivadora sonrisa, asintió y Paul la besó. Le devoró los labios con tal ansia que ella se estremeció. Echados en el sillón y llevados por la pasión, acabaron en el suelo.

—Subamos a mi habitación —propuso Rebeca entre risas.

Se levantaron del suelo y subieron la escalera entre besos y abrazos. Una vez llegaron a la cama, Rebeca se sentó y Paul, con un dedo, la tumbó para dejarse caer con cuidado y posesión sobre ella. Con movimientos torpes al principio, pero a cada segundo más rápidos, se desnudaron.

—Eres preciosa —susurró mirándole los tersos pechos.

Atizada por un extraño ardor, sonrió. Metió la húmeda lengua en su boca y, con fiereza, lo besó. Ella siempre había sido una chica buena, recatada y poco exigente, pero aquel hombre la tentaba tanto que su comportamiento se volvió loco y provocador.

¡Deseaba tenerle dentro de ella ya!

Paul, al sentirla tan excitada, sonrió y dándole lo que ella quería, se posicionó entre sus piernas y no se hizo de rogar. Saco un preservativo de la cartera y se lo colocó. Luego bajó una de las manos para tocarle el centro de su deseo mientras guiaba su miembro hasta él.

—Oh Dios... te deseo tanto —murmuró agitada.

—Tanto como yo a ti —suspiró él al notar cómo el calor del interior del cuerpo de ella rodeaba totalmente su miembro.

Rebeca, al sentir cómo él entraba en ella, se arqueó y subió las caderas impaciente por recibirlo. Al sentir aquel movimiento, algo en Paul se volvió salvaje y primitivo y, poniendo una de sus manos bajo el trasero de ella, le alzó las caderas y comenzó a entrar y a salir de ella con movimientos rápidos y certeros, mientras la miraba a los ojos, hasta que la vio soltar un pequeño gemido que le indicó que ella había llegado al orgasmo. Paul la apretó contra él y, tras bombear un par de veces con más profundidad dentro de ella, se dejó ir. Rebeca sonrió al oír de su garganta un sonido seco y varonil.

Durante unos segundos, Paul mantuvo la cara hundida en el cuello de Rebeca. Le gustaba lo que había ocurrido, pero deseaba volver a repetirlo con más calma. Quería gozar más de ella. Instantes después, al escuchar cómo ella respiraba con celeridad, levantó la cabeza y la besó con tal pasión que Rebeca supo que sería una tarde para recordar.

—¿Todo bien?

—Sí —asintió gustosa—. ¡Genial!

Divertido por la sonrisa guasona que vio en sus labios, se sentó a horcajadas sobre ella y, cogiéndole las muñecas con ambas manos, se las puso sobre la cabeza e indicó, al tiempo que bajaba la boca hacia ella:

—¿Te apetece seguir jugando o prefieres que me marche?

Ella lo besó en la comisura de los labios mientras sentía cómo su erección crecía por segundos.

—Si se te ocurre levantarte de esta cama sin satisfacer todos mis deseos, considérate hombre muerto.

Paul, sorprendido, la miró y ella de pronto enrojeció por lo que había dicho.

—Bueno yo... la verdad es que...

Divertido por verla tan azorada, le soltó una mano para colocarle un mechón detrás de la oreja y besarla en el lóbulo.

—Tengo en mi cabeza tantos pensamientos lujuriosos contigo que estoy seguro de que tus deseos quedaran satisfechos. —Al ver que ella sonreía prosiguió—. En este tiempo sin verte he imaginado que te poseía de tantas maneras que no te lo puedes imaginar.

—¿En serio?

—Sí, preciosa... sí.

Con el aliento entrecortado y excitada como nunca en su vida, ella exigió:

—¿Qué has imaginado?

—Fantasías húmedas que te aseguro que te gustarán.

Rebeca abrió los ojos desmesuradamente.

—Aunque reconozco que la que más me excitaba era verte desnuda sobre mi bicha.

—¿Tu bicha?

Divertido Paul sonrió y prosiguió.

—Mi bicha es mi moto, y en ella me encantaría tenerte sentada a horcajadas sobre mí, mientras me haces el amor.

—Pero... yo... yo nunca hago esas cosas.

Él rio.

—Nunca digas... nunca.

Con su cálido aliento, su voz y su mirada consiguió que Rebeca sintiera un escalofrío que le recorrió todo el cuerpo mientras sus pezones se erizaban excitados. Saber que él había tenido fantasías con ella le gustaba más de lo que nunca hubiera imaginado.

—Te deseo, preciosa —le susurró Paul al oído con una masculinidad tan posesiva que sólo el sonido de su voz casi la lleva al orgasmo.

Con el corazón latiéndole con fuerza y un ardoroso calor instalado entre sus piernas, le mordió el labio inferior. Aquello gustó tanto a Paul que, al percibir su excitación, la besó hasta dejarla sin aliento. Eso la animó y, asiendo sin ninguna vergüenza su erección con la mano, comenzó un suave y ondulante movimiento que lo enloqueció.

—Si sigues haciendo eso, no duraré ni tres segundos.

—¿Seguro?

—Segurísimo.

Consciente del erotismo que veía en sus ojos, bajó la boca y tomó uno de aquellos duros y tersos pezones. Como era de esperar, ella gimió al límite hasta que gritó:

—¡Para!

Él paró, la miró y con voz ronca susurró:

—¿Quieres dejarlo aquí?

Ella deslizó la mano por aquellos marcados abdominales e, incorporándose sobre los codos, pidió:

—No... sólo quiero cambiar de posición. Déjame estar a mí sentada sobre ti.

Paul asintió, y sin perder tiempo se dejó caer sobre la cama. Ella se sentó a horcajadas encima de él y, sin hablar, le besó el cuello. Después bajó la boca hasta sus pezones y continuó bajando hasta rodear con la lengua su ombligo. Mientras continuaba su exploración por aquel musculoso cuerpo lo oyó gemir. Eso la hizo sentirse poderosa y, al tener ante ella aquella impresionante erección, la besó y se metió su aterciopelada punta en la boca.

Por primera vez en su vida percibió que ella tenía el control en sus manos. Comportarse como una mujer liberal la hacía sentirse viva y le gustó. Siempre había temido arrepentirse de hacer algo así, pero con Paul era diferente. Él la hacía sentir viva, deseada y sexy, y sabía que no se iba a arrepentir.

Durante lo que a Paul se le hizo una eternidad, ella jugó con él hasta que fue incapaz de seguir estando inerte y la agarró por las axilas, la hizo ponerse de nuevo a horcajadas sobre él y la penetró mirándola a los ojos. Ella estaba tan húmeda que sintió cómo el pene entraba hasta el cuello del útero. Ambos gritaron de placer mientras él, con las manos sobre la cintura de ella, la ayudaba a salir y a entrar una y otra vez.

El ritmo se aceleró.

Rápido, intenso, fuerte.

Ella gritó al llegar al clímax, y cuando él no pudo más, la levantó con fuerza, sacó su erecto pene de ella y se corrió.

Con las respiraciones entrecortadas y los corazones acelerados ambos se miraron y sonrieron. Aquello había estado muy pero que muy bien, y estaban dispuestos a repetir.

Tras una magnífica tarde de sexo, Paul se marchó a su casa a regañadientes para ver a su hija.

Durante unas horas estuvo con su pequeña hasta que llegó la noche, y de nuevo fue a buscar a Rebeca, quien al verlo lo besó con ardor.

—Si sigues besándome así, te llevo de nuevo a la cama —bromeó él.

Divertida, dijo con un gesto que a él lo enloqueció:

—No me tientes... No me tientes. Pero no, has prometido llevarme a cenar y eso haremos.

Al cerrar la puerta de su casa, Rebeca vio aparcada una bonita moto frente a ella. Mirándolo, dijo en tono guasón:

—Menos mal que no me he puesto vestido. —Aquella ocurrencia lo hizo reír y ella aclaró—: Paul, no te lo tomes a mal, pero creo que te dije que me daban miedo las motos.

—Y yo creo que te dije que ese miedo se debía a que aún no habías montado con alguien que te proporcionara seguridad.

—Le dio uno de los cascos y susurró, antes de plantarle un dulce beso—: Póntelo y confía en mí. No te pasará nada.

Nerviosa, obedeció, y diez minutos después se encontró disfrutando junto a él de la libertad que proporciona viajar sobre una moto. Tras un divertido viaje aparcaron, y cogidos de la mano llegaron hasta el restaurante. Un local de moda, grande, con varios ambientes y distintas cocinas.

El maître, al ver a Paul y reconocerlo, rápidamente le ofreció una de las mejores mesas en la zona francesa. Era un lujo tener en el restaurante al famoso piloto de MotoGP Paul Stone.

Encantada por la compañía, Rebeca se dejó asesorar en cuanto a la comida. Le gustó todo excepto los caracoles, que se negó a comer. Sólo con verlos, el estómago se le removía. Tras la cena, decidieron ir a tomar algo a un bar de copas de un amigo de Paul.

Al llegar, Rebeca se sorprendió; estaba ante el DeMarios, el local más de moda de Madrid. En cuanto aparcaron, pudo comprobar cómo la entrada del local estaba plagada de fotógrafos buscando una instantánea que les diera un titular. Rebeca, azorada por las fotos que les disparaban, sintió la mano de Paul que la apretaba con fuerza al tiempo que él sonreía a los fotógrafos; eso le dio confianza. En aquello él estaba muy puesto. Era un deportista guapo, adinerado y soltero, y eso, a los fotógrafos, les encantaba.

Una vez dentro del local, Rebeca se sorprendió al verse rodeada de gente que solía ver en la televisión y en el cine. Eso la intimidó, pero Paul, con su seguridad, de nuevo consiguió que sonriera al susurrarle cosas de todos ellos.

Tras saludar al dueño del local, Paul se dirigió hacia donde aquél le había indicado que estaban algunos de sus compañeros. Pilotos como él. Encantada, conoció a Iván Vázquez y a su mujer Rita. Paul se lo presentó como su gran rival en pista, pero un grandísimo amigo en la vida e inmejorable compañero de equipo.

Más tarde llegaron Tomi, Valentino, Raúl y Salinski, acompañados por sus mujeres, excepto Tomi, que no tenía pareja.

Mientras Rebeca observaba cómo charlaban animadamente, Iván se acercó a ella para invitarla a bailar. Bailó con él y rio por las cosas que éste le contaba. Cuando Iván y ella dejaron la pista, Rebeca vio que Paul saludaba a una mujer mayor que él. Se notaba cierta familiaridad entre ellos. Segundos después, ambos se dirigieron hacia donde ella estaba sentada.

—Rebeca, te presento a Elena, una amiga y colosal periodista deportiva. —Al ver cómo lo miraba, aclaró—: Es la madre de Susana y Dani. El cumpleaños al que asistía hoy Lorena.

Al recordar aquel detalle, Rebeca sonrió.

—Encantada de conocerla y felicidades a Dani.

La mujer la miró a los ojos unos segundos. Luego, se acercó a ella.

—Gracias, querida, y por favor, no me llames de usted que me haces mayor —le dijo amablemente.

—De acuerdo, Elena. —Y al reconocerla dijo—: Trabajas en las noticias de Telecinco, ¿verdad?

—Sí, querida. ¡Has acertado!

Paul, sonrió al ver cómo Rebeca miraba a la mujer.

—A todo esto, ¿dónde está tu marido? —preguntó Paul.

La mujer miró a su alrededor antes de contestar.

—Ha ido la barra a pedir unas copas con Toño. Yo —dijo echando un vistazo de nuevo a su alrededor— estoy esperando a Marga, que ha ido al guardarropa un momento.

»Toño y Marga son unos amigos —aclaró al ver que Rebeca la miraba—. Cada año salimos a celebrar los cumpleaños de los niños por la noche. —Con una encantadora sonrisa aclaró—: Por la tarde es el cumpleaños de los niños, pero por la noche es la fiesta de los mayores.

—¡Genial! —exclamó Rebeca.

—Siempre es bueno tener un pretexto para salir a cenar fuera de casa —continuó la mujer que, moviendo el brazo, dijo—: Allí está Marga. Por cierto, no ve tres en un burro, pero la muy presumida no quiere ponerse las gafas y hay que estar pendiente de ella todo el rato.

Rebeca volvió a reír y la mujer, al ver que su amiga no la veía, hizo ademán de levantarse.

—Bueno, queridos, os dejo, que si no se me pierde. Hasta luego. —Y acercándose a la joven susurró—: Debes de ser muy especial para que este hombre te mire así. Aprovéchalo.

Rebeca y Paul se miraron y se echaron a reír ante la vivacidad y el buen humor de Elena.

—Qué mujer más maja —afirmó ésta riendo.

—Sí. Ella y su marido son dos personas encantadoras.

Paul le explicó que los conocía desde el primer día de colegio de Lorena. Siempre le habían parecido una pareja ejemplar. Solía coincidir con ella o su marido Iñigo a veces, cuando iba a recoger a su hija al colegio. Incluso Susana, la hija de ellos, más de una vez se había quedado a dormir con Lorena. Eran inseparables.

Mientras hablaban, el ritmo de la música cambió. Pusieron música lenta y él la invitó a bailar. Al abrazarla, Paul le susurró al oído, poniéndole la carne de gallina:

—No sabes cuánto te he echado de menos.

—Me gusta.

Sorprendido por aquella respuesta, la miró a los ojos.

—¿Que te gusta qué?

—Que me hayas echado de menos. Eso quiere decir que has pensado en mí.

Paul sonrió. Durante un buen rato bailaron y se besaron. Se saborearon con tranquilidad. Ambos ambicionaban intimidad y anhelaban llegar de nuevo a casa. Varias canciones después, caminaron hacia la mesa donde estaban todos para refrescar sus gargantas. Estaban sedientos. Aunque la sed que tenían era de sus cuerpos. Al llegar, Iván les hizo una seña con la mano. Ellos se acercaron.

—¿Qué quieres, pesado? —preguntó Paul riendo, sin soltar a su chica.

Iván se levantó y se abrió camino entre la gente.

—Vamos, os invito a una copa.

Divertidos, siguieron a Iván y a Rita hasta la barra. Aquéllos le cayeron muy bien a Rebeca. Era una pareja encantadora y con sólo ver cómo Iván miraba a su mujer, uno se daba cuenta del gran amor que le profesaba. Cambiaron la música de nuevo, y el ritmo de Beyoncé se oyó por los bafles. La bailona de Rita le preguntó a Rebeca si quería bailar y ésta asintió. Las dos, encantadas, caminaron hacia la pista, donde comenzaron a mover sus cuerpos.

Horas después, cansados, Paul le propuso al oído que se marcharan. Ella asintió. Deseaba estar a solas con él. Pero cuando estaban a punto de salir por la puerta del local, Paul se detuvo al reconocer a alguien y tiró de Rebeca.

—Cariño, quiero presentarte al marido de Elena.

Rebeca, feliz, se volvió, pero su sonrisa se congeló al ver de quién se trataba. Los músculos se le agarrotaron y, de pronto, respirar se le hizo difícil. Paul, confundido por aquello, miró a su amigo y se extrañó al ver que a aquél le ocurría lo mismo. No entendió nada hasta que Rebeca lo saludó.

—Hola, papá.

No pudo decir más. El nudo de emociones de su garganta le impedía hablar. El hombre, al oír aquella voz, se emocionó y susurró, procurando contener sus emociones:

—Rebeca, ¿cómo estás?

—Bien—afirmó ella escuetamente.

Paul, alucinado por completo, no sabía a quién mirar. «¿Papá?» ¿Iñigo era el padre de Rebeca? Si mal no recordaba, ella le había dicho que estaba muerto.

Repuesta de la sorpresa inicial, se recompuso y dio un paso atrás.

—Paul, es tarde y estoy cansada. Te espero en la puerta. —Dicho esto, se marchó.

Sorprendido y boquiabierto, Paul vio cómo se alejaba, y se volvió hacia Iñigo.

—Pero... ¿cómo?... ¿Rebeca es tu hija?

El hombre, que seguía mirando la puerta con los ojos cargados de lágrimas, asintió.

—Sí, Paul. Rebeca es la pequeña de mi anterior matrimonio.

Incómodo por la situación creada, le dio la mano al hombre y se apresuró hacia la puerta.

—Iñigo, ya hablaremos. Siento muchísimo esto... pero yo no sabía nada.

El hombre, aún sorprendido por lo ocurrido, lo miró.

—No te preocupes, Paul. Es una historia complicada. Anda, ve, te está esperando.

Los hombres se despidieron, y cuando Paul salió del local, ella lo abrazó y contuvo el llanto hasta que se alejaron de los fotógrafos. Una vez fuera de los flashes, lloró. Paul intentó calmarla, pero apenas lo consiguió. En esta ocasión, Rebeca no disfrutó del trayecto en moto. Sólo deseaba llegar a su casa. Una vez allí, Pizza los recibió. Sin pararse a saludar a la perra, Rebeca fue a la cocina para preparar café. Sabía que Paul le iba a preguntar y odiaba dar explicaciones.

Quince minutos después, con el café en una bandeja, entró en el salón, donde Paul jugueteaba con Pizza. Se quitó los zapatos y se sentó como un indio frente a él. Estuvieron en completo silencio hasta que Paul habló.

—Cariño, lo siento. Yo no sabía... Es más, creí que tus padres...

—No te preocupes —lo cortó—. Tú no tenías por qué saber que él era mi padre. Además, te dije que mis padres habían muerto y...

Pero ya no pudo continuar, las lágrimas desbordaron sus ojos y Paul la abrazó con rapidez. Cinco minutos después, ya más calmada, logró volver a hablar.

—Cuando lo he visto delante de mí, no he sabido qué decir; los sentimientos me han paralizado. Por una parte es un extraño, y por otra, mi padre. —Se secó con un pañuelo las lágrimas y continuó—. Muchas veces he pensado cómo sería ese reencuentro. Tenía claro que lo despreciaría y le echaría en cara muchísimas cosas. Pero en el momento... en el momento en que lo he visto no he sabido qué decir. Allí estaba él, mirándome con esos ojos que yo adoraba cuando era pequeña.

Se sonó la nariz entre lágrimas.

—Siempre me trató bien. Incluso recuerdo que todos decían que yo era su niña preferida. ¡Su princesa! —se mofó, y levantándose concluyó—: Pero lo odio por todo lo que nos hizo sufrir. En especial a mi madre.

Paul, sin entender aún qué ocurría, se dirigió a ella con suavidad.

—A ver, Rebeca, yo no sé lo que ha pasado, pero la gente cambia, y quizá deberías hablar con él...

Se volvió hacia él llena de rabia, y se apartó gritando:

—Pero ¡¿qué dices?! No quiero verlo. Él eligió. Decidió marcharse con... con su nueva familia. Con esa mujer.

Al recordar a Elena, maldijo. Aquella simpática mujer había sido la que tanto sufrimiento había causado a su madre.

—No te pongas así. Yo sólo quería que...

—¡Oh, cállate! —protestó sin apenas mirarlo.

Entonces no pudo evitar acordarse de las palabras que su hermano Kevin le había dicho a su padre años atrás: «Para Donna y para mí estás más muerto que nuestra madre. Rebeca es mayor de edad y, sin presiones, tomará su decisión». Su decisión fue no volver a verlo nunca. De la noche a la mañana había perdido a sus padres y ella sólo lo culpabilizó a él.

Paul, confundido por el giro que estaba tomando todo, se acercó para abrazarla, pero ésta no lo dejó. Volvió a intentarlo un par de veces más, pero su reacción fue la misma. Al final, molesto por su actitud, cogió su chaqueta y se dispuso a marcharse.

—Creo que es mejor que me vaya. Mañana te llamaré.

Ella ni lo miró. Estaba sumida en su pasado. En sus tristes recuerdos. Paul se dirigió hacia la puerta, pero se paró. Volvió sobre sus pasos y, sin tocarla, murmuró:

—Si quieres que me quede, me quedaré.

Ella negó con la cabeza.

—Vete, por favor, Paul.

Tras mirarla durante unos segundos, él asintió y se dio la vuelta.

—De acuerdo. Te llamaré.

Esta vez se fue y ella suspiró. Cuando se quedó sola, se tumbó en el sofá y, con el berrinche, se quedó dormida. Soñó con su décimo cumpleaños. Ése en el que papá le había comprado la bicicleta de sus sueños. Recordó las veces que había pasado con su padre por delante de aquella tienda, y siempre se paraban a admirarla. Era preciosa y de color rosa. De los manillares colgaban unos flequitos, y delante portaba una cesta. En aquellos momentos era lo que Rebeca más quería tener en el mundo. Y lo tuvo. Su padre siempre intentaba darle todos los caprichos. También soñó con su viaje de fin de curso. En esa época sus padres no estaban muy bien de dinero, y ese viaje suponía un lujo que apenas se podían permitir. Pero su padre comenzó a trabajar en una fábrica por las noches y el día que le dio el sobre con el dinero para el viaje, ella se emocionó.

Recordó la cantidad de veces que él había querido hacer lo mismo por Donna, pero su madre siempre le recordaba que por su hija mayor decidía ella.

Su madre era buena, aunque en muchas ocasiones demasiado recta y severa. Por aquel entonces sus hermanos se mofaban de ella, y la llamaban «la princesita de papá». Quizá en su momento fue así. Pero les gustara o no a sus hermanos, su padre era quien convencía la mayor parte de las veces a su madre para que Donna pudiera ir de fiesta o Kevin pudiera salir con sus amigos.

Horas después se despertó sobresaltada y sudando a causa de los sueños. Con tristeza, Rebeca suspiró al recordar a ese papá que ella tenía guardado en su memoria. Era atento. Lo adoraba. Por ello, cuando pasó lo de su madre y se enteró de su doble vida, todo su cariño y amor se convirtieron en odio. En ese momento, Pizza se acercó a ella y, dándole con el morro en la mano, hizo que ésta la mirase. Rebeca, al verla, sonrió, se incorporó y miró el reloj. Las cinco de la madrugada.

—Vamos a dormir. Es muy tarde.

Se levantó y se dirigió hacia su dormitorio seguida por su fiel Pizza.

Capítulo 19

Habían pasado dos semanas desde aquella desastrosa noche. Su padre, Iñigo Rojo, intentó hablar con ella. La llamó por primera vez a la oficina, pero ella se negó a responder. No quería hablar con él. Tras lo ocurrido, habló con Paul sobre el tema sin profundizar. Pero sólo aquel día. No volvieron a mencionar aquello y él se marchó al Gran Premio de Motociclismo de Italia.

Una mañana, mientras estaba sentada en su despacho, oyó voces en el pasillo. Entró Belén con gesto de disgusto.

—Es el señor Cavanillas.

—¿Cavanillas? —preguntó Rebeca extrañada—. Pero ¿no estaba en Barcelona?

No pudo decir más. Aquel odioso individuo apareció por la puerta con su mirada inquisidora de siempre. Convencida de lo que pensaba de ella, Rebeca se levantó y, con tranquilidad, escuchó cómo se dirigía a ella.

—Rebeca, querida, ¿cómo estás? —saludó agriamente.

Con la mejor de sus sonrisas, le ofreció la mano.

—Buenos días, señor Cavanillas. ¿Cómo usted por aquí?

Mirando a su alrededor, se dio una vuelta por el bonito despacho de Rebeca y soltó:

—Necesitaba regresar a Madrid. ¿Qué tal todo?

Ella iba a responder cuando vio que él se paraba ante su mesa y, sin preguntar, cogía unos documentos y los ojeaba.

«Eso sí que no», pensó. Y acercándose le tendió la mano.

—Espero que no se tome a mal esto, pero ¿me devuelve los papeles? Son confidenciales.

Con una fría risa, él se los devolvió.

—Pero ¿qué dices, querida? —replicó con sorna—. Esto es el contrato para Importaciones-Exportaciones Textiles Airward. —Y con la furia instalada en los ojos, aclaró—: Sé perfectamente de lo que va el tema.

—Tiene razón —respondió Rebeca marcando distancias—. Este contrato es algo que usted comenzó, pero desde hace unos meses las cláusulas acordadas ya no existen. Y, sin ánimo de ofenderlo, ahora es asunto mío, no suyo.

Cavanillas se disponía a replicar. Aquella idiota, ¿quién se había creído que era? Pero no pudo; entró Peterson por la puerta.

—Cavanillas, querido amigo, ¿cómo estás?

—De visita... —aclaró éste, y mirando a Rebeca dijo—: Hablaba con ella sobre el contrato de Exportaciones-Importaciones Textiles Airward.

Peterson dirigió la vista a Rebeca.

—Oh... sí. Estamos consiguiendo cambiar algunas cláusulas a nuestro favor gracias a esta estupenda abogada. Es infalible.

Encantada por aquello, Rebeca se lo agradeció, llamándolo por su nombre de pila.

—Gracias, Thomas, eres muy amable.

—Por cierto, ¿ya está firmado?

Con los papeles aún en la mano, ella se los tendió.

—Le estaba echando un último vistazo antes de la comida que tengo hoy con ellos para la firma.

—¡Estupendo!

—Esperemos que lo acepten y por fin cerremos esta negociación —añadió ella notando el entusiasmo de Thomas. En ocasiones parecía un crío a pesar de los años que tenía.

Sin entender nada, Cavanillas los miró y Peterson le aclaró:

—Exportaremos nuestras telas también al mercado europeo. Sabemos que al principio será lento y trabajoso, pero ya hemos abierto sucursales en Hamburgo y Milán, y en breve espero que en Grecia.

—¿Cómo? —preguntó Cavanillas con los ojos desencajados—. ¿Habéis abierto sucursales en Europa?

—Sí. —Rebeca sonrió al ver su sorpresa.

—Pero ¿cómo? Otras veces lo hemos intentado y no ha dado resultado. Allí utilizan sus propios tejidos.

—Tienes razón, Cavanillas. Pero Rebeca se puso en contacto con varios despachos de algunas ciudades y encargó un estudio de mercado —aclaró Peterson con orgullo—. Sólo te puedo decir que después de mucho trabajo, hemos llegado a la conclusión de que podemos exportar nuestras telas a unos precios competitivos.

—Y acercándose a Cavanillas, indicó—: Amigo mío, esto es un reto. Nunca había sido posible, pero ahora lo es. —El jefazo se volvió hacia Rebeca y sonrió—. Entonces, querida, ¿no puedes venirte con nosotros a comer?

—No, gracias. He quedado para comer en La Crèmerie, y quiero tener todo revisado y atado.

Con gesto agrio, Cavanillas se despidió de ella. Rebeca lo miró. Había descubierto cosas durante aquellos meses que, si salieran a la luz, a aquel estúpido se le caería el pelo. Pero aquello era algo que guardaría de momento. Quizá tuviera que utilizarlo en otro momento.

Capítulo 20

Era sábado por la mañana. Sonó el teléfono. Rebeca estaba colocando su ropa en el armario cuando oyó la voz de Ángela.

—Rebeca... al teléfono.

Dejó las camisetas sobre la cama y corrió escaleras abajo.

—Ya voy, Ángela. No grites —la reprendió con cariño—. ¿Quién es?

—Es Donna desde el otro lado del charco —respondió la toledana.

Al oír que era su hermana, Rebeca saltó los escalones que faltaban para arrebatarle el teléfono.

—¡¿Donna?! Cuánto tiempo sin hablar contigo. —Rápidamente se le llenó la cabeza de preguntas—. ¿Qué tal están María y Miguel?

Con su buen humor de siempre, Donna respondió a la cerebral y controlada Rebeca.

—Mira, hija... estupendos. Volviéndome loca, como de costumbre.

Después de un rato de risas y conversaciones cruzadas, en las que Rebeca no le contó que había visto a su padre, el tema se desvió a su hermano.

—Por cierto, ¿volviste a hablar con Kevin?

—Ése está como una chota —se mofó su hermana—. Pero ¿cómo puede casarse con alguien a quien conoció hace dos días? Y mira que te lo digo yo, que me casé a los cinco meses de conocer a

Miguel. Pero ¡hablamos de Kevin! —«Lo sabía. Sabía que pensarías lo mismo que yo», pensó Rebeca sonriendo—. Tú ríete, pero no creo que deba casarse con la de Eslovenia. Te juro, Rebeca, que cuando me lo dijo pensé: «Éste se ha tomado una seta alucinógena». Por Dios. ¡No me lo podía creer! Pero si Kevin no es de los que se casan. Él es el espíritu libre de la familia. El guapo que rompe corazones. El chico que toda tía quisiera tener pero no puede. Oh, Dios... si se casa será un error para él y su vida de guaperas.

—Lo sé. —Rebeca se carcajeó por lo graciosa que era su hermana.

—Oye... Y a todo esto, ¿conoces a la polluela?

—No. Todavía no. Pero en dos fines de semana los tendré aquí para organizarlo todo.

—Te juro que no lo entiendo. Pero, Rebeca, que Kevin quiere casarse con tarta, anillo y todo. Ay, Dios... ¿Qué le habrá pasado?

—Sí, hija, sí. Me ha pedido que lo celebremos en mi casa.

—Lo sé. Me lo dijo. En menudo embolado te vas a meter. Pero ¿habéis encontrado un cura o algo por el estilo que los case? Eso es típico aquí en Estados Unidos, pero no en España.

Al escuchar aquello pensó en Paul. Gracias a él y a sus contactos, un párroco oficiaría la boda en el jardín de su casa.

—Sí. A través de alguien he conseguido que pueda hacerse en casa. Y en cuanto al embolado, pues ufff... todo lo hago por él. Total, si se quiere casar y quiere una boda tradicional con tarta, flores e invitados, no seré yo quien se la niegue. Nunca me lo hubiera imaginado de él, pero mi hermanito está comenzando a ser normal. —Se movió mientras se reía.

—Perdona, guapa, pero yo más bien diría que está comenzando a ser anormal...

—¡Donna! —la regañó muerta de risa—. ¿Cómo puedes decir eso?

—Lo que pienso, hija... lo que pienso.

—Mujer, no seas cruel. Es su vida y la tiene que vivir como él quiere. Además, no conocemos a esa chica, y puede que sea lo que él siempre ha estado esperando.

Dándose por vencida, Donna sonrió.

—Lo sé... soy lo peor. Pero, chica, es que hay algo que no entiendo. ¿A qué se deben tantas prisas? ¿No estarán esperando un hijo?

—Cómo eres. No... no lo creo.

—Piensa mal y acertarás.

—Kevin me lo hubiera dicho y bueno... El caso es que nuestro hermano se va a casar y, nos parezca bien o mal, no somos nadie para hablar del tema.

—Pero yo creo que... —susurró de nuevo Donna.

Riéndose por la insistencia, Rebeca la cortó.

—Tú no crees nada. Te callas y punto.

—Pero bueno, mocosa, ¿quién te has creído que eres para hablarme así? —le soltó Donna divertida al escuchar a su hermana pequeña—. Oye, ¡que soy tu hermana mayor y me debes un respeto!

—Oh... Donna, eres terrible —Rebeca rio—. ¿Cuándo venís?

—Como el bodorrio es el 15 de mayo, Miguel ha cogido vacaciones para entonces. ¿Aceptarías más huéspedes en tu casa...?

—Síiiiiiiiiiiiii.

—¿Te parece buena idea?

—Inmejorable.

Donna, aplaudió su respuesta y miró el billete que tenía en las manos.

—El día diez a las once menos veinte llega nuestro vuelo a Madrid.

—¡Genial! Iré a recogeros al aeropuerto.

—Por cierto, y esto ya en plan cotilleo: ¿habrá muchos invitados en la boda?

—No. Es todo muy familiar. Incluso por parte de ella no viene nadie.

—Uiss... qué mal me huele esoooooooooooo.

—Donna, no empieces.

—Oye... ¿quién te acompañará a ti? Porque digo yo que alguien te acompañará, ¿verdad?

—Alguien muy especial —contestó consciente de que su hermana no pararía hasta sacarle la verdad.

—Pero ¡¿qué me estás contando?! —gritó Donna al tiempo que saltaba de su silla—. Estás saliendo con alguien y soy la última en enterarme. Vamos... suelta por esa boquita todo lo que has callado o juro que cuando te vea te daré una tremenda paliza.

—Intentando quitarle importancia, Rebeca resopló mientras su hermana continuaba— ¿Cómo se llama? ¿Quién es? ¿A qué dedica su tiempo libre? Quiero saberlo todo.

—Veamos: se llama Paul y me gusta mucho.

—¿Está bueno?

—Sí... buenísimo, y cuando lo veas sé que te gustará. —Rebeca rio al imaginar la cara de su hermana cuando viera al espectacular Paul.

—Oh... Dios, qué ganas tengo de llegar a España. A ver, sigue... cuéntame más cositas de él.

—Es piloto de motos. Corre en el Gran Premio del Mundo de MotoGP.

Aquello impresionó a Donna. Ella y su marido eran seguidores de aquel deporte.

—¿Piloto de motos?

—Sí.

—No jorobes... ¿Quién es?

—Paul Stone.

En cuanto dijo aquel nombre, su hermana pegó un chillido que la dejó medio sorda.

—¡Dios mío. Dios mío... Dios míooooooooooooooo! ¡¿Has dicho Paul Stone?!

—Sí.

De nuevo gritos por parte de su hermana.

—El piloto de Ducati, que lleva el número dos, y varias veces campeón del mundo.

—Sí, Donna, el mismo.

—Pero ¡si ese tío está como un queso! —gritó como una loca—. Ay, madre. Cuando se lo diga a Miguel, no se lo va a creer. ¡Mi hermana saliendo con Paul Stone!

Rebeca estaba muerta de risa por las cosas que escuchaba.

—No se lo digas. Así le das la sorpresa cuando vengáis para la boda.

—Uy... no sé si voy a poder aguantármelo. Joder... ¡mi hermanita está saliendo con Paul Stone! Uno de los guaperas más sexis de MotoGP. ¡Qué fuerte!

—De momento somos amigos con derecho a roce. No te emociones —aclaró al oír la reacción de su hermana.

Media hora después, y tras demasiada mofa por parte de las dos, Donna se despidió.

—Volveré a llamarte para confirmarte de nuevo lo del vuelo. ¿Ok?

—De acuerdo. —Sonrió con cariño—. Da besos a Miguel y a María, y diles que tengo muchas ganas de verlos.

—Miguel sí que va a tener ganas de verte —dijo Donna riendo—. Sobre todo cuando le diga que sales con Paul Stone.

Ambas rieron y, tras despedirse de nuevo, se cortó la comunicación.

Capítulo 21

Las negociaciones con las compañías europeas iban de maravilla. Fue tal el incremento de trabajo que, aun en época de crisis, no hubo que echar a nadie e incluso se contrataron trabajadores temporales.

Cavanillas había llamado unas cuantas veces desde Barcelona. Rebeca era consciente de que en cuanto pudiera la perjudicaría. Pero lo que Cavanillas todavía no sabía era que ella había descubierto por qué, en los años que él estuvo en su puesto, el mercado no se había ampliado a Europa.

Durante años, aquel viejo zorro, sin que nadie lo supiera, había trapicheado con partidas de telas en las empresas europeas. Lo descubrió a través de uno de sus asesores en París. Bajo el nombre de una empresa inglesa llamada Morning Days, Cavanillas mandaba cada tres meses grandes partidas de telas a ciertos puertos europeos para su distribución, razón por la que cobraba unas grandes cantidades de dinero negro. ¿Llevaría algo más además de las telas? Tenía que decírselo a Peterson, pero Rebeca esperó a que todo estuviera confirmado. No quería fallar.

Aquella mañana esperaba en su despacho una cita importante. Hacía unos días había contratado a un detective privado y éste regresaba con pruebas. Sonó el teléfono. Era Belén anunciándole que la visita que esperaba había llegado. Nerviosa, se levantó para recibirlo. La puerta se abrió y entró un hombre joven.

—Buenos días, señorita Rojo.

Tras los correspondientes saludos, ambos se sentaron y éste le tendió una carpeta.

—Aquí tiene. Facturas de las partidas de telas y de los barcos donde eran transportadas. Verá documentos de distintos almacenes y de salidas y recogidas de camiones. —Rebeca lo miraba todo boquiabierta. El hombre continuó—. Hemos comprobado las firmas. Aparecen dos diferentes. Una corresponde a un tal Ricardo...

—¿Richard?

—Sí. Hablamos de Ricardo Torres. Estuvo trabajando para esta empresa durante siete años.

—Sí... sé quién es. Pero no podía imaginar que estuviera metido también en este lío.

El detective, acostumbrado a aquello, continuó con su explicación.

—Pues siento decirle que él y Cavanillas, junto a un tal Brian Newton, son los cabecillas de esto. He confirmado que el tal Newton es un narcotraficante de cocaína.

—¿Cómo? —preguntó con un hilo de voz.

—Lo que ha oído. Creo que Cavanillas y Newton trafican con algo más que simples telas.

Sorprendida por aquello, Rebeca tragó saliva.

—¡Madre mía!

—También hemos descubierto que Pascual Rubio, encargado de los almacenes, es quien firma la orden de salida de esas telas.

—¡¿Pascual?!... Dios mío —susurró horrorizada.

Aquello era más grave de lo que creía. Sin darle tiempo a pensar, el detective le tendió otro papel.

—Aquí tiene el número de cuenta donde se abonan las llegadas de las telas. Una vez llegan a puerto, ese dinero es transferido a las cuentas de Cavanillas y Newton. Hasta hace un tiempo, parte de ese dinero pasaba también a la cuenta de Ricardo Torres, pero eso dejó de ser así hace unos meses. Por cierto, señorita Rojo, ¿qué sabe usted de ese tal Richard o Ricardo?

—Poca cosa, la verdad. Ascendió rápidamente, pero de la noche a la mañana fue despedido y no he vuelto saber de él.

—Exacto —asintió el hombre—. Nunca más se ha vuelto a saber de él. Está en paradero desconocido. Hemos intentado localizarlo, pero las pistas se pierden. Creo que aquí hay algo muy feo. Una persona no suele desaparecer así como así.

—¿Qué está tratando usted de decir? —preguntó asustada por lo que daba a entender.

El detective la miró directamente a los ojos.

—Mire, señorita. Llevo mucho tiempo trabajando en este tipo de casos, y cuando aparecen indicios de alguien que no deja pistas, tarde o temprano aparece asesinado.

—¡¿Qué?!

El hombre, convencido de lo que decía, prosiguió con su explicación.

—Sé que resulta descabellado lo que digo, pero nosotros, cuando comenzamos un trabajo, intentamos atarlo todo para que no se nos escape nada. Hasta el momento todo estaba atado, por decirlo de alguna manera, pero se nos están empezando a escapar hilos de la madeja, y uno de esos hilos es el paradero de Ricardo Torres. Lo hemos estado investigando y la última vez que lo vieron fue a los dos días de ser despedido de esta empresa. No iba solo. Iba con Pascual Rubio, y a partir de ese momento nadie más lo volvió a ver.

—Quiere decir que pudo ser Pascual quien... —susurró Rebeca mientras se levantaba con lentitud de su mesa.

—Exacto.

Rebeca salió enseguida en su defensa. Era imposible que pudiera hacer aquello.

—Pero Pascual es un buen hombre. Lo conozco desde hace

años y es una persona amable y encantadora. No puede ser. Tiene que haber un error.

—La entiendo y estamos hablando hipotéticamente. Pero lo que sí sabemos es que fue la última persona que estuvo con Ricardo. Y que días después la cuenta de Pascual Rubio recibió un ingreso importante.

Al ver que ella se sentaba de nuevo con el semblante pálido, el hombre intentó tranquilizarla.

—De todas maneras, y como todo de momento es una mera suposición, le agradecería que no contara nada a nadie, por su propia seguridad.

—¿Mi seguridad?

El hombre se levantó para despedirse, y entonces le replicó con gesto serio:

—Escuche, señorita, hay muchos detectives en la ciudad, y el mismo trabajo que le estoy haciendo yo a usted, otro se lo puede hacer a Cavanillas. Nosotros hasta el momento hemos cumplido con lo pactado. Si quiere que continuemos, sólo tiene que llamarnos. Piénselo y medite si quiere seguir adelante. Tiene usted mi teléfono.

—De acuerdo —asintió aturdida—. Lo llamaré.

—Por desgracia, señorita Rojo —dijo el hombre antes de marcharse—, cuando se empieza a limpiar el polvo, siempre se termina encontrando algo más que suciedad. Buenos días.

Rebeca se quedó totalmente atónita. Lo que había comenzado como una investigación en relación con las partidas de telas que desaparecían, estaba orientándose hacia el asesinato de Richard. Con un extraño tembleque en las piernas, se sentó de nuevo en su silla y, sin querer, recordó lo que Richard le había dicho a Cavanillas el último día que lo vio: «Viejo zorro. Si yo caigo, tú también caerás».

Aquella tarde, cuando salió de la oficina, se pasó por el almacén con la excusa de coger unos papeles. Al llegar buscó con la mirada a Pascual y, como siempre, fue a saludarlo. Se acercó a él y el hombre se alegró de verla. Rebeca bromeó con él durante un rato y le preguntó por sus hijos. Él le contó encantado que aquel fin de semana se casaba Natalia, su hija. Y Rebeca pudo ver que estaba emocionado. Tras una amena charla entre ambos, se despidió de él y se fue más desconcertada aún. ¿Cómo una persona como Pascual podía estar metida en semejante lío? Por más vueltas que le daba, no encontraba una respuesta razonable.

Capítulo 22

Llegó mayo y la historia entre Paul y Rebeca seguía viento en popa. Siempre que podían se veían, y él respetó el no hablar de lo ocurrido con su padre. La boda de Kevin se acercaba y Paul podría acompañarla. Los novios al final se retrasaron y Rebeca se tuvo que encargar de todo. A Bianca le surgió un problema en su trabajo y no llegarían hasta un par de días antes de la boda.

Donna, Miguel y María llegaron a España de Chicago. Rebeca, feliz por tenerlos junto a ella, no paraba de reír. Su sobrina era preciosa y su hermana y su cuñado, encantadores. Tras tres días juntos, Donna, su marido y su hija, se marcharon a Andalucía. La familia de Miguel los esperaba y pasados unos días regresarían a Madrid para la boda.

Días después llegó Kevin con Bianca, su futura mujer. La chica era bonita, menuda y agradable, aunque no muy habladora. Rebeca se alegró al ver a su hermano tan feliz y centrado. Aquello no era propio de él. Aunque lo vio más delgado que en Navidad, pero pensó divertida que serían los nervios y el amor.

Al día siguiente de la llegada de los futuros novios, Paul regresó. Rebeca decidió darle una sorpresa. Pasó por su casa, recogió a Lorena, y las dos se dirigieron felices al aeropuerto.

Fueron hacia la puerta correspondiente, y los pasajeros que llegaban de Francia comenzaron a salir. La niña estaba inquieta por ver a su papá. Las puertas se abrieron varias veces hasta que apareció Paul hablando con una despampanante morena vestida con glamur.

En un principio él no las vio, pero Rebeca no le quitó la vista de encima. Se lo veía enfrascado en una discusión con aquélla. La mujer lo asía continuamente del brazo para llamar su atención, pero él se soltaba furioso. De pronto Lorena lo vio y comenzó a llamarlo. Él, sorprendido, buscó la procedencia de la voz de su hija, y al descubrirlas les mandó una sonrisa, pero con un gesto con la mano le pidió a Rebeca que se quedaran donde estaban.

La mujer que lo acompañaba miró a la joven a la que Paul había dirigido la sonrisa y comprobó que era todo lo opuesto a ella en glamur. Pero su curiosidad hizo que su mirada se centrase en la niña que estaba a su lado. Era una niña muy guapa, y estaba muy graciosa con aquel peto rojo a juego con la gorra torcida que llevaba en la cabeza. Paul, al ser consciente de cómo las observaba, hizo que la mujer centrara otra vez la atención en él poniéndose en su campo de visión mientras las tapaba. Instantes después, Paul se volvió y se dirigió a ellas. Sonreía, pero en sus ojos Rebeca vio tensión.

Lorena salió corriendo al encuentro con su padre, al que abrazó y besó nada más estar entre sus brazos. Mientras tanto Rebeca continuaba observando a la mujer que seguía mirándolos a distancia. Cuando Paul llegó hasta ella, la besó y juntos se encaminaron hacia la salida del aeropuerto. En el coche, y aunque Lorena no paró de hablar y de contarle cosas a su padre, Rebeca le preguntó si le ocurría algo. Él lo negó enseguida. Pero su mirada lo delataba y Rebeca decidió no seguir preguntando. No era el momento, pero quería saber más sobre aquella elegante mujer.

Aquella noche salieron a cenar Kevin, Bianca, Paul y Rebeca. Fueron a Di Roma, un restaurante italiano que gustaba mucho a los hermanos Rojo. Durante la cena no pararon de reír. Kevin y Paul eran divertidos y se compenetraban muy bien. Horas después, al salir del restaurante, Paul propuso tomar una copa. Finalmente se acercaron al Buda, donde el encargado, tras saludar a Paul, los invitó a unas copas.

En el local, y mientras Kevin y Bianca bailaban, Paul atrajo a su chica hacia él.

—Bueno, preciosa, ¿me has echado de menos?

—Pues la verdad es que un poco. ¿Y tú a mí? —respondió ella sonriendo feliz por estar entre sus brazos.

Él sonrió a su vez. No había parado de pensar en ella. En sus ojos. En su boca, en su entrega en la cama.

—No veía el momento de aterrizar. Gracias por ir a buscarme al aeropuerto.

—Hablando del aeropuerto, ¿quién era la mujer con la que hablabas?

La sonrisa desapareció del rostro de Paul, el cual se tensó.

—Rebeca, no me apetece hablar de ese tema —contestó fastidiado, pero al ver cómo ella lo miraba, la soltó de la cintura y endureció la voz—. Si te refieres a si era un lío mío, te contesto que no. No era ninguna amante ni nada por el estilo.

—Yo no he pronunciado la palabra *amante*. Sólo quería... —señaló ella a la defensiva.

Cortándola, y con el ceño fruncido, Paul le respondió mientras se sentaban:

—Al igual que tú me pediste que no volviera a mencionar a tu padre, yo te pido que no vuelvas a mencionar esta conversación, ¿entendido?

En ese momento Kevin y Bianca dejaron de bailar y regresaron a la mesa. Kevin, al ver a su hermana tan seria, la invitó a bailar con él. Ella accedió.

—Bueno, hermanita, ¿qué te parece mi futura mujer?

—¿Hablas de Bianca, ¿no? —intentó bromear, todavía un poco aturdida por lo ocurrido con Paul.

Si bien era cierto que él intentaba ser el de siempre, Rebeca veía en su mirada una oscuridad que nunca había visto. A Paul le pasaba algo que trataba de disimular.

—Eh... estoy esperando —apremió Kevin.

Soltando una risotada, miró a su hermano.

—Me parece una chica encantadora.

—¿Sólo encantadora? Vaya, hermanita, esperaba algún cumplido más de ti.

Rebeca miró hacia la mesa donde la aludida hablaba ahora con un sonriente Paul.

—No sé, Kevin. Apenas la conozco. Sólo te puedo decir de momento que me parece una chica mona, agradable, y poco más.

—Vale... —se mofó él—. Por lo menos ya sé que piensas que es encantadora, simpática y agradable. Ah... y también mona, se me olvidaba.

—Pero qué tonto eres. —Rio tirándole de la melena—. ¿De verdad estás seguro de lo que vas a hacer?

Kevin, como un bobo, miró en dirección a Bianca y suspiró.

—Joder, hermanita, tal como lo dices, parece que voy directamente al patíbulo. Estoy loco por ella, y creo que ha llegado el momento de hacer algo con mi vida. Además, no creo que encuentre a otra persona mejor. Oye, y cambiando de tema, ¿qué tal tú y el guaperas? Veo que por fin estáis juntos.

—Eso parece —asintió mirando a Paul. Era tan guapo cuando sonreía, y le salían esos hoyuelos en las mejillas.

—Sinceramente, cuando conocí a ese guaperas en la fiesta de Navidad y vi cómo os observabais, supe que iba a haber algo más que miraditas.

—¿De verdad?

Gesticulando, Kevin asintió.

—Oh, sí... Cuando vi cómo miraste a aquella morena y sacaste el genio de mamá, pensé: «¡Aquí hay tomate!» —Ambos rieron—. Creo que es un tipo estupendo, y me parece genial que lo hayas invitado a la boda.

—Me alegro —dijo Rebeca intercambiando una mirada con Paul, quien le sonrió—. Por cierto, el viernes llega Donna a las diez de la mañana.

—Uf... tengo muchísimas ganas de verla. ¿Sigue tan loca como siempre?

—Más... yo no sé a qué rama de la familia ha salido, pero está como una chota —contestó Rebeca divertida—. Tendrías que haberla oído el día que le dije quién era Paul. ¡Casi le da un infarto!

Kevin miró a su hermana extrañado.

—Pero bueno, ¿quién coño es Paul? La verdad es que me tiene sorprendido. Todo el mundo parece conocerlo, y eso de que nos inviten continuamente a champán y del bueno... me tiene alucinado.

Sabiendo cómo reaccionaría su hermano, Rebeca esbozó una cuca sonrisa para responder en un susurro:

—Es un piloto de MotoGP.

Kevin abrió los ojos de forma descomunal.

—¿Es Paul Stone? ¿El loco que corre en Ducati?

Rebeca asintió.

—El tipo con el que sales, y que está sentado a la mesa con mi futura mujer, ¿es Paul Stone? —preguntó Kevin sin poder creérselo.

Tras suspirar, Rebeca volvió a asentir y Kevin, soltándola, se dirigió hacia la mesa donde estaban riendo.

—¡Estupendo! ¡Otro loco más en la familia!

Capítulo 23

Aquella noche, cuando llegaron a casa de Rebeca, Kevin propuso tomar una última copa. Todavía no se podía creer que aquél fuera Paul Stone, el piloto de Ducati. Pero Paul no estaba de humor y rechazó la oferta. Usó la excusa de que estaba cansado del viaje y, tras despedirse de Rebeca, le dijo que la llamaría al día siguiente.

Apenada y sintiéndose culpable de su estado por haber comentado lo de la mujer del aeropuerto, asintió y vio cómo se marchaba. Diez minutos después los tres estaban solos en la casa, y Kevin preparó unas copas mientras se sentaban alrededor de la mesa de la cocina.

—¿Cuándo tienes que ir a recoger el vestido de novia? —preguntó Rebeca a Bianca.

—Ya lo tengo. Está arriba en la habitación —respondió con una tímida sonrisa aquella morenita de cara angelical y pelo oscuro.

Sorprendida, Rebeca se levantó a voz en grito.

—¡¿Arriba... en vuestra habitación?! —Bianca, asintió—. Pero eso no puede ser. El novio no debe ver el vestido hasta el momento de la ceremonia.

—No lo he visto, lo juro —afirmó Kevin riéndose—. Lo tiene escondido y no me ha dejado verlo.

—¿Quieres que te lo enseñe? —preguntó Bianca a su futura cuñada.

Levantándose del tirón, Rebeca asintió.

—Claro que sí... y de paso lo sacamos de allí y lo guardo en mi habitación para evitar futuras tentaciones.

—Chica lista —se mofó Kevin.

Entre risas, las dos jóvenes subieron la escalera mientras Kevin hacía intentos por perseguirlas. Una vez entraron, Rebeca bloqueó la puerta y el muchacho se quedó fuera. Rápidamente la novia abrió una maleta y de ella sacó un vestido.

—Es éste. ¿Te gusta?

Sorprendida por aquel delicado vestido de raso crudo, Rebeca lo tocó.

—Es precioso. ¿Dónde lo compraste?

La joven eslovena, retirándose el pelo de la cara para dejar ver sus preciosos ojos verdes, contestó apenada:

—Era de mi madre. Fue su vestido de boda. Es una de las pocas cosas que tengo de ella.

—Vaya... lo siento.

Y cambiando su gesto a otro más divertido la muchacha añadió:

—El vestido está bien. Sólo necesito llevarlo al tinte para que lo laven y lo planchen, y sé que quedará como nuevo.

—Estoy segura —asintió conmovida Rebeca.

Si algo la emocionaba en el mundo, era aquel tipo de herencias de madres a hijos. En cuanto Bianca le dijo que aquel vestido era de su madre, la conquistó.

—¿Podré llevarlo mañana a alguna tintorería cercana?

—Por supuesto. Mañana lo llevaremos. En el pelo ¿qué te pondrás?

—Mira, tengo también el velo —contestó Bianca algo turbada volviéndose hacia la maleta.

—¡Es precioso! —Y para hacerla sonreír, cuchicheó—: Mañana iremos al centro comercial. Dejaremos el vestido en el tinte y de paso pasaremos por la floristería para que elijas el ramo de novia. Si te parece bien, el ramo te lo regalo yo, ¿vale?

Bianca, con un gesto aniñado que se ganó de nuevo el corazón de Rebeca, asintió.

—Oh... ¡Gracias! —Y cogiéndole las manos, prosiguió—: Quiero que sepas que voy a tratar que Kevin sea muy feliz. Lo quiero con toda mi alma y creo que nuestra relación puede funcionar.

—Eso no lo dudo. Por la manera en que te mira mi hermano, sé que está loco por ti. Os merecéis lo mejor.

De pronto se oyeron los gritos de Kevin al otro lado de la puerta, y por los ladridos que les llegaban, Pizza estaba confabulando con él.

—Eh, chicas... me estoy aburriendo. Cuento hasta tres para que salgáis de la habitación, o entro yo. Uno...

Rápidamente guardaron el vestido y el velo y Rebeca le gritó desde el otro lado de la puerta:

—¡Un segundo, petardo, ya salimos!

Durante un par de horas charlaron sentados en el comedor. Allí se enteró de que Bianca no tenía familia y su infancia no había sido tan maravillosa como la de ellos. Cuando Bianca comenzó a bostezar, todos decidieron que era hora de irse a dormir.

Mientras se desmaquillaba ante el espejo, se acordó de Paul y en su reacción ante la pregunta de aquella mujer. «Está claro que todos tenemos un pasado que no queremos recordar», pensó metiéndose en la cama. Después de dar más de veinte vueltas para dormir, sonó el móvil. Asustada, lo cogió.

—Rebeca, soy Paul.

Al oír su voz, se incorporó enseguida.

—¿Ha pasado algo? —preguntó casi sin aliento.

Consciente del susto que aquella llamada podía haber originado en ella, Paul la calmó.

—Cariño, tranquila. Todo está bien. Es sólo que necesito hablar contigo. Estoy frente a tu casa; ¿puedes salir?

Saltando de la cama, respondió:

—Dame un minuto.

A toda prisa, se puso unos vaqueros y una camiseta azul. Pizza la miró y la siguió hasta la puerta. Una vez allí cogió las llaves de casa y salió a la calle. Allí estaba Paul esperándola, tan guapo como siempre, apoyado en su moto.

«Dios mío, es el morbo convertido en hombre», pensó mientras se acercaba a él. Al llegar junto a él, Paul la abrazó como si temiera perderla. Entre susurros le pidió mil veces perdón por su comportamiento de aquella noche.

—Escúchame, cielo. No pasa nada. Tú respetas mi intimidad familiar y yo respeto la tuya. De verdad, no tienes que contarme nada.

—Soy un imbécil —repitió de nuevo—. Tú no tienes por qué pagar mi mal humor cuando solamente tratabas de saber qué me pasaba.

Al ver la desesperación en su mirada, Rebeca lo besó y le susurró con cariño:

—No pasa nada, cielo... de verdad.

Separándose de ella, se sinceró.

—Yo no sé si podría aguantar lo que hoy te he hecho. Tú sólo querías saber quién era esa mujer y yo no he hecho las cosas bien. Te prometo, Rebeca, que nunca más te volveré a contestar así. —Ella sonrió y él, cogiéndole con las manos el rostro, murmuró—: Te quiero.

—Te quiero —respondió ella.

Tras una buena dosis de besos cargados de sexo, pasión y amor, Paul se sinceró.

—La mujer con la que hoy estaba en el aeropuerto era Silvia.

Atónita al escuchar aquel nombre, preguntó:

—¿Tu mujer?

—Exmujer. Nos separamos hace años, gracias a Dios. —Al ver que ella sonreía, continuó—. Se enteró de que estaba corriendo en el Gran Premio de Francia, y como ella vive allí, fue a hacerme una visita al hotel.

—¿Al hotel?

—Sí, pero tranquila, no saques conclusiones erróneas. —Ella asintió con la cabeza—. Cuando llamó a mi puerta y abrí no me lo podía creer. Llevaba sin verla varios años y no podía entender qué hacía allí. Hablamos durante un rato hasta que se fijó en la fotografía de Lorena que llevo en todos mis viajes. Me preguntó que si esa niña era nuestra hija, y le contesté que no. Lorena es sólo mi hija. Lo demás, cariño, ya te lo puedes imaginar.

Rebeca estaba boquiabierta y furiosa porque aquella glamurosa mujer se hubiera acercado a Paul.

—No entiendo nada. Ella os dejó. Firmó para no hacerse cargo de Lorena —contestó.

Paul la besó y trató de tranquilizarla.

—Debemos calmarnos. No entiendo qué hace en Madrid. Si sus intenciones son las que me imagino, le saldrán mal. No pienso dejar que se acerque a mi hija. Ya tengo a mi abogado trabajando en ello.

—Pero ¿qué quiere esa bruja? —preguntó Rebeca indignada.

—Líos. Como siempre, querrá líos —dijo Paul abrazándola—. Pero a Lorena no se va a acercar. No puede reclamar absolutamente nada de ella. En todos estos años nunca la ha visto, no la conoce. Además, tengo los papeles de renuncia a su hija, pero me molesta que ella hable de Lorena como su hija. No es su hija, es mi hija.

Al ver la indignación en la mirada de Paul, Rebeca cogió con las manos su rostro.

—¿Por qué no me lo has contado antes? ¿Por qué te has callado y no has confiado en mí?

Paul la entendía. Sabía que ella llevaba razón.

—Cariño, no quería recordar este incidente, quería olvidarlo. ¡Maldita Silvia!

—Ahora soy yo quien tiene que decirte: tranquilo... —le susurró al oído mientras le tocaba el pelo—. No te preocupes, todo va a salir bien. Eres un padre excepcional, y ella no va a poder hacer nada para quitarte a tu hija.

Con amor y una mezcla tremenda de sentimientos, Paul la miró fijamente.

—Gracias por aguantarme —murmuró.

Durante un buen rato se besaron hasta que notaron que alguien los golpeaba en las piernas. Era Pizza, buscando mimos. Poco después, Rebeca obligó a Paul a meter la moto en el garaje. Una vez ella cerró la puerta desde su interior, Paul, aún montado en la moto, miró a su alrededor y preguntó.

—¿Utilizas alguna vez este garaje?

—No.

—Se nota —afirmó riendo, al tiempo que quitaba la llave de la moto.

—Mi coche suelo dejarlo fuera —respondió ella mientras abría una puerta para que la perra entrara en la casa y después la cerraba—. Esto es más bien un trastero para mí.

Él asintió y entonces ella lo sorprendió. Sin dejar que él se bajara se montó en la moto delante de él, y tras darle un suave beso en los labios susurró, poniéndole la carne de gallina:

—Creo que esta noche vamos a utilizar el garaje.

—¿Sí?

—Sí —asintió ella.

Sorprendido, Paul sonrió y con voz ronca murmuró:

—Me gusta la idea.

Rebeca también sonrió; entonces se quitó la camiseta y la tiró en un lateral. Esa noche decidió ser más atrevida y musitó con sensualidad, acercándose más a él:

—Una vez me dijiste que una de tus fantasías era hacer el amor conmigo sobre tu bicha, ¿verdad?

Hechizado por el momento y, en especial, por la preciosa mujer que lo miraba, asintió como un bobo. Su cuerpo se estremeció y, antes de que pudiera decir nada, ella le colocó un dedo sobre los labios y animó:

—Vamos, motero... es tu oportunidad.

El suave olor de Rebeca y su propia excitación comenzaba a volverlo loco. Ella le rodeó la cintura con un brazo y, acercándose a él aún más, susurró:

—Me he cansado de ser una chica buena, y aquí y ahora quiero ser una chica mala y sexy contigo, porque quiero probar todo, absolutamente todo lo que se nos antoje y...

No pudo decir más.

Atizado por el deseo, Paul la agarró y, apretándola contra él, la besó mientras ella, deseosa de experimentar, se dejaba hacer. Durante un buen rato se limitaron a explorar sus bocas hasta que a Paul se le aflojó la pierna y casi caen los tres. La moto y ellos dos.

—Bájate antes de que nos matemos —dijo divertido.

Se bajó encantada y él, tras poner la pata de cabra de la moto, hizo lo mismo. Pero ella quería jugar, así que se acercó de nuevo a él y preguntó:

—¿No quieres cumplir tu fantasía?

Como un lobo hambriento, sonrió. Y ella, dispuesta a seguir con aquello, se quitó el vaquero, quedando ante él sólo con un pequeño tanga de color celeste. Con cuidado, volvió a subirse en la moto y murmuró sonriendo:

—Vamos... desnúdate o te desnudaré.

Le gustó escuchar aquello. Y, sin dudarlo, primero se desprendió de la cazadora de cuero, después se sacó la sudadera por la cabeza y cuando quedó sólo vestido con el vaquero, Rebeca susurró:

—Dios mío, Paul... eres el tipo más sexy que he conocido en mi vida.

Él se acercó a ella y deslizó una mano por su nuca, y besándola con pasión respondió:

—Y tú, simplemente, eres perfecta.

Sin querer perder el tiempo, se sacó con los pies las zapatillas de deporte, mientras ella le desabrochaba los botones del vaquero. Cuando se los hubo desabrochado, él, con un solo movimiento se los quitó y los tiró a un lado, y con una peligrosa sonrisa en los labios se desprendió también de los bóxeres negros que llevaba. Una vez quedó desnudo, preguntó:

—¿Qué es lo que quiere ahora mi chica mala que haga?

Divertida, se apeó de la moto, y se quedó boquiabierta al ver el erecto miembro de Paul.

—Quiero que te montes en la moto para luego hacerlo yo —murmuró.

Él volvió a sonreír y, tras mirar el sillín de su moto, levantó un dedo.

—Un segundo. —Y cogiendo la camiseta de ella, que estaba a su lado, la puso sobre el sillín y con una sonrisa socarrona aclaró—: No me apetece que el culo se me pegue al cuero.

Ambos sonrieron con picardía. Él se montó en la moto desnudo y, tras sentarse, alargó el brazo y le tendió la mano.

—Vamos, chica mala... soy todo tuyo.

—Otro segundo —pidió ella. Agarró la cartera de él, que estaba en el suelo, y se la dio—. Coge un preservativo y póntelo. Seguro que tienes, ¿verdad?

Paul asintió. Abrió la cartera y sacó lo que ella le había pedido. Tras dejar caer la cartera al suelo, rasgó el envoltorio azulón y, con una sonrisa que hizo que ella ardiera aún más, lo puso en la punta de su pene y despacio... muy despacio se lo colocó. Hechizada, asombrada y locamente excitada por lo que él estaba haciendo, lo miró con orgullo. Paul era un adonis.

Un tipo arrebatador y sexy. Y lo mejor de todo, aquel cuerpo terso y fuerte, aquellos brazos, aquella boca y aquella erección eran sólo para ella.

Acercándose a él, se apoyó en la estribera de la moto y se sentó sobre sus muslos. Cara a cara. Sentir el calor de su sexo contra el de ella la hizo gemir e impacientarse. Él le retiró el pelo de la cara con mimo y comenzó a regarla con maravillosos besos. Primero en la frente, luego en la punta de la nariz, tras ello en la boca, y después de echarla hacia atrás, en el cuello, en los pechos y en el ombligo. Y cuando la impaciencia urgió a Rebeca, agarró aquel miembro viril duro, lo puso entre sus piernas y descendió hasta situarse frente a él.

—Rebeca —murmuró—. No... te... muevas.

El olor a sexo los rodeaba mientras ella, quieta y totalmente empalada en él, lo observaba encantada de estar en aquella situación. Era morbosa y eso la excitaba a cada segundo. Paul estaba con los ojos cerrados y parecía disfrutar, y eso la encandiló. Conteniendo su gran apetencia de alzar las caderas, él resoplo y colocó sus enormes manos alrededor de la cintura de ella, la apretó contra su sexo y entonces ella gimió. Con las respiraciones entrecortadas, se miraron y se besaron. Jugaron con sus lenguas mientras ella comenzaba a mover las caderas atrás y adelante. Empalándose en él, una y otra y otra vez. Aquellos suaves movimientos a Paul lo volvían loco, y cuando un sonido primario salió de su garganta, Rebeca sonrió.

—¿Todo bien?

Paul clavó la mirada en ella y, apretando los dientes, murmuró:

—Maravillosamente, cielo.

Una sonrisa iluminó el rostro de ella; se arqueó para encajarse de nuevo en él y volvió a preguntar:

—¿Te gusta lo que hago?

Enloquecido por aquello Paul, le mordisqueó un pezón y respondió:

—Me vuelves loco... chica mala.

Dispuesta a disfrutar, se agarró a los fuertes hombros de él y comenzó a subir y a bajar buscando su propio placer. Y lo consiguió. Instantes después, un calor abrasador explotó en ella y, apretándose contra él, gimió. Aquel sonido y, en especial, su gesto, excitó a Paul más todavía, así que, tomando el poder de la situación, comenzó a moverla en busca de su desahogo con mayor intensidad hasta que de su garganta, tras un último y definitivo empellón, brotó un gemido ronco y varonil.

Desnudos, sin resuello y abrazados sobre la moto, ninguno habló durante unos segundos.

—Rebeca.

—¿Sí?

—Quiero que sepas que has sobrepasado mi fantasía.

Sudorosa y con una sonrisa que a él lo volvió loco, se retiró el pelo húmedo de la cara, lo besó y murmuró con picardía:

—Pues prepárate, porque yo también tengo fantasías.

A la mañana siguiente, cuando Kevin se levantó encontró a Pizza durmiendo en la puerta de la habitación su hermana. Eso lo extrañó. Al abrir y ver a aquellos dos dormidos, sonrió con picardía, se agachó hacia la perra y le susurró al oído:

—Vamos, preciosa, ¡a por ellos!

Al escuchar aquello, la perra entró en la habitación y saltó sobre la cama, donde comenzó a trotar, a lamer y a ladrar, despertándolos de su tranquilo sueño. Rebeca, somnolienta y agotada por la maravillosa noche de pasión que había pasado con Paul, miró hacia la puerta y vio cómo Kevin desaparecía. Sonriendo por la ocurrencia de su hermano, gritó:

—¡Kevin, me las vas a pagar!

Paul se despertó; la agarró por la cintura, la acurrucó contra él y ambos se volvieron a dormir. Eso sí, con Pizza acostada a sus pies.

Capítulo 24

En el aeropuerto, cuando recogieron a Donna, a Miguel y a María, todo fueron risas y abrazos. Miguel, aún sin poder creerse que tuviera a Paul delante de él, no paró de hacerle preguntas sobre motos y el Mundial, algo a lo que éste contestó encantado. Al llegar a casa de Rebeca, al principio Donna miró a Bianca con un poco de recelo. Incluso hizo el comentario de que no le gustaba y Rebeca, rápidamente, la reprendió. Ese primer día comieron todos juntos, y quienes hicieron buena camarilla fueron María y Lorena, que estuvieron todo el día jugando con Pizza.

Llegó el día señalado en el calendario. La boda. Bianca estaba preciosa con su traje de novia, y a Kevin se lo veía radiante de felicidad. Fue un enlace muy familiar, y cuando Carla llegó del brazo de Samuel y con la pequeña Noelia en brazos, se emocionaron. Todo fue divertido, como era de esperar. Aunque hubo un momento en el que los tres hermanos echaron muchísimo de menos a su madre. Pero enseguida apareció Ángela e hizo todo lo posible para alegrarlos. En un momento en el que Rebeca estaba sola tomándose una copa, Donna se acercó hasta ella con su vestido de seda de color manzana.

—¿Qué tal?

—¡Genial! Todo está saliendo fenomenal.

Donna sonrió mientras miraba a los recién casados, que bailaban abrazados.

—¿Crees que durará mucho Kevin con la de Eslovenia?

Al escuchar aquello, Rebeca sonrió.

—Pero mira que eres retorcida. ¿Por qué no van a durar? —protestó dándole un capón a su hermana.

Donna se encogió de hombros sin quitarle la vista de encima a Bianca.

—Ojalá tengas razón... pero no sé —murmuró—. Hay algo en ella que no me convence.

—Es una buena chica. ¿No lo ves?

—No... no lo veo. Creo que ella no es como nos muestra. Hay algo en su mirada que no sé... no veo claro. Eso de que cuando te habla no mire a los ojos. No... no puedo con ello.

—Pero si tiene una mirada angelical.

Donna se carcajeó.

—¿Angelical? Mira, bonita, es cierto que la muchacha es guapa, tiene un cuerpo muy fino y una carita de muñequita, pero precisamente, su mirada de angelical tiene poco.

—¡Exagerada! Eres una exagerada...

Sin embargo, Donna, convencida de sus manías, asintió con seguridad.

—Quizá tengas razón. Soy una plasta. Pero quiero lo mejor para mi hermano.

—Él no es tonto y sabe elegir —defendió Rebeca—. Y creo que no debemos hablar más de este temita...

Ambas se miraron y asintieron hasta que Donna posó los ojos en Paul, que estaba estupendo con aquel traje oscuro.

—Por cierto, ¿te he dicho que tienes un gusto increíble? —Rebeca sonrió y la loca de Donna soltó—: Madre mía... ¡tiene que ser una fiera en la cama!

—¡Donna! —gritó ella dándole un puñetazo—. Calla, que te puede oír.

—Venga, hermanita, no vayas de estrecha y suelta: ¿es tan efusivo y temperamental como cuando corre en el Mundial?

Rebeca miró a su hermana y fue a hablar, pero no pudo aguantar la risa.

—No te lo pienso decir. ¿Te he preguntado yo alguna vez cómo es Miguel en la cama?

—Uf... ¡Un Sandokán! —respondió con guasa—. Me encanta cuando me mira y...

Escandalizada, Rebeca tapó con la mano la boca a su hermana.

—Paul... ¡es la bomba! No te digo más —cuchicheó divertida.

—Lo sabía —dijo Donna riendo—. Tiene toda la pinta. Pero es que si no lo pregunto, reviento.

—Con él estoy experimentando cosas que no había conocido antes —confesó Rebeca mientras recorría con auténtica adoración su cuerpo—. Él consigue que...

—Calla... calla... calla... —cortó Donna divertida—. Pero ¿qué es lo que pretendes contarme?

—Jolín, Donna, me has preguntado.

—Lo sé... lo sé pero nunca pensé que fueras a contestarme. —Ambas rieron y ésta volvió al ataque—. Por cierto, está mal que yo lo diga, pero ¿te has fijado bien en el culito tan mono que tiene?

No reírse con Donna era imposible.

—Miguel tampoco está mal con ese traje —contestó Rebeca mirando a su cuñado, que hablaba con Paul.

Con descaro, su hermana miró a su marido y susurró en tono bromista:

—Estoy deseando que se vaya todo el mundo para llevármelo a la habitación. Ese traje y cómo le queda me están volviendo loca. ¡No sé si voy a poder dominarme!

Mientras la dos reían sin parar, se acercaron hasta ellas los objetos de sus críticas.

—A ver —preguntó Miguel—, ¿a quién están criticando estas dos preciosidades?

Paul se acercó a su chica mientras Donna se dirigía a su marido.

—Qué mal pensado eres, cariño. ¿Cómo puedes pensar eso de dos chicas tan educadas como nosotras?

Miguel miró a su mujer y silbó.

—Paul, me temo que han hecho algo más que criticar.

Aquel comentario los hizo reír a todos, hasta que Kevin los llamó.

—¡Eh, vosotros! Venid. Quiero hacer una foto con la familia.

Donna cogió a su marido de la mano.

—Vamos, cariño, mi hermano nos llama.

Paul no se movió; Rebeca se acercó a él y, tras darle un azote en aquel duro trasero, repitió haciéndolo reír:

—Vamos, cariño, mi hermano nos llama.

Capítulo 25

Los días pasaron a una velocidad vertiginosa, y llegó el momento en que Donna y su familia tenían que regresar de nuevo a su hogar, Chicago. Las vacaciones juntos habían sido una auténtica maravilla, y la hora de despedirse, como siempre, fue triste.

—Prométeme que vendrás —pidió Donna a su hermana con los ojos llorosos.

Rebeca asintió; apenas podía hablar de la emoción.

—No te preocupes —contestó Paul—. Prometo que yo la llevaré en octubre o noviembre, cuando acabe el Mundial.

—Lo intentaré, Donna. Todo depende del trabajo que tenga —contestó Rebeca abrazada a su hermana.

—Ni trabajo, ni leches, tienes que venir —insistió su hermana—. Quiero que nos veamos más de lo que nos vemos. Te añoro mucho y...

—Eh... Donna Jo —protestó Kevin—, y a mí qué... ¡que me parta un rayo!

—Kevin, eres verdaderamente horripilante por llamarme así. Odio el nombrecito.

—Lo sé —se mofó Kevin ganándose una colleja de su hermana.

—Quiero que vengáis Bianca y tú —dijo al verlo reír—. ¿Por qué no hacéis un esfuerzo y los acompañáis cuando vengan en octubre?

—Me encantaría ir —aplaudió Bianca sorprendiéndolos.

Mientras los hermanos se abrazaban, Paul se acercó al marido de Donna y le tendió la mano.

—Miguel, ha sido un placer conocerte.

—El gusto ha sido mío. —Y mirando a su cuñada, susurró—: Cuida a esta jovencita, porque como sea como la fiera de su hermana, ¡caray, chico, vas a tener trabajo!

Ambos sonrieron y Donna miró con malicia a su marido.

—¿Se puede saber qué has dicho? —Pero sin dejarlo hablar, sonrió—. Anda, coge a María y termina de despedirte, que tenemos que embarcar. —Volviéndose hacia Paul murmuró—: Estoy encantada de ver feliz a Rebeca. Llevaba tiempo sin verle en la cara esa sonrisa, y me consta que es gracias a ti.

—Me alegra saberlo —asintió divertido, y Donna prosiguió:

—Muchas gracias por habernos recibido tan bien, y ya sabes, tienes parte de la familia al otro lado del charco. Allí te esperamos.

Paul sonrió. Donna, tras darle un beso, se volvió de nuevo hacia Rebeca y Kevin y los volvió a abrazar. Nunca sabían cuándo iban a volver a estar los tres juntos de nuevo. Finalmente Miguel, Donna y María desaparecieron tras la puerta de embarque. Tres días después, Kevin y Bianca se marcharon a Eslovenia, y la vida de Rebeca, sin sus hermanos, volvió a la normalidad.

Capítulo 26

Pasaron un par de meses desde la boda. El verano llegó caluroso, y Paul y Rebeca se veían cada vez que tenían ocasión. No era fácil. Paul, por su profesión, viajaba constantemente. Pero los minutos que pasaban juntos los aprovechaban al máximo y cada día estaban más felices. Cuando Rebeca cogió las vacaciones de verano no se lo pensó dos veces y se marchó con él a Holanda. Dejo a Pizza con Ángela y se propuso disfrutar del viaje. Junto a ella viajaron Lorena y Julia, y disfrutó con emoción el Gran Premio.

Durante unos días pudo vivir en sus carnes lo que era ser la mujer de un piloto de MotoGP. Horarios. Entrenamientos y mucha disciplina. Junto a Rita, comprobó lo mucho que trabajaban para arañar segundos a los minutos y, sobre todo, para tener su moto a punto para la carrera. Entrenos y más éntrenos. Paul se pasaba el día entero subido en su moto y reunido con sus mecánicos. Eso sí, cuando se desligaba de aquello, Paul estaba al cien por cien con ella y con la pequeña Lorena. Intentaba arañar minutos también para estar con ellas, aunque sólo fuera para darles un beso. Paul era un amor y se veía a la legua lo locamente colado que estaba por Rebeca.

En esos días, Rebeca comprobó la cantidad de mujeres que se morían por llamar la atención de Paul. Cientos de jovencitas, y no tan jovencitas, morenas, rubias, pelirrojas lo llamaban a gritos e intentaban hacerse una foto con él. Al principio eso le hizo gracia pero, día a día, era agotador. No le gustaba nada que aquéllas soñaran con el hombre que, para ella, era suyo. El día de la carrera todo fue pura adrenalina. Amaneció reluciente y el circuito se llenó de motoristas dispuestos a pasarlo bien. Junto a Paul vio las carreras que había antes que la de MotoGP, y se horrorizó al ver que en la segunda carrera hubo un accidente en el que varios pilotos se vieron implicados, y dos de ellos tuvieron que ser evacuados en helicóptero.

El peligro estaba cerca, demasiado cerca. Aunque Paul se empeñaba en decirle que no se preocupara. Cuando llegó el momento de MotoGP, Paul le guiñó un ojo, cogió su casco y se marchó junto a sus mecánicos. Histérica, se sentó en la silla que uno del equipo le ofreció. Segundos después llegó Rita con una encantadora sonrisa.

—No te preocupes. Ellos saben lo que hacen.

Angustiada y extremadamente nerviosa, junto a Rita y varios del equipo Ducati, vio la carrera desde el Box y a través de las pantallas. Cada frenada, cada salida de pista, cada derrapada, a Rebeca le desgarraba el corazón. Pero cuando Paul entró el primero y, con ello, resultó ganador, saltó emocionada de felicidad y por fin respiró tranquila. Estaba encantada, y junto a Rita fueron a buscar a Lorena y después acompañaron al equipo hasta donde los ganadores llegaban con sus motos. La cría estaba feliz y ella también. Y cuando Paul llegó, se bajó de su moto, se quitó el casco, fue hacia ellas y las besó, Rebeca creyó morir de felicidad.

Minutos después, Paul, acompañado de su buen amigo Iván, que había quedado segundo, subieron al pódium. Allí, tras recibir sus copas, bañaron a todo el mundo con champán. Desde abajo, Rebeca cogió a Lorena en sus brazos y juntas les aplaudieron. Paul las miró y en ese instante se sintió el hombre más afortunado del mundo.

Una vez finalizada la carrera y con unos días libres por delante, decidieron ir a Menorca para descansar. Allí los tres lo pasaron en grande y disfrutaron como una familia más. Fueron días intensos de playa, besos y castillos de arena, aunque durante las noches cuando Lorena dormía, la pasión los consumía. Un cóctel maravilloso que hizo que Paul y Rebeca se enamoraran cada día más.

En septiembre, Rebeca regresó a su trabajo. Separarse de Paul tras los maravillosos días vividos con él no fue fácil para ninguno, pero el trabajo la requería. Por aquel entonces, Carla estaba muy gordita. Sólo le quedaba un mes para dar a luz y Samuel estaba nervioso e inquieto. Como decía él: «No se es padre todos los días». Una mañana en la que Rebeca estaba en el despacho, Belén le pasó una llamada. Era Cavanillas.

—Buenos días, querida Rebeca —saludó con su voz pegajosa.

—Buenos días, señor Cavanillas.

—Tengo que felicitarte, ¿verdad?

Sorprendida por aquello, Rebeca se tensó en su silla.

—¿Por qué? —preguntó.

—Me han dicho que tu hermano se ha casado hace poco.

—Sí, hace unos meses —respondió incómoda.

Tras una risotada que no gustó a Rebeca, aquel insoportable hombre prosiguió.

—Vaya... vaya. Quizá seas tú la próxima en casarse. Aunque nunca me hubiera imaginado que te iban los pilotos de motos con hijos. Querida, has elegido como compañero a un hombre muy mujeriego, pero si es de tu gusto, no digo nada.

«Pero bueno, ¿cómo sabe esto? Y ¿qué narices le importa?», pensó molesta.

—Disculpe, pero mi vida privada no creo que sea de su incumbencia —respondió con seriedad.

—Lo sé, querida, lo sé. Pero parece que todos tenemos tendencia a meternos donde no nos importa, ¿no es así?

Al escuchar aquello, Rebeca sintió que le temblaban las manos.

—¿A qué se refiere? —preguntó lo más tranquila que pudo.

Cavanillas, al ver que había atraído totalmente su atención, se repantigó en el oscuro sillón de su despacho en Barcelona y continuó.

—Te crees muy lista, pequeña zorrita. ¿Acaso piensas que no sé que estás metiendo las narices donde no debes? Sólo te diré una cosa: si quieres jugar, vamos a jugar todos.

Nerviosa, aunque controlando su tono de voz, Rebeca logró responder:

—No le entiendo y, sinceramente, no tengo nada más que hablar con usted.

—Eso espero, que no tengamos nada más que hablar —ladró—. Dale recuerdos al piloto y a su niñita. Por cierto, es muy rica esa pequeña, ¿verdad? —Dicho esto, se cortó la comunicación.

Pálida, colgó el teléfono. ¿Cómo podía haberse enterado de su investigación, si hasta el momento ella no había movido ningún hilo? Llamó enseguida al detective y formalizó una cita para una hora después. Al llegar al bar donde habían quedado, Rebeca se sentó a una mesa a esperarlo. Cuando éste apareció, le contó lo ocurrido.

—Le dije que esto podía pasar. —Se rascó la barbilla y preguntó—: ¿Le ha contado nuestras investigaciones a alguien?

—No... no se lo he contado a nadie. Pero él lo sabe todo. La boda de mi hermano, incluso sabe con quién salgo, y me ha hablado de la niña ¡Oh, Dios! Me ha dicho que si quería jugar, que íbamos a jugar todos.

Al verla tan alterada, el hombre trató de calmarla.

—De momento, tranquilícese. Y, por favor, le rogaría que mantuviera lo ocurrido en secreto. Cuanta menos gente lo sepa, mejor. —Luego, levantándose, indicó—: Nos mantendremos en contacto.

Rebeca lo vio alejarse mientras intentaba poner su mundo en orden. Pero no sería fácil. Cavanillas era peligroso y ella estaba comenzando a darse cuenta.

Capítulo 27

Aquella tarde, al llegar a casa, Ángela le indicó alterada que había llamado Samuel desde el hospital. Carla iba a tener el bebé. Olvidándose de sus preocupaciones, cogió su coche y allí que se fue. Al llegar a la planta de maternidad vio a Samuel esperando en uno de los pasillos. Éste, al verla, enseguida se acercó a ella para abrazarla.

—Pero ¿qué haces tú aquí? —preguntó Rebeca.

Se retiró el flequillo de los ojos, la miró y respondió:

—Han surgido complicaciones y tienen que practicarle una cesárea. El doctor López ha preferido que yo espere aquí. —Al ver que ella iba a decir algo, aclaró—: Escucha, Rebeca, cuando se trata de un familiar tan directo como es Carla para mí, es mejor que yo no esté en el quirófano. Me pondría muy nervioso y podría estorbar más que ayudar.

—Ay Dios... ay Dios.

—Tranquila, encanto. Todo va a salir bien —animó el futuro padre.

Consciente de que había ido al hospital para ayudar y no para estorbar, sonrió y, dándole un abrazo a Samuel, cuchicheó:

—Pues claro que va a salir todo bien. Carla no va a permitir que nada salga mal.

Minutos después apareció el doctor López con una amplia sonrisa.

—Enhorabuena, colega. Tienes un precioso niño de tres kilos y medio.

Samuel, desencajado, abrazó a Rebeca y, sin darle tiempo a decir nada, preguntó a su colega:

—¿Cómo está Carla?

—Bien. Está perfecta, tranquilo.

—Sí... sí... sí... —aplaudió feliz.

—¿Lo ves? Carla es la bomba —dijo Rebeca riendo.

El doctor López, consciente de la alegría de aquellos que se abrazaban, sonrió.

—Está en reanimación. ¿Queréis pasar a verla?

Rebeca, emocionada, se limpió una lágrima y Samuel, cogiéndola de la mano, asintió con decisión.

—Por supuesto que queremos pasar a verla. Un niño, Rebeca, ¿has oído? ¡Ha sido un niño!

Capítulo 28

Una semana después, el sábado, mientras Rebeca tomaba una taza de café en su cocina, sonrió al recibir un mensaje en el móvil con una foto de Carla y el bebé. Todo había salido maravillosamente bien y ya estaban en casa. En ese tiempo, Cavanillas no había vuelto a dar señales de vida y ella prefirió callar y no contarlo a nadie. En varias ocasiones, en especial cuando estaba con Paul, deseó explicarle lo que ocurría, pero temía su reacción. No entendería las amenazas de aquél y al final optó por ocultárselo. Como dijo el detective, cuanta menos gente lo supiera, mejor.

Sonó el teléfono. Al levantarse para cogerlo tropezó con Pizza. Siempre estaba en medio.

—Hola, Rebeca —saludó una vocecita.

—Hola, Lorena. ¿Cómo estás, tesoro?

—¿Te acuerdas de lo que es mañana? —preguntó la niña emocionada.

—¡¿Mañana?! ¿Qué es mañana? —soltó divertida Rebeca, aun sabiendo a lo que se refería.

La cría resopló.

—Mañana es mi cumpleeeeeeeee. Cumplo cinco años y quiero que vengas a mi fiesta. Vendrás, ¿verdad?

Rebeca no pudo evitar reírse.

—Ya sabía que mañana era tu cumple, cariño; es más, tengo un regalo sorpresa para ti.

—¡Qué bien! —aplaudió la niña—. Ahora espera, se pone mi papi. Adiós, Rebeca.

—Hasta mañana, tesoro —respondió sonriendo.

Dos segundos después se oyó la penetrante voz de Paul al otro lado del teléfono.

—Hola, preciosa. No había manera de parar a Lorena. Lleva toda la mañana pidiéndome que te llamemos por si no te acordabas de su cumpleaños. Le he dicho que tú te acordarías, pero es tan cabezota...

—Igualita que su padre —se mofó Rebeca.

Al notar que estaba de tan buen humor, Paul rio.

—Eso me lo vas a decir esta tarde cuando me tengas delante.

—Uisss ¡qué miedoooooo!

Feliz por hablar con ella, pero atareado con cientos de cosas de su hija, contestó:

—Tengo que colgar, cariño. Pero recuerda, paso a buscarte esta tarde a eso de las siete, ¿te parece bien?

—Sí... sí, estupendo.

Tras colgar, Rebeca se dirigió de nuevo a la cocina para terminar su taza de café. Sus pensamientos volvieron de nuevo a Cavanillas. ¿Cómo podía él saber que había contratado a un detective privado? Tendría que tener más cuidado. Se levantó de la mesa de la cocina y se dirigió hacia su despachito, un cuarto acondicionado para trabajar. En el pasillo se cruzó con Pizza que, como siempre, estaba en medio y tropezó con ella.

—Pizza, por Dios. No te tires en medio del pasillo, ¡casi me mato!

La perra la miró y, sin hacerle ningún caso, se levantó, y corrió dando saltos por la casa. «Está como una chota», pensó Rebeca al mirarla. Se dio la vuelta y llegó a su despacho. Allí comenzó a estudiar unos papeles hasta que oyó un estruendo procedente del salón. Rápidamente se levantó y al llegar allí vio un jarrón hecho añicos y a su perra mirándola con ojos de no haber roto un plato.

—¿Qué estarías haciendo para romper el jarrón? —protestó Rebeca mientras miraba al animal. La observó durante unos segundos con ojos amenazantes, pero la perra no pareció asustarse y movió el rabo a modo de disculpa. Con paciencia, Rebeca fue hacia la cocina a por la escoba y el recogedor. Cuando regresó al salón la perra ya no estaba. Terminó de recoger los trozos del jarrón, y en cuanto entró en la cocina para echarlos a la basura, la encontró allí en medio con el cacharro del agua volcado.

—Maldita sea, Pizza, ¿quieres que me acabe enfadando?

La perra, al escucharla, escapó corriendo hacia el salón con las patas mojadas mientras lo pringaba todo a su paso. Rebeca intentó cogerla, pero fue imposible. Pizza estaba resbaladiza, y aquello se lo había tomado como un juego. Finalmente desistió, regresó a la cocina y recogió el agua del suelo. Cuando por fin terminó, y de un humor pésimo, miró a su alrededor y no vio señales del animal. Se dirigió de nuevo a su despacho para continuar trabajando, y cuál no sería su sorpresa cuando encontró a la perra mordisqueando unos libros que tenía debajo de la ventana.

—¡Ya está bien! —gritó cogiéndola—. Pero bueno, ¿qué te pasa hoy? Ahora mismo te vas al patio y te quedarás allí hasta que estés más relajada.

Con la perra en brazos, abrió la puerta de la calle y la dejó en el suelo sin percatarse de que su verja estaba abierta. Rebeca regresó al despacho dispuesta a arreglar lo que había destrozado. Sonó el teléfono.

—¡Diga! —chilló molesta.

—Eh... soy Carla. Si no es buen momento volveré a llamar más tarde —murmuró al oír aquel tono de voz.

Consciente de su tono, Rebeca se tranquilizó.

—Ay, perdóname, Carla. Pero hoy Pizza no para de hacer trastadas y me tiene que me subo por las paredes.

—Anda, mujer. No será para tanto —se mofó su amiga.

Pero Rebeca estaba calentita y comenzó.

—He tropezado con ella veinte veces por el pasillo, la cocina y el baño. Ha roto el jarrón veneciano tan bonito que Ángela me regaló hace tres años. Ha tirado su cacharro del agua en medio de la cocina y ha pringado la casa con sus patas mojadas y, por último, mientras yo recogía sus estropicios, la muy sinvergüenza se ha metido en mi despacho y ha empezado a comerse los libros de derecho internacional que tengo en el suelo. ¿Te parece poco?

Carla no lo pudo remediar y soltó una carcajada al otro lado del teléfono.

—Vale... vale... tranquila. Te quejas porque Pizza hoy tiene un día torcido, pero ¿qué harías si tuvieras a dos niños que cuando no se mea uno, se caga la otra? —Al oírla reír, continuó—: La verdad es que el pequeño Nicolás es un bendito, pero cuando no se hace pipí, se hace popó. Y Noelia no para... no para, y hace una tras otra. Por lo tanto, querida amiga, tranquilita, que es sólo un día y un día se pasa rápido.

—Eso espero. Hoy no estoy para bromas. Es de esos días que me hubiera gustado no despertarme.

—No te quejes, ¡quejica! A ver, escucha, te llamaba para ver si mañana venís a comer a casa la niña, Paul y tú. Por cierto, puedes traer al monstruo de Pizza.

—Mira, a Pizza te la llevaría ahora mismo —cuchicheó Rebeca—. De todas formas no podemos ir. Mañana es el cumpleaños de Lorena, y es su fiesta de cumpleaños.

—¿Lo dejamos para otro domingo?

—Sí, Carla... será mejor.

Al encontrarla tan desanimada, su amiga preguntó:

—¿Te pasa algo? Te conozco y sé que te pasa algo.

Rebeca sonrió.

—No te preocupes. Estoy agobiada por todo el curro que tengo. —Sonó el timbre de la puerta—. Espera un segundo, voy a ver quién es.

Rebeca abrió la puerta de su casa y sonrió al ver a su pequeño vecino.

—Hola, Javi. —Pero al notar la cara de susto de éste preguntó—: ¿Qué ocurre?

El niño, con el gesto contraído, contestó:

—Es Pizza, y está allí.

Rebeca siguió con la mirada la dirección señalada y vio un grupo de gente agachada en la carretera. Rápidamente corrió hacia la gente y se quedó sin palabras al ver a su perra tumbadita en el suelo, con sangre en el hocico y en el cuerpo, y aullando de dolor. La perra, al ver a Rebeca, intentó moverse y meneó como pudo el rabito.

—Pero... pero ¿qué ha pasado? —susurró Rebeca agachándose.

—Señorita —dijo un hombre—, circulaba con mi coche cuando de pronto he visto que algo se metía debajo de las ruedas. He parado y he visto que era un perro. Estos niños me han dicho que conocían al dueño y... —Al ver las lágrimas de Rebeca el hombre, con gesto compungido, murmuró—: Le juro que no la he visto. Ha aparecido de pronto.

Rebeca no lo oía. Sólo acertaba a decir palabras llenas de ternura para Pizza.

—Javi, entra en mi casa —dijo por fin—. En la entrada verás colgada una cazadora; tráemela, por favor.

El niño llegó enseguida con la cazadora y como pudo Rebeca colocó a Pizza en ella. El hombre que la había atropellado se ofreció para llevarla a un centro veterinario. Rebeca, sin dudarlo, aceptó. Al entrar en la clínica, José, el veterinario, le quitó al animal de los brazos y se metió con él en la consulta. Ella intentó pasar, pero éste le pidió tiempo y espacio. En aquel momento se acordó de lo que le había dicho Samuel el día del parto de Carla: «Más que ayudar, entorpeceré».

Un cuarto de hora más tarde, Rebeca miró al hombre que la había acompañado. Allí continuaba. Poco después y, animado por ella, se fue y se quedó sola en la sala de espera. El tiempo iba lento. Demasiado lento. Parecía que los segundos no pasaban, y saltó de su silla cuando la puerta se abrió por fin y José se sentó a su lado.

—Vamos a ver, Rebeca. Pizza tiene la pata derecha trasera rota, y en la otra tiene una fisura. Habrá que operarla de la pata más dañada e intentar poner algo para que vuelva a tener movilidad. Eso sí, quiero decirte que, aun haciéndole eso, tiene un ochenta por ciento de posibilidades de quedarse coja.

—No importa... no importa —susurró ella entre lloros.

El veterinario la miró. Conocía a esa muchacha y sabía lo que sentía por la perra.

—Ahora está dormida. La he sedado para que no sienta dolor. Creo que es mejor que te vayas a casa. Te llamaré cuando todo acabe.

—De ninguna manera. Me quedo aquí. Pero la sangre... —sollozó al ver su camiseta manchada—... tenía sangre en el hocico y dentro de la boca.

José, al verla tan desesperada, le pasó la mano por el pelo mientras trataba de tranquilizarla.

—No te preocupes. La sangre es muy aparatosa, pero todo ello es debido a que se ha mordido la lengua, que hemos tenido que suturar, por cierto. Se había mordido un buen trozo. Pero de verdad, no te preocupes, todo está bajo control. Y te lo digo en confianza. Vete a casa, te llamaremos.

—Gracias, José. —Asintió—. Pero no quiero irme de aquí hasta saber que todo ha salido bien. Seguramente tienes razón en que debería irme, pero no quiero separarme de ella.

—Lo entiendo —dijo sonriendo. Todos los dueños reaccionaban igual—. Te mantendré informada.

Vio cómo José desaparecía de nuevo por la puerta de la consulta. Se acordó de Carla; la había dejado colgada al teléfono y había salido sin móvil ni nada. Vio el teléfono de la clínica y, tras pedirle permiso a la chica de recepción, llamó a Paul. Entre sollozos le contó lo ocurrido y él sólo le pidió tranquilidad y la dirección del sitio. Cuando colgó volvió a tener una terrible sensación de vacío y soledad.

Pensó en su perra, en la primera vez que la había visto con su cuerpecito metido en la caja de pizza. Eso la hizo sonreír y darse cuenta de lo importante que era aquel animalillo en su vida. Cambiando la posición de su cuerpo, recordó la cantidad de veces que la había regañado aquella mañana, cuando lo único que quería Pizza era jugar. Se sintió culpable. Había pagado con ella su mal humor por el asunto de Cavanillas y el trabajo. Volvió a llorar. Recordar a Pizza tirada en la carretera sangrando le rompía el corazón. El tiempo se le hizo eterno hasta que oyó el sonido de una moto, e instantes después Paul entraba con el casco en la mano. Al verlo, se refugió en él.

—¿Cómo estás, cariño? —preguntó abrazándola.

Pero Rebeca en ese momento no podía contestar, sólo lloraba. Cuando Paul consiguió tranquilizarla, le contó lo que el veterinario le había dicho. Una hora después, Paul le propuso salir a un bar a comer algo. Rebeca primero se negaba, pero luego accedió. De todas formas, aquella salida duró menos de media hora. Para

Rebeca había pasado una eternidad cuando por fin el veterinario salió y les dijo que todo estaba bien. Aunque la perra tendría que estar allí unos días para ver cómo evolucionaba. Rebeca sonrió y el veterinario les dejó pasar a verla.

Pizza estaba totalmente dormida y ni se percató de que estaban allí. Después de que Rebeca le diera muchos besos, Paul pudo sacarla de allí y llevarla a casa para que descansara. Eran las siete de la tarde, y había sido un día con mucha tensión para ella. Por eso, decidieron no salir a cenar y quedarse en casa viendo la televisión. Tras un baño, Rebeca llamó a su amiga Carla para contarle lo ocurrido. Aquella noche Paul se quedó a dormir.

A la mañana siguiente, éste se levantó pronto y la sorprendió llevándole el desayuno a la cama. Debía marcharse a su casa. Era el cumpleaños de Lorena y tenía que organizar la fiesta. Tras varios intentos por parte de Paul para que Rebeca lo acompañara a casa, al final desistió. Ella le prometió que se acercaría a la fiesta después de visitar a Pizza. Una vez se quedó sola, sonó el teléfono. Era Ángela, que acababa de enterarse de lo de la perra, y se presentó en la casa enseguida para ir con ella a visitar al animal.

Cogieron el coche y se dirigieron a la clínica. Allí pidieron permiso al veterinario para pasar. Al entrar y verla tumbadita e inundada de vendas, a Rebeca se le escapó un sollozo. Ángela rápidamente se arremangó y le dijo que como se le ocurriera llorar la sacaba de allí de inmediato. Estuvieron un rato acariciando la peluda cabeza de Pizza, hasta que el veterinario entró y les dijo que no podían permanecer más tiempo allí. A la salida de la clínica Rebeca parecía un poco más contenta. Dejó a Ángela en su casa y se dirigió a casa de Paul. Cuando llegó, Julia le abrió la puerta y le indicó que Paul y la niña estaban en la habitación del fondo. Al entrar, Rebeca sonrió al ver a Tina, la madre de Paul.

—Oh... mirad quién ha venido —saludó la mujer al verla—. ¿Cómo está la perrilla?

—Mejor, ahora vengo de verla—respondió con una sonrisa—. En unos días la tendré en casa.

Tina sonrió y la agarró del brazo mientras le cuchicheaba al oído:

—Me alegro, cielo. Y me encanta ver que mi hijo te ayuda en todo lo necesario.

—La verdad es que si no fuera por él... —afirmó al ver que se acercaba.

Paul, sin cortarse lo más mínimo, llegó hasta ellas y le plantó delante de su madre un beso en la boca.

—Hola, preciosa. ¿Todo bien?

Avergonzada y roja como un tomate, Rebeca asintió mirando de reojo a Tina.

—Sí. Todo bien.

En ese momento se oyó un ruido de algo que caía. Paul se disculpó y salió disparado hacia el salón. Tina, divertida por la cara de susto de la muchacha, la cogió del brazo.

—Rebeca, quiero que sepas que me encanta ver que mi hijo se ha enamorado de ti. Lorena, mi pequeñita, te quiere, y mi hijo está radiante; y si ellos sonríen, yo, cielo mío, soy feliz.

Con la boca seca y emocionada por esas palabras, iba a responder cuando se oyó:

—¡¡¡Rebeca!!!

Era Lorena, que al saber que había llegado corría a sus brazos.

—Felicidades, cariño —dijo riendo y besándola—. ¿Cuántos tirones de oreja tengo que darte?

—Cinco. Me tienes que dar cinco —respondió la niña, encantada ante la risa de su abuela.

Feliz, Rebeca comenzó a tirarle de la oreja intercambiando una mirada con Paul quien, como siempre, estaba impresionante. Cuando acabó le tendió una caja.

—Toma. Éste es mi regalo.

La niña lo cogió, pero antes de abrirlo preguntó:

—¿Cómo está Pizza?

—Oh, cariño, ella está bien. Me ha pedido que te felicite.

—¡Yupi! Pizza está mejor.

Paul se acercó a ellas con una sonrisa y murmuró, mientras su hija rasgaba el papel del regalo:

—Pasemos al comedor y comamos. Dentro de unas horas la casa se llenará de niños y esto promete ser una auténtica locura.

—¡Qué bien! ¡La Barbie Dulces Sueños! Gracias.

Conmovida por el abrazo que la niña le regalaba, Rebeca sonrió.

—Me alegro de que te guste.

Comieron los cuatro tranquilamente en el precioso chalet de Paul en Boadilla del Monte mientras Tina, feliz, les contaba anécdotas de sus viajes. Una vez hubieron terminado la comida, Tina se llevó a la niña para que durmiera la siesta. Le esperaba una tarde llena de risas y sorpresas.

—Tu madre es encantadora. ¿Siempre está de buen humor?

Paul sonrió y, sentándose junto a ella en el sillón, asintió.

—Toda la vida la recuerdo riendo y contando cosas divertidas. Miles de veces le he dicho que venga a vivir conmigo, pero siempre contesta lo mismo.

—¿El qué? —preguntó Rebeca con curiosidad.

Paul la miró y, cambiando su tono a uno más fino, imitó a su madre.

—«Paul, si vivo contigo, te harás a la vida cómoda y no buscarás una mujer con quien compartir tu vida. Eso no pude ser, tesoro mío. La vida sólo se vive una vez y hay que vivirla.»

Rebeca soltó una carcajada al ver lo bien que imitaba a su madre.

—Tiene razón, y lo sabes —respondió finalmente.

—Pues si —asintió—. De esta manera he sabido lo que era criar una hija. Si ella hubiera estado aquí se habría ocupado de Lorena. En cierto modo le estoy muy agradecido. Gracias a ella no me he perdido las noches en vela con mi hija. —Paul rio—. No, en serio, haber criado solo a Lorena me ha dado la oportunidad de conocer a un personajillo que me tiene loco.

—¿Sabes, Paul? —dijo Rebeca pasándole una mano por el flequillo—. Me encanta oírte hablar así. Lo único que me apena es no haberte conocido antes y ver cómo te las apañabas con Lorena cuando era un bebé.

En ese momento entró Tina por la puerta.

—Uy, hija, se las apañaba fenomenal. Este hijo mío ha nacido para tener más hijos.

—¡Mamá...! —advirtió Paul mirándola con cara de circunstancias.

La mujer se sentó con ellos.

—Ni mamá ni tres cuartos. Es cierto, y creo que deberías tener más hijos. Además, a mí me apetece tener más nietecitos a los que mimar.

Con ganas de descuartizarla por aquello, la miró.

—Bueno, mamá, ya veremos, ¿de acuerdo?

Tina, sin cortarse un pelo, miró a Rebeca y sonrió.

—Eso digo yo... Ya veremos.

Sobre las seis de la tarde empezaron a llegar niños, y a eso de las siete la casa estaba abarrotada. Rebeca los contó por curiosidad. Había un total de veinticuatro niños de edades entre cuatro y siete años jugando en el jardín. Paul los manejaba de una manera impresionante, y los tenía a todos embobados con sus juegos.

Lorena llegó con una amiguita y Rebeca, divertida, corrió tras ellas. Poco después un payaso requirió la presencia de todos los niños. Debían golpear la piñata. Tras aquello, los niños comenzaron a devorar sándwiches, patatas fritas, aceitunas, panchitos, y un sinfín de comida basura. De pronto se apagaron las luces y apareció Tina con la gran tarta de cumpleaños. Al unísono cantaron el *Cumpleaños feliz* y, cuando terminaron, la niña cerró los ojos y pidió un deseo antes de soplar las velas. Rebeca miró a Paul, quien a su vez miraba con gesto embelesado a su hija. Comprendía la felicidad que para él suponía ver a Lorena tan feliz, cumpliendo un año más. Le estaba demostrando que era un padre maravilloso, y su amor y su admiración por él crecían cada momento más y más.

Sobre las nueve de la noche comenzaron a llegar los padres para recoger a sus pequeños. Cuando Rebeca se encontraba bailando en el salón con unos cuantos niños, se fijó en la mujer que acababa de llegar y que hablaba con Tina. Su cuerpo sufrió una sacudida y se paró en seco. Era Elena, la esposa de su padre. Sus miradas se encontraron y la mujer le sonrió y se dirigió hacia ella. Angustiada, Rebeca miró hacia los lados con intención de escapar, pero estaba rodeada de niños y no era posible.

—Hola, Rebeca —saludó aquélla al acercarse.

—Hola —contestó ella agriamente.

La mujer, sin amilanarse por el tono de su voz, le clavó la mirada.

—Quizá éste no sea un buen momento para hablar contigo, pero quiero que sepas que es una de las cosas que más me apetecen en el mundo.

Conteniendo las ganas de salir corriendo de allí, Rebeca la miró antes de contestar.

—Usted y yo no tenemos nada de que hablar.

Consciente del delicado momento, la señora, tras ver que nadie les escuchaba, volvió al ataque.

—Quizá lo veas así, pero sería mejor para todos que pudiéramos hablar.

Rebeca se apartó a un lado y se alejó de los niños.

—¿Mejor para quién? Yo no creo tener nada que hablar con usted ni con nadie. Por lo tanto aléjese de mí y no vuelva a intentar hablar conmigo nunca más.

—No eres justa —contestó Elena ganándose una mirada gélida de la muchacha.

—Usted tampoco. ¿Me va a hablar usted de justicia?

Tras unos segundos en silencio, Elena insistió.

—No sé si sabes que esta tarde has tenido aquí a dos hermanos tuyos.

—Mis hermanos no están aquí —siseó Rebeca seca—. Sé muy bien quiénes son mis hermanos. No se equivoque, señora.

—Muy bien, Rebeca, yo por mi parte lo he intentado. Si alguna vez quieres algo de mí, creo que sabrás localizarme.

—Dudo que alguna vez quiera saber nada de usted.

Paul, desde el otro lado de la sala, vio la escena mientras se despedía de los padres de otro niño. No sabía de qué estaban hablando, pero por la cara de Rebeca se lo podía imaginar. Elena, consciente de que no sacaría nada bueno de aquello, se volvió y llamó a sus hijos.

—Dani y Susana, despedíos de Lorena, por favor, que nos vamos a casa.

Sin poder evitarlo, su mirada cayó sobre aquellos niños. En ese momento Rebeca recordó la noche en que Donna y Kevin hablaban con su padre y nombraron a un niño llamado Dani. Aquel niñito agarró la mano de Elena y anduvo hacia la puerta. Estaba sumida en sus pensamientos cuando notó que alguien le tiraba de la camiseta. Al bajar la vista vio que se trataba de Susana, la niña con la que había jugado hacía unos minutos.

En un principio decidió no hacerle caso, pero ante la insistente mirada de aquélla, Rebeca claudicó:

—¿Qué quieres, Susana? —preguntó en un tono nada afectuoso.

Elena, la madre de la niña, hablaba con Paul, y desde la puerta las observaba.

—Sólo quería despedirme de ti y decirte que estoy segura de que tu perrita se pondrá buena.

«Dios... Dios... ¿Por qué me tiene que pasar esto?», pensó al mirar a la niña. Pero al ver su sonrisa inocente, Rebeca le acarició el pelo.

—Gracias, Susana.

La niña, que desconocía el malestar generado entre su madre y Rebeca, preguntó con ojos implorantes:

—¿Puedo ir con Lorena un día a tu casa para conocer a Pizza?

En ese momento se acercó su hermano Dani y apremió a la niña, cogiéndola de la mano.

—Venga, Susi. Mamá dice que se nos hace tarde.

—Jopetas, espera un poco —imploró la cría mirando a la muchacha.

Rebeca no sabía qué contestar. ¿Cómo llevar a esa niña a su casa sabiendo lo que sabía? Miró a la cría, después al niño y por último a Elena, que los observaba con detenimiento desde la puerta. Angustiada por aquel incómodo momento, finalmente logró contestar:

—Cuando quieras puedes venir con Lorena, ¿vale?

—¡Chupi! —aulló la pequeña tirándose a su cuello. Luego le dio un beso en la mejilla y gritó—: ¡Voy a conocer a Pizza!

Tras escuchar lo que ella quería, Susana se alejó con su hermano. El niño, mirándola con la misma expresión que su padre, le dijo adiós con la mano. Rebeca devolvió el saludo.

Capítulo 29

Varios días después, Pizza regresó con la familia. Se había convertido en el centro de atención de todos, y Ángela la malcriaba dándole jamón de york en lugar del pienso que la perra tenía que comer. Rebeca, al ver aquello sonrió, pero le recordó a la mujer que la perra debía comer su comida. Ángela, como solía hacer la mayoría de las veces, siguió sin hacerle caso. Finalmente Rebeca se dio por vencida.

Una mañana se disponía a irse a la oficina, cuando Ángela llegó media hora antes de lo normal.

—Pero ¿qué haces tan pronto aquí? —preguntó Rebeca.

—Hola, mi niña. He pensado que hasta que Pizza esté mejor, y para que no se quede sola, vendré antes.

Tras soltar una risotada, Rebeca se quedó mirándola.

—Pero, Ángela, ¿no crees que esto es excesivo? A Pizza no le pasará nada por estar sola media hora.

La mujer, dejando su bolso encima del sillón, respondió con los brazos enjarras.

—Y a mí... tampoco me pasará nada por venir treinta minutos antes. ¿Algún problema?

—No... no. —Rio—. Puedes venir todo lo temprano que quieras. Incluso podrías llegar un poco antes y prepararme la ducha y el café para cuando me levante. Oh... y también dejarme el coche arrancado.

—Eres una pelusona —dijo, dándole un azote en el trasero.

Luego, mirando a la perra que se acercaba hasta ella cojeando, fue corriendo a cogerla.

—Pero, hermosa mía, ¿adónde vas?

—A saludarte y a que le des su ración de jamón de york —se mofó Rebeca.

—¿Lo ves, cabezota? —protestó Ángela—. ¿Ves cómo tengo que estar aquí para vigilar a este bichejo? Quién sabe el daño que se puede hacer al estar ella solita andando por la casa.

Divertida por las carantoñas que aquellas dos se hacían mutuamente, Rebeca se acercó a la perra para darle un beso en su peluda cabeza.

—No te preocupes, Pizza, ya me voy para que puedas ponerte morada de jamón de york.

La perra, al escuchar aquello, soltó un ladrido haciendo reír a ambas. Esa perra era muy lista y entendía todo. Eso sí, cuando le daba la real gana.

Casi una hora después, Rebeca llegó a la oficina. Belén la esperaba con el correo del día. Enseguida se vio sumergida en contratos y problemas para resolver. A media mañana Belén entró con un sobre que acababa de llegar. Lo había llevado un mensajero y era personal para Rebeca. Ésta lo abrió y cuál sería su sorpresa al ver unas fotos de Kevin y su mujer. Las estaba mirando horrorizada cuando sonó su línea directa y lo cogió.

—¿Qué te parecen las fotos? —dijo una voz al otro lado del teléfono.

Rebeca en un principio se quedó callada, no entendía nada. Pero al oír aquella fría risotada lo reconoció.

—¿Qué es esto, Cavanillas? —preguntó molesta.

—Querida, no hay que ponerse así —murmuró arrastrando

las palabras—. Sólo quería saber si te han gustado las fotos. Si me dices que no, tengo otras de tu hermanito y su bonita mujer que quizá te gusten más. Y si me dices que tampoco, me encargaré de enviarte alguna de tu piloto y su dulce niña. Por cierto, sería una pena que a esa niñita le pasara algo por tu culpa, ¿no crees?

—Eres un repugnante hijo de...

—Tranquila, pequeña zorra —cortó—. Si no quieres complicarte más la vida, basta de averiguaciones. No soporto que nadie se entrometa en mis asuntos. ¿Entendido?

—Deje en paz a mi familia —soltó perdiendo los nervios—. Es usted un ser despreciable...

No le dio tiempo a decir más; Cavanillas colgó. Rebeca volvió a coger las fotos para mirarlas. En ella se veía a ambos, pero lo horrible era ver cómo Bianca esnifaba algo que seguro era coca, mientras Kevin estaba a su lado. No podía ser verdad. No podía creer lo que las fotos decían por sí solas. Sabía que su hermano nunca había sido un santo y que alguna vez había fumado hachís. Pero lo que jamás se había podido imaginar era que Kevin esnifase coca.

Horrorizada, soltó las fotos y dio la vuelta a su sillón para mirar la Puerta de Alcalá. Tenía que hablar con su hermano urgentemente. El problema era que no sabía cómo localizarlo. El último día que la llamó le dijo que había perdido el móvil, y que en cuanto se hiciera con uno la llamaría y le daría el nuevo número. Andaba sumida en sus pensamientos cuando oyó que la puerta se abría. Era su amiga Carla.

—Hey... ¿Qué pasa? —preguntó acercándose a ella—. ¿Por qué tienes los ojos llorosos?

Rebeca iba a contestar cuando Carla fijó los ojos en una de las fotos que estaban sobre la mesa. La cogió para mirarla y, llevándose la mano a la boca, susurró horrorizada:

—¡Dios mío! Éste... éste no puede ser Kevin. No, por favor.

Quitándole la foto de la mano, Rebeca la volvió a meter en el sobre y después en su bolso.

—Tú no has visto nada.

—Pero ¿cómo puedes decir eso? —le soltó su amiga indignada por aquel arranque.

—No has visto nada —repitió Rebeca.

Con el corazón a mil por lo que aquellas fotos querían decir, Carla miró a su amiga preocupada.

—No, por favor. No quiero que Kevin acabe como Alfonso.

—No es lo mismo. Y no quiero hablar del tema.

—No sé qué narices pasa, Rebeca, pero soy tu amiga y sé lo que he visto, ¿entiendes? —insistió, incapaz de callar—. Y no... no me voy a quedar impasible ante algo así. Así que, habla. Habla conmigo e intentemos buscar una solución que pueda ayudar a Kevin.

El rostro frío de Rebeca se descongeló e, incapaz de aguantar más, se arrugó y no pudo contener los sollozos.

—Oh... Carla. No sé qué pensar. No me lo puedo creer. Si es cierto lo que muestran estas fotos, ¿qué voy a hacer?

Conmovida por cómo lloraba, Carla la abrazó.

—Escúchame. Ahora mismo nos vamos de aquí. Iremos a comer. Dile a Belén que estaremos fuera dos o tres horas. Y ponte las gafas de sol para que nadie vea que has llorado.

Diez minutos después salieron del edificio, pero cuando llegaron al aparcamiento se encontraron con el jefazo, el señor Peterson.

—Buenos días, señoritas, o mejor, buenas tardes.

—Buenas tardes —respondieron ambas.

—¿Van a comer? —preguntó Peterson.

Ambas asintieron con la cabeza, pero no despegaron los labios mientras seguían su camino. Peterson se paró y las miró. Algo le ocurría a su eficaz Rebeca y no tardaría en averiguarlo. Una vez llegaron al coche de Carla, se montaron y se dirigieron a un pequeño restaurante chino que conocían desde hacía años. Por suerte estaba libre su mesa preferida. O mejor dicho, su «mesa de las confesiones», como ellas cariñosamente la llamaban.

—Muy bien —dijo Carla tras pedir algo de beber—. Ahora que estamos solas y tranquilas, creo que tienes algo que contarme, ¿verdad?

Rebeca se removió incómoda en su silla. No tenía muchas ganas de hablar.

—Carla, quizá sea mejor que no sepas nada del tema.

—¿Cómo puedes decir eso? ¿Te parecería a ti normal que yo tuviera un problema, tú lo supieras y yo no te quisiera contar nada al respecto?

—Creo que eres la persona menos indicada para decirme eso —explotó Rebeca—. Tuviste un grave problema con Alfonso y ¿me lo contaste? ¿O quizá me lo tuve que encontrar por sorpresa?

Carla suspiró, y tras unos segundos de silencio, le cogió las manos y añadió:

—Tienes razón. Tienes toda la razón del mundo. Pero eso no va a volver a pasar. He aprendido que sola, a veces, las cosas no se pueden solucionar. Y tú me has enseñado. Me he dado cuenta de que si no es por ti, por tu ayuda, por tu paciencia y por cómo nos quieres a Noelia y a mí, nos hubiéramos hundido en la miseria. Y ahora déjame decirte la diferencia que existe entre aquello que pasó y esto. Tú no sabías que yo tenía un problema, pero yo sí sé que tú lo tienes. He visto las fotos, y además —dijo apretándole las manos—, yo te quiero muchísimo y quiero a Kevin. Sois mi familia.

Rebeca se sentía conmovida por sus palabras.

—Lo siento. Perdóname. No venía a cuento lo que te he dicho.

—No te preocupes —respondió su amiga con una conciliadora sonrisa—. Era algo que tarde o temprano tenías que decirme. Sé que no hice bien ocultando mi problema, y por eso quiero evitar que te ocurra a ti. A Alfonso lo quise mucho. Lo amaba más que a mi vida. Pero nuestro principio no fue igual que el final. Y a pesar de saber que él se drogaba y me robaba, yo lo quería. Me negaba a aceptar lo que ocurría engañándome a mí misma. Pero como ya viste, todo tiene un final, y ahora, cuando ya ha pasado un tiempo de aquello, y veo lo feliz que soy con Samuel, hay veces que doy gracias a Dios porque todo terminara como terminó. Y fíjate lo que te voy a decir, Rebeca, aunque suene muy duro: si no hubiera pasado lo que pasó ese día, creo que aún seguiría con Alfonso, y probablemente habría destrozado mi vida y la de Noelia. Por eso necesito saber lo que te pasa. Seguro que entre las dos podremos encontrar una solución.

—Ojalá fuera tan fácil como crees.

—No —respondió Carla—, no creo que sea fácil. La vida por norma general es difícil. Pero para eso estamos, cielo, para ayudarnos los unos a los otros. —Al ver que la miraba, insistió—: Tenemos tiempo. Cuéntamelo.

Las palabras de Carla la habían convencido y Rebeca comenzó a relatarle todo el problema desde el principio. Le contó que había visto a su padre y a Elena. Incluso que había conocido a sus dos hermanastros. Y por último le confesó lo que había averiguado sobre los sucios negocios de Cavanillas.

—Realmente no sé qué decirte en lo referente a tu padre y los niños —contestó Carla con sinceridad—. Sólo piensa que esos niños no son los culpables de nada de lo que tu padre haya hecho.

—Lo sé... Lo sé —afirmó ella desesperada—. Pero lo que ahora me preocupa de verdad es el problema de Cavanillas.

Aquello encendió a Carla.

—Menudo hijo de perra ese elemento. Pedazo de chorizo. Por cierto, ¿a Peterson le has comentado algo?

—No —respondió Rebeca asustada—. No me he atrevido.

—Rebeca, creo que este problema nos sobrepasa. Tendríamos que hablar con la policía.

—Ni hablar —contestó de forma tajante.

—Cometes un grave error —declaró Carla, al ver su mirada decidida—. ¿Cómo lo vas a resolver tú sola?

—No lo sé, Carla, no lo sé.

Se retiró el pelo de la cara con desesperación, y entonces su amiga le preguntó:

—¿Has hablado con Paul del tema?

—No, y tú no le dirás nada.

—¿Por qué?

—Porque Paul buscaría a Cavanillas y le partiría la cara.

—No estaría mal —se mofó Carla—. Quizá necesita que alguien le dé una buena lección.

—Ni hablar —negó Rebeca—. No quiero meter a Paul en esto. Si Cavanillas le hiciera algo a él o a Lorena, no me lo podría perdonar. Y siempre está hablando de la niña.

—¿De verdad?

—Sí. Y eso me asusta mucho, Carla. Yo... yo no puedo permitir que les pase nada y luego... luego... está Kevin... Oh, Dios.

—Deberíamos hablar con Kevin.

Consciente de que aquello no era una buena idea, siseó:

—Sí, claro, ¿y qué le pregunto? Oye, hermanito, ¿tú te drogas?

—No, Rebeca, no seas tonta. Estoy casi segura de que Kevin no está metido en temas de drogas. Es demasiado listo para haberse metido en algo así. Una cosa es que se fume un peta de vez en cuando, y otra que esnife coca. No... me niego a pensarlo.

—Y estas fotos ¿qué? —susurró Rebeca mirándolas.

Tras unos segundos en el que ambas observaron de nuevo las fotos, Carla contestó.

—Desde luego, a quien reconozco en ellas al cien por cien es a Bianca. A Kevin no le veo la cara con claridad.

Volvieron a estudiar las fotos. El primer plano de la muchacha era indiscutible.

—Bien me ha engañado la de Eslovenia —gruñó Rebeca al pensar en su hermana Donna—. Pero Kevin... no me puedo imaginar a mi hermano enganchado a la coca.

Carla la miró y omitió decir que ella nunca se hubiera esperado aquello de Alfonso.

—Escucha, Rebeca, antes de sacar falsas conclusiones, creo que deberías hablar con él. Sé que va a ser difícil, pero... —murmuró tocándole con cariño el rostro.

—Tienes razón. El problema es cómo localizarlo.

—En su móvil.

—Imposible. El último día que me llamó desde una cabina telefónica me dijo que había perdido su móvil y que pronto me llamaría para darme el nuevo número.

—¡Joder! —blasfemó Carla.

Cada vez más confundida, Rebeca añadió:

—No tengo ni su dirección, ni el teléfono de la casa de Bianca, ni nada.

—Bueno, lo que sí sabemos es que viven en Eslovenia.

—Sí, pero ¿dónde? —preguntó Rebeca desesperada.

—¿Tienes algún dato de ella?

Rebeca negó con la cabeza.

—¿Por qué no hablas con ese detective? Seguro que él puede ayudarnos.

Un pequeño rayo de sol iluminó el gesto de Rebeca.

—Tienes razón. Le encargaré que localice a mi hermano.

—Así me gusta, verte positiva. —Carla sonrió—. Habla con el detective y que lo encuentre. Por lo demás, cualquier cosa que necesites o te ronde por la cabeza, cuéntamela. Me tienes a tu disposición las veinticuatro horas del día.

—Gracias, Carla. Y por favor, no le cuentes ni a Samuel ni a nadie mis problemas.

—¿Qué problemas? —Ambas rieron.

Tras comer salieron del restaurante con dirección a la oficina. De camino al coche, Rebeca cogió a su amiga del brazo y se acercó a ella cariñosa.

—Por cierto, Carla, yo también te quiero.

Capítulo 30

❧

Las pesquisas del detective rápidamente dieron sus frutos. Localizó a Kevin cerca de la frontera con Croacia, en un pueblecito llamado Metlika. Nerviosa, miró el número de teléfono de Kevin que tenía en las manos, pero no se atrevía a llamar. Su hermano no era tonto y enseguida le preguntaría cómo lo había conseguido. Al final, decidió esperar un par de días para ver si él llamaba. Estaba sentada en el sillón de su casa junto a Pizza, cuando sonó el timbre de la puerta. Al abrir vio la cara sonriente de Paul.

—Hola, chica mala —saludó cogiéndola en volandas—. ¿Dónde te metes? Me tenías preocupado. Anoche te llamé y no estabas. Dejé varios mensajes en el contestador. ¿Los escuchaste?

Rebeca mintió. La noche anterior había estado con el detective y no se lo podía contar.

—Lo siento, cielo. Llegué tarde del trabajo y me fui directamente a dormir.

Con una encantadora sonrisa, Paul la besó y dijo mientras miraba hacia la puerta de la calle:

—Te llamé para decirte que hoy veníamos a ver a Pizza.

—¿Veníamos? —preguntó extrañada porque sólo había entrado él.

—Sí. Tengo en el coche esperando a Lorena y a su amiga Susana —dijo mirándola con cara de circunstancias—. Susi durmió anoche en casa y ayer idearon venir hoy a ver a Pizza. No paraban de afirmar que tú habías dicho que sí. Y la verdad, cariño —sonrió—, me he tenido que dar por vencido.

Rebeca suspiró. Lo que menos le apetecía era tener allí a la hija de su padre y de aquella mujer, pero al ver el gesto de Paul e imaginar a las niñas en el coche, no pudo negarse.

—De acuerdo, que pasen.

Consciente de lo que aquello suponía para ella, Paul le dio un rápido beso en los labios y salió al coche a buscar a las niñas. Desde el interior de su casa Rebeca las oyó correr y chillar hasta que entraron y se tiraron a sus brazos para besarla.

—¡Hola, Rebeca! —gritó Lorena encantada—. Hemos venido a ver a Pizza.

Al ver la alegría de las pequeñas, Rebeca sonrió.

—Me parece fenomenal.

Pizza llegó hasta ellos y comenzó a hacer sus monerías.

—Oh... qué chula es —murmuró Susana—. Pobrecita, no puede andar bien. Pero se va a poner buena, ¿verdad?

—Claro que se pondrá buena. Ahora tiene la patita vendada, pero dentro de poco ya estará corriendo como una loca —respondió con cariño mientras se dirigía a la cocina para coger unas bebidas fresquitas para las niñas.

Las crías continuaban en el salón jugando con Pizza y Paul se acercó a ella por detrás.

—¿Sabes que hoy estás muy guapa? —le susurró al oído.

Sin soltarla, le dio la vuelta y la besó. Le devoró los labios de tal manera que Rebeca se sonrojó.

—Paul. Quieto. Están las niñas —balbuceó separándose de él.

Divertido y excitado por el momento, la miró y susurró con voz traviesa:

—No te preocupes. Ellas sólo tienen ojos para Pizza. ¿Quieres que pasemos al garaje?

—¡Paul!

Divertido por su reacción y, en especial, por cómo lo miraba, la besó. La sentó en la encimera de la cocina, metió las manos por debajo de la sudadera y la apretó contra él. Hipnotizada como siempre que la tocaba, se dejó llevar. Le encantaba sentir aquellas poderosas manos sobre su cuerpo. Paul era tan excitante que...

—¡Papi! Susi ha subido a peinarse con Pizza al baño de arriba.

—Iré a ver lo que hace —masculló Rebeca bajándose de un salto de la encimera.

Cuando llegó a su habitación, la pequeña estaba dentro de su baño cepillándose el cabello. Rebeca deseó regañarla; ¿qué hacía allí? Pero al verla tan concentrada en lo que hacía, finalmente sonrió. Mientras la niña terminaba aprovechó para cambiarse de zapatillas.

—Qué guapa. ¿Es tu mamá?

Al mirar la foto a la que la niña se refería, a Rebeca le dio un salto el corazón. Aquella niña, hija de su padre, le preguntaba si era su madre la de la foto.

—Sí. Es mi mamá.

La niña asintió.

—Y éstos ¿quiénes son?

—Mis hermanos Kevin y Donna.

—¿Dónde están?

—Viven lejos de aquí, cielo.

—Son muy guapos. Oye, ¿dónde están tus papis? —preguntó la niña sonriendo y enseñando su mellada boca.

Rebeca se apoyó en el colchón de su cama.

—Mi mamá murió hace mucho tiempo —respondió con tranquilidad.

La niña cambió el gesto acercándose a ella.

—Está en el cielo, ¿verdad?

—Sí, cariño, está en el cielo —asintió tragándose las emociones que pugnaban por salir de su garganta.

—¿Tu papá también está en el cielo?

En ese momento entró Lorena, y rápidamente Rebeca se reactivó.

—Venga. Volvamos al salón. Paul y Pizza nos esperan.

Las niñas corrieron escaleras abajo y Rebeca lo agradeció. La curiosidad de un niño era inagotable y Susi se lo había demostrado. Tras aquel episodio, decidieron llevar a las niñas y a *Pizza* a un parque. A la hora de comer se acercaron al Burger donde Paul firmó autógrafos a varios chicos que lo reconocieron, y después se marcharon al cine con las pequeñas. Por la tarde, tras un día ajetreado con las niñas, Paul se las llevó, y cuando Rebeca se quedó sola en su casa decidió darse un maravilloso baño relajante. Se lo merecía. Pero antes de meterse en la bañera sonó la puerta de la casa, así que se puso su albornoz y bajó a abrir. Era Paul.

—Podemos continuar donde nos hemos quedado. —Ella sonrió y éste cerró la puerta y comenzó a desatarle el albornoz.

—Tengo una maravillosa bañera preparada... ¿te apetece acompañarme? —murmuró Rebeca mientras lo besaba, encantada de que estuviera allí.

Con una sonrisa lobuna, Paul se quitó la cazadora, que quedó tendida en el suelo, y asintió mientras la seguía por la escalera.

—Oh sí... chica mala, por supuesto que sí.

Capítulo 31

Kevin seguía sin dar señales de vida. Los días pasaban y él no llamaba. Al final Rebeca decidió marcar el número que tenía apuntado en el papel, aunque antes se cercioró de que figurara como número oculto. Su dedo tembloroso marcó los números, pero tras dos timbrazos saltó un contestador automático. Durante días intentó hablar con él, sin embargo le fue imposible. Sólo saltaba el odioso contestador.

Dos días después, y cuando la desesperación comenzaba a aturdirla, Belén entró en su despacho y le dijo que tenía a su hermano Kevin por la línea dos. Rápidamente Rebeca cogió el teléfono.

—Kevin, ¿eres tú?

Sorprendido por la efusividad que percibía en su voz, su hermano estalló en una sonora carcajada.

—Pues sí. ¿Y tú eres tú?

Pero ella no estaba para bromas.

—¿Cómo estás? ¿Te encuentras bien?

—Como un toro —bromeó él.

Sin perder un segundo, exigió:

—No tengo tu número de teléfono, ni tu dirección; ahora mismo me lo vas a dar.

—Por supuesto, apunta.

En cuanto se los dictó, Rebeca comprobó que los datos que él le decía eran los mismos que ella tenía. Pero calló.

—Por cierto, ¿ha pasado algo? —preguntó él preocupado—. Te noto tensa. ¿Estás bien?

—Estoy bien. Hasta arriba de trabajo. Sólo eso. ¿Y tú? ¿Qué te cuentas? —respondió a toda velocidad, intentando parecer más dicharachera.

—Poca cosa. Sólo que voy a ser padre. ¡Padre! —Kevin soltó una carcajada.

Aquello era lo último que deseaba oír.

—¡¿Qué?!

—Que Bianca y yo vamos a ser papás —repitió eufórico.

—Pero ¿cómo ha podido ocurrir?

Kevin no se lo tomó en cuenta. Iba a ser padre y estaba feliz.

—Vamos a ver, hermanita. ¿Debo contarte mis intimidades? Aunque, bueno, si te empeñas te diré que... —contestó con guasa.

—Oh... tonto, no quería decir eso. Pero... pero me he sorprendido. —Rebeca estaba en las nubes. Sólo podía pensar en las fotos de aquella muchacha esnifando coca.

—Y Bianca, ¿cómo está ella?

—Más guapa que nunca —contestó pletórico de alegría—. ¡Dios, Rebeca! Cada vez que pienso que voy a ser padre, me dan ganas de dar triples mortales.

«¿El mundo se ha vuelto loco?», pensó al escucharlo.

—Kevin, tengo que hablar contigo.

Al oír el cambio en su voz, Kevin le prestó toda su atención.

—Mujer... si me lo dices así, adelante, soy todo oídos.

Durante unos segundos Rebeca dudó. ¿Sería buena idea contarle algo así por teléfono? Finalmente, y tras darse cuenta de lo que tenía que decir, reculó.

—Bueno... mejor te lo digo cuando te vea. ¿Cuándo vas a venir?

—De momento no tenemos intención de hacerlo. Con lo del

bebé no quiero dejar a Bianca sola. Así que quizá dentro de dos o tres meses... pero oye, ¿qué quieres contarme?

Dos o tres meses era demasiado tiempo, y Rebeca no contestó a su pregunta.

—Necesito verte. Yo te pago el viaje. Necesito que vengas.

—Pero ¿qué demonios te pasa? —insistió, extrañado y a la vez mosqueado.

—Nada importante, pero yo...

—Mira, Rebeca, no quiero que me pagues el viaje. ¿Pasa algo con Paul? ¿Tienes problemas con él?

—No... no, con él estoy bien. Es sólo que quiero verte.

—Oye, ¿por qué no vienes tú aquí? Estoy seguro de que a Bianca le encantará que lo hagas.

Rebeca pensó que podría ser buena idea. Sería una forma de hablar con él y comprobar qué ocurría en realidad con su hermano y su mujer.

—¡Genial! Miraré vuelos y te confirmaré mi llegada.

Feliz por la futura visita de su hermana, Kevin continuó.

—Ahora dime algo del bebé. ¡Vas a volver a ser tía! Creí que te alegrarías.

Al darse cuenta de la frialdad con la que había escuchado la noticia, intentó contestarle con una sonrisa en los labios.

—Tienes razón, perdona. Enhorabuena, papito. ¿Cuándo nace?

—Quedan todavía siete meses. El tiempo suficiente para prepararlo todo —respondió el orgulloso futuro padre, mirando a Bianca cómo cocinaba.

En ese momento entró Belén en el despacho con unos documentos urgentes. Rebeca maldijo por tener que cortar la llamada.

—No puedo entretenerme más —dijo pesarosa—. Da recuerdos a Bianca y te llamaré esta semana para decirte cuándo voy. Hasta pronto, Kevin. —Y colgó.

¡Un bebé!

Dios mío, qué inconsciencia. Su hermano debía de haber perdido la razón, o Bianca lo había abducido la mente. Pero había algo que ella no entendía. Su hermano no era tonto, y si en realidad Bianca tenía problemas con las drogas, ¿cómo es que Kevin estaba tan feliz?

Una vez solucionó los documentos urgentes que Belén le había dejado encima de la mesa, llamó al aeropuerto. Podría coger un vuelo el viernes a las tres y regresar el domingo a las nueve de la noche. Pensó en Paul. ¿Qué podía decirle? Al final decidió contarle que tenía que viajar por trabajo. Así se aseguraba de que él no preguntase nada.

«Definitivamente, es la única solución.»

Una vez se hubo decidido, cerró los vuelos por internet e imprimió la tarjeta de embarque. Intentó seguir con su trabajo, pero la verdad es que era imposible. Pensó en su hermana Donna y en la reacción que tendría ante la noticia de que iba a ser tía. La llamaría a casa en cuanto llegara por la noche. A las seis de la tarde, cuando estaba guardando su portátil para regresar a casa, Belén le comunicó que tenía a un tal José por la línea cuatro. Lo cogió de inmediato. Era el detective.

—Necesito verla. Hemos descubierto algo que debería saber. La espero en una hora en el café de Oriente. ¿Puede venir?

—Por supuesto.

—Allí la espero.

Con el corazón encogido, fue al aparcamiento para recoger su coche. ¿Qué querría el detective?

En una gasolinera cercana a la oficina de Rebeca, Paul repostaba gasolina en su moto y se sorprendió gratamente al ver el coche de la chica que ocupaba todos sus pensamientos parado en el semáforo frente a él. La llamó. Movió los brazos para atraer su atención, pero ella no lo vio. Feliz por encontrarse con ella, pagó y, tras montarse en su moto, salió disparado en la dirección que ella había tomado. Sonrió al ver que el coche no estaba muy lejos. Fue tras ella, seguro de que se dirigía hacia su casa. Pero se sorprendió al ver que se metía en pleno centro de Madrid y, al llegar a una callejuela cercana a la plaza de la Ópera, aparcaba el coche. Paul se detuvo y la observó. Algo en él le impidió volver a llamarla y la siguió con la mirada mientras ella entraba en el café de Oriente. La curiosidad de Paul aumentó. Nunca había espiado a nadie, y estar allí parado lo hizo sentirse mal. ¿Qué estaba haciendo?

Dudoso y sin saber qué hacer, se debatió entre marcharse o mirar por qué estaba allí Rebeca. Al final le pudo más la curiosidad, así que dejó su moto en un lateral y se dirigió a la cafetería. Al entrar no la vio. Pero hizo un barrido con la mirada y la encontró al fondo del local, sentada con un tipo. En aquel instante se sintió ridículo. Absurdo. Imbécil. Pero no podía mover los pies del suelo. ¿Quién era aquel hombre?

Sin percatarse de nada, José y Rebeca, ajenos a Paul, continuaban su conversación.

—¿Ocurre algo con mi hermano? —preguntó nerviosa.

El hombre, consciente de que lo que le iba a decir iba a trastocarle la vida, posó los ojos en ella.

—Tiene que prometerme que mantendrá la calma. No es fácil lo que le voy a enseñar ni a decir. Pero tranquila, su hermano está bien.

—Ay, Dios, me está asustando.

El detective abrió su maletín y sacó una carpeta con fotos. Paul, al fondo del local, continuaba observándolos. ¿Qué hacían?

—El otro día —dijo el detective—, cuando me pidió que investigase el paradero de su hermano, resultó fácil, pero reconozco que en cuanto descubrí a la mujer que estaba con él, algo en ella me llamó la atención.

—¿Habla de Bianca, la mujer de mi hermano?

—Sí. Al verla sentí como si ya la conociese, como si la hubiera visto alguna otra vez. Hablé con un antiguo compañero del departamento de policía, que me debía algunos favores, y me proporcionó esto.

Tras decir aquello, le tendió a Rebeca unas fotos. Al extender la mano sintió cómo le temblaba, y más en el momento en que comprobó que la mujer que posaba ante ella era Bianca, con otro tipo de peinado y vestida de una manera más vulgar.

—Cuando este compañero me proporcionó las fotos, entendí por qué esa joven me sonaba. Durante los años en los que vestía uniforme y pateaba las calles de Madrid, detuve a muchos yonquis, chulos y prostitutas. Ella era una de esas prostitutas reincidentes. Por eso me sonó su cara al verla.

Con las fotos aún en la mano, Rebeca lo miró sin poder creer lo que oía.

—¿Me está intentando decir que Bianca es una prostituta y...?

El hombre asintió con la cabeza y Rebeca se quedó sin palabras. Paul, desde su sitio, vio que Rebeca comenzaba a sollozar y que aquel hombre se sentaba a su lado para abrazarla. ¿Qué le pasaba? ¿Por qué lloraba? ¿Quién era ese hombre? En el interior de Paul comenzó a desatarse un volcán de celos y malestar.

Pensó en acercarse a ellos y pedir explicaciones, pero algo en él se negó a moverse. No podía hacerlo. Ése no era su estilo. Por ello, se dio la vuelta, salió del local y furioso se montó en su moto. Cuando fue a arrancar, no pudo. Necesitaba saber más de Rebeca y de aquel hombre. Finalmente decidió esperarla fuera del local.

—Oh, Dios. Oh, Dios. Esto no puede estar pasando.

Tras tranquilizarla, el hombre volvió a su sitio y, mirándola a los ojos, aclaró:

—Su verdadero nombre es Tatiana Ratchenco. Es croata y lleva afincada en España cerca de diez años ejerciendo la prostitución y todo lo que se le pone por delante. Estas fotografías son de hace tres días escasos. En ellas, como puede ver, está adquiriendo cocaína. Las otras instantáneas son de la casa donde viven ella y su hermano.

Rebeca miraba las fotos sin realmente ver nada. ¿Cómo era posible que su hermano no se diera cuenta de todo eso?

—Rebeca —la llamó por su nombre de pila por primera vez—, sé que todo esto es horrible y sólo puedo decirle que su hermano no consume drogas, a excepción de algún cigarrillo de marihuana que comparte con ella. Es más, estoy convencido de que ni siquiera sabe de ella lo que aquí le estoy exponiendo. Los seguí de cerca durante dos días, y en ningún momento vi hacer a su hermano algo extraño o fuera de lugar.

—Pero... pero Kevin no es tonto y...

—Estoy del todo seguro de que no lo es. Pero esta pájara es muy lista. Lleva más de media vida viviendo en la calle y lo tiene engañado por completo. Tras apuntarme la matrícula del Ferrari con el que apareció su amigo para suministrarle la droga, pude saber que pertenece a Brian Newton, el narcotraficante que andaba en negocios con Cavanillas. Mire esta foto. —El detective le enseñó otra en la que se veía a Cavanillas y a Newton en un restaurante en la Villa Olímpica de Barcelona. Al ver el gesto de bloqueo total de la joven, el detective concluyó—: Bianca y Cavanillas se conocen. O, mejor dicho, ese viejo zorro ha puesto a esta mujer en el camino de su hermano para tener un punto por donde tenerla maniatada.

Tras beber un buen trago de su bebida para refrescarse la garganta, Rebeca lo miró.

—Creo que debería dejar de investigar lo que le pedí. Esto me está trayendo infinidad de problemas. Lo horrible es que si no digo nada, esa mujer seguirá casada con Kevin y yo... yo no sé qué hacer.

El hombre, al ver que ella intentaba buscar una solución, le susurró para calmarla:

—Tranquilícese. Yo personalmente intentaré hablar con Kevin y explicarle todo paso a paso. Éste es un problema en el que cuanta menos gente se vea implicada, mejor.

—No, no, eso no es buena idea. Hoy mismo me ha llamado para decirme que va a ser padre.

—¡¿Cómo?! —exclamó el hombre sorprendido.

—Lo que oye. No sé cómo se tomará todo esto, pero lo que sí sé es que me odiará por meterme en su vida. Oh, Dios... Nunca pensé que esto pudiera llegar a estos límites.

—La entiendo, y es complicado. Pero la realidad de todo es que lo de esa pájara y su hermano es un montaje. Sólo me queda atar los cabos para saber si Cavanillas la contrató o no. Pero vamos, aun sin tenerlo al cien por cien asegurado, es lo que creo. Pienso que lo más inteligente es no decir nada de momento e intentar pillarlos juntos. Una vez lo tengamos todo bien atado, podremos cogerlos.

—Sí. Aunque Kevin corre peligro —murmuró asustada—. Creo que debería decirle lo que pasa, pero quizá tenga razón y deba esperar. De todas formas iré el próximo fin de semana a su casa.

—Me parece perfecta esa visita. No obstante, no debe decirle nada, aunque sí le pediría que tuviera los ojos bien abiertos para ver los movimientos de nuestra amiguita. Estoy casi seguro de que si usted va, Cavanillas se reunirá con ella en algún lugar. Eso sí, actúe con calma. ¿Podrá hacerlo?

Ella asintió convencida.

—Lo intentaré. Aunque sea sólo por Kevin.

—Muy bien. —Él se levantó—. Llámeme cuando esté allí. Y, por favor, por su bien y el de su propio hermano, actúe con normalidad. ¿De acuerdo?

Dicho esto, el hombre se marchó, y minutos después ella salió también sin percatarse de que Paul estaba fuera. Durante unos segundos la observó, y por su ceño fruncido, percibió que estaba preocupada. Tras ponerse el casco, arrancó su moto y se dirigió a la casa de ella. La estaría esperando cuando llegase.

Capítulo 32

De camino a casa Rebeca pensó en la situación que se le venía encima. ¿Cómo no decirle a Kevin quién era su mujer y en lo que andaba metida? Pero si se lo decía lo echaría todo a perder. Tenía que ser cauta y hacer las cosas bien aunque se le hiciera cuesta arriba. Pensó en Bianca. Los había engañado a todos excepto a Donna. Al final su hermana tenía razón. Aquella jovencita de cara angelical, era más un demonio que un angelito. Pero lo que más le llamaba la atención a Rebeca, era cómo su hermano no se había dado cuenta de quién era ella en realidad.

Maldijo al recordar las fotos que el detective le había enseñado. En esas fotos se la veía sucia, mal vestida y con una pinta horrible. Nada que ver con la imagen que ella les mostró. Era difícil imaginarse a aquella muchacha de dulce sonrisa metida en los suburbios más bajos y pestilentes de la ciudad.

Al llegar a su casa, vio la preciosa y cuidada moto de Paul aparcada en la puerta. Él estaba sentado en el escalón de entrada con las piernas estiradas. Rebeca aparcó el coche y se bajó. No le apetecía hablar ni ver a nadie, pero disimuló. Con una sonrisa prefabricada se acercó a él y notó algo extraño en su mirada. Pero estaba tan preocupada por sus propios problemas que no quiso pensar en nada más. Al llegar a donde estaba, él se levantó y ella lo besó. Pero fue un beso rápido, sin sentimientos. No un beso deseado y disfrutado. Algo que a él no le pasó inadvertido. Tras aquello, abrió la puerta de la casa y Pizza salió a recibirlos.

—Hola, preciosa, ¿cómo estás? —saludó jovialmente Rebeca a la perra. Al ver cómo movía el rabo con alegría, se volvió hacia Paul—. Parece que está mejor a pesar de su pequeña cojera.

—Sí, eso parece —respondió intentando, igual que ella, disimular su malestar.

Después de un largo silencio en el que Rebeca no paró de moverse por toda la casa, Paul se apoyó en el quicio de la puerta y no pudo aguantar más.

—¿Qué tal hoy en la oficina? —preguntó tratando de romper el hielo.

—Horrible. Muchísimo trabajo. —Se acercó al maletín y sacó el portátil y varias carpetas y, escondiendo el sobre con las fotos de Bianca, respondió—: Fíjate la cantidad de trabajo que tengo para terminar en casa.

Sin moverse de su sitio, Paul insistió:

—¿Te apetece que salgamos y así te olvidas del trabajo un rato? Prometo traerte pronto.

—No, no me apetece.

—Venga —insistió él—. Te vendrá bien.

Rebeca negó con la cabeza.

—No. Tengo muchas cosas que hacer. De verdad que estoy a tope de trabajo. Mejor nos vemos otro día.

Sin quitarle el ojo de encima y sintiendo que lo echaba de su casa, él no dejó de intentarlo.

—No seas exagerada. Seguro que algún ratillo tendrás para tomar algo con alguien.

Como la mejor actriz del mundo, se dio la vuelta para mirarlo y contestarle, retirándose el pelo de la cara:

—Qué más quisiera yo. Últimamente voy de casa al trabajo y viceversa.

La sangre de Paul ardía por momentos. Le estaba mintiendo.

—Rebeca, ¿estás diciéndome que me vaya porque tienes mucho trabajo? —preguntó exaltado. Ya no podía más. Los celos lo consumían. Amaba demasiado a esa mujer y no podía soportar la indiferencia que ella le mostraba en esos momentos.

—Quizá sería lo mejor —respondió sin mirarlo—. Te repito que tengo...

—No me lo vuelvas a decir —la interrumpió—... «mucho trabajo».

Ella lo miró sorprendida.

—Por eso estabas con un tipo sentada en el café de Oriente, ¿verdad? —saltó con enfado. Rebeca se quedó paralizada al oír aquello.

—¿Cómo dices?

—Lo que has oído —insistió él—. Quiero que me digas qué hacías allí. Y, sobre todo, ¿quién era ese hombre?

Incapaz de pensar con claridad, sus labios respondieron por ella.

—A ti no te importa.

—¿Que no me importa?

—No.

—¡Esto es increíble! —gritó furioso—. Pues siento decepcionarte, pero sí que me importa. ¿Sabes por qué? —Ella no respondió—. Pues porque tú, ¡maldita sea!, me importas. Y si te veo abrazada a otro hombre que no soy yo y te veo llorar, me preocupo. Y quiero saber por qué es a él a quien abrazas y no a mí, y por qué no me cuentas por qué lloras. Durante un tiempo creí que yo te importaba a ti y te podía preocupar que yo hiciera lo que tú, ¡maldita sea!, acabas de hacer.

Horrorizada por lo que estaba ocurriendo, intentó mantener el control. Pensó en explicarle la verdad. Necesitaba contar con su apoyo, pero sabía que no debía hacerlo. No podía meter a Paul en aquel problema. Por su seguridad y la de Lorena no debía hacerlo.

—Paul, claro que me importas.

—Sí. ¡Ya lo veo! —bramó ofendido.

—No saques conclusiones erróneas donde no las hay.

Pero él, que odiaba el engaño, ya estaba fuera de sí.

—¿Que no las hay? Joder... claro que las hay.

—Pero, Paul, yo...

—Escúchame, maldita sea, Rebeca. Si yo no hubiera sacado esta conversación, tú no me habrías contado que has estado con otro tipo en una cafetería. He visto algo que me ha desagradado y sólo quiero saber. ¿Qué ocurre? ¿Quién es él?

—Pero bueno —explotó ella—. ¿Me estás espiando? —Él no respondió y ella gritó—: Pero ¡¿quién te has creído que eres para ponerte así conmigo?!

—Creí que era alguien para ti.

Sin pararse a mirar el dolor en los ojos de aquel hombre, ella prosiguió.

—Ese... ese hombre es un amigo mío y no hay más que contar. ¿Entiendes?

—No. No lo entiendo. Quiero saber quién era ese amigo. Quiero saber qué me ocultas y por qué. ¡Quiero saberlo todo! ¿No te das cuenta de que me preocupo por ti? ¿Acaso no te has dado cuenta aún de que lo nuestro, lo que yo siento por ti, es importante?

—Paul, escucha, lo siento...

—No. Escúchame tú a mí. Te acabo de decir que siento por ti algo importante y sólo se te ocurre decir «lo siento». Por el amor de Dios, Rebeca ¿a qué estás jugando?

Durante un buen rato Paul continuó mostrando su enfado, y cuando ella no pudo más, sin pensarlo, se dirigió como una bala hacia la puerta de la calle y la abrió de par en par.

—Fuera de mi casa.

—¡¿Qué?! —exclamó sorprendido.

—Fuera de mi casa —repitió.

Paul se acercó con lentitud, sin creer lo que ella estaba haciendo.

—¿Quieres que me vaya?

—Sí.

—¿Me estás echando de tu casa?—Ella no respondió. Sus sentimientos eran tan contradictorios que apenas podía razonar—. ¡Perfecto! No vas a intentar explicarme nada, ¿verdad? —murmuró malhumorado; ella ni siquiera contestó—. De acuerdo, Rebeca, ya veo que sólo te preocupa que me vaya de tu maldita casa. Pues óyeme bien, o me explicas que...

Ahora fue ella quien lo interrumpió, y con toda la rabia que tenía en el cuerpo gritó:

—¡¡A mí no me amenaces!! ¡Fuera de mi casa! No tengo nada que explicarte, ni a ti ni a nadie. Es más, no quiero volver a verte. ¡Lárgate!

Conmocionado, aturdido y desbordado por cómo se estaban desarrollando los acontecimientos, Paul la miró e intentó tranquilizarla.

—Nunca te amenazaría, Rebeca. Y tranquila, donde no me quieren no suelo estar. —Al ver que ella no lo miraba, antes de salir por la puerta se dirigió a ella una vez más—. Este fin de semana vuelo hacia Inglaterra. En una semana correré allí y quiero que sepas que no voy a llamarte. No voy a implorarte. No voy a buscarte. Si quieres hablar conmigo tendrás que llamarme tú a mí. —Ella lo miró—. Y que te quede clara una cosa. Tú has sido quien, además de echarme de tu casa, me acabas de echar de tu vida. No lo olvides, Rebeca.

Una vez dijo aquello, salió de la casa. Acto seguido, ella cerró la puerta de un portazo. Las lágrimas comenzaron a correr por sus mejillas, y prorrumpió en sollozos cuando oyó cómo la moto de Paul arrancaba y se alejaba. ¿Qué había hecho?

Durante un largo rato sentada en el suelo, lloró con desconsuelo junto a Pizza. La pobre perrita le daba lametazos y acercaba su naricilla a las húmedas mejillas de su adorada ama e intentó consolarla.

«¿Cómo puede haber acabado esto así?», pensó Rebeca al sentir la soledad.

Tras secarse las lágrimas y con un dolor de cabeza considerable, se levantó del suelo y se sentó en el sillón. Necesitaba un poco de consuelo y pensó en Carla. Levantó el teléfono y la llamó. Ésta, al escucharla, prometió que en cuanto Samuel llegara del hospital iría a su casa. Dos horas después, sonó el timbre de la puerta. Al abrir y ver a Carla, Rebeca volvió a llorar. Conmovida, su amiga cerró la puerta y la sentó en el sofá tratando de consolarla.

—No llores más. Buscaremos una solución. Ya me tienes aquí.

La noche llegó y la pena que sentía por lo que había hecho con Paul era horrorosa. Apenas podía respirar. Lo necesitaba a él y ella lo había echado de su lado. Carla escuchó pacientemente todo lo que Rebeca le contó, e intentó aconsejarla lo mejor que pudo. Debía llamar a Paul y solucionar aquello. Ambos se querían. Después de muchas horas de conversación, agotadas, se quedaron dormidas en el sillón del salón.

—¿Será posible? ¡Vaya dos gandulas!

La voz de Ángela las despertó.

—¿Qué pasa? ¿Hay chinches en las camas, que tenéis que dormir en el sillón?

—Buenos días, Ángela —saludó Carla estirándose—. Nos quedamos dormidas charlando. ¿Qué hora es?

—Las ocho y media pasadas —respondió la mujer mirando la

mala cara de Rebeca—. Mi niña, ¿hoy no vas a trabajar? ¿Te encuentras bien?

—Sí, ahora voy. Y no te preocupes, que estoy bien —respondió ella levantándose.

Ángela la vio subir la escalera hacia su habitación. Sabía que pasaba algo. Algo había sucedido. ¿Qué hacía Carla allí cuando tenía una familia y un bebé que atender?

—¿Qué ocurre? —preguntó a Carla.

Ésta, levantándose del sillón, murmuró:

—Ángela, no te preocupes. Son tonterías entre ella y Paul. Ya sabes ese dicho que dice: «Quien bien te quiere, te hará llorar».

—Imposible —protestó la mujer con seguridad—. Conozco a Paul, y por nada del mundo haría llorar a Rebeca. La adora. ¿No habrá sido al revés?

—Mira, Ángela, tengo que irme—respondió la joven sin querer meterse en más jaleos—. Samuel tiene que irse al hospital, debo llevar a los niños a la guardería y yo tengo que cambiarme de ropa para ir a trabajar. ¿Aceptarías un consejo mío? —La mujer asintió—. Procura no atosigarla a preguntas en estos momentos. Cuando ella necesite hablar, te lo contará.

La toledana asintió. Aquél era un buen consejo y, tras despedir a la muchacha, miró a Pizza y cuchicheó:

—Ya has oído. ¡A callar!

Capítulo 33

Rebeca llegó a la oficina aproximadamente a las diez de la mañana. Poco rato después entró Carla en su despacho con una humeante taza de café.

—¿Cómo te encuentras?

Al ver a su amiga, sonrió.

—Un poco mejor. Gracias por todo. No sabía a quién llamar y estaba segura de que tú no me fallarías.

—Pues claro que no, tontuela. Para ti soy como un 7-eleven. Abierta las veinticuatro horas del día. De hecho, ya he hablado con Samuel, y le he dicho que esta noche me voy también contigo a dormir.

—De ninguna manera —respondió Rebeca al pensar en el pobre Samuel otra noche a solas con los niños—. Tú tienes un marido y unos niños a los que atender, y no consiento que los desatiendas por mí. Esta noche te quedas en tu casa.

—No seas cabezota, Rebeca.

Al escuchar aquello, la miró con gesto serio.

—No. No seas cabezota tú. Ayer te demostré que cuando te necesito te llamo. Hoy estoy mejor y quiero estar sola. Necesito estar sola. Créeme.

—De acuerdo. —Se dio por vencida—. Pero si me necesitas ya sabes dónde voy a estar.

Sonó el teléfono y cada una se volcó en su trabajo. Durante el duro día en la oficina, Rebeca esperó la llamada de Paul. Pero éste, como bien había dicho la noche anterior, no llamó. Sabía que era ella quien debía llamarlo y disculparse por todo lo ocurrido, pero ni lo intentó. Una y otra vez pensó en la discusión. ¿Cómo podía haber sido tan imbécil con él?

Capítulo 34

Dos días después, en el aeropuerto de Barajas, Paul estaba sentado en la sala de embarque. Volaba a Inglaterra. Su aspecto mostraba su estado de ánimo y parecía muy muy enfadado. Llevaba sin afeitarse varios días, y su humor en esos momentos era agrio y oscuro. Algo que todos los que se hallaban a su alrededor percibían. Junto a él estaban su amigo y compañero de equipo Iván y su mujer Rita, que se comunicaban con gestos al ver el estado en el que se encontraba.

—¿Dispuesto para la siguiente carrera? —preguntó Iván.

—Por supuesto, ¿no me ves? —contestó Paul con desgana.

Su amigo al sentir la furia en su mirada, lo cogió por los hombros.

—Mira, Paul, sé que te ocurre algo y eso me preocupa, amigo.

—No ocurre nada.

Rita resopló. Quería decirle que no los podía engañar, pero su marido se le adelantó.

—Escucha, colega. Nuestra profesión es muy estresante y sé por propia experiencia que los problemas no ayudan, precisamente, a pilotar mejor.

Paul asintió. Esas palabras recordaba habérselas dicho a él en otras ocasiones.

—Creo que pilotar me vendrá bien. Lo necesito.

—Y yo no necesito que te mates —gruñó Rita inmiscuyéndose en la conversación—. Ya está bien, por favor. No sé qué te pasa, pero puedo intuirlo al no haber visto a Rebeca aquí para despedirte.

—Rita... —cortó su marido pero ella prosiguió.

—Escúchame bien, Paul, porque no te lo voy a repetir. Como se te ocurra hacer una tontería en la pista te juro que cuando te bajes de la moto la que te mata soy yo, ¿entendido?

Sorprendido por aquel arranque de Rita, Paul sonrió. Iván, al ver a su mujer tan alterada, se levantó y le dio un beso, pero le pidió que los dejara a solas.

—Todo un carácter esa mujercita tuya —murmuró observando cómo se alejaba.

—Sí. Ya la conoces.

Tras un silencio incómodo para los dos, Iván añadió:

—Lo que ella ha dicho, lo corroboro. Me preocupa que salgas a pista con ese estado de ánimo. Ambos sabemos que no es el más propicio para competir.

—Da igual. No pasará nada.

—No. No da igual. Me preocupo por ti, maldito cabezón.

Paul rio, pero Iván, al ver que tenía toda la atención de su amigo, aprovechó para recordarle:

—Para lo que necesites, repito, para lo que necesites me tienes aquí. No sé cuál es tu problema, aunque lo puedo intuir. Y antes de que me mandes a paseo, creo que Rebeca es una buena chica y debes hablar con ella, porque mujeres como ella pocas vas a encontrar y...

—Ahora no, Iván —cortó—. Ahora no.

—Vale... pero déjame recordarte que sé escuchar muy bien.

Con gratitud, Paul le estrechó la mano.

—Gracias. Eres un buen amigo —logró susurrar.

Levantándose para ir tras su mujer, se caló la gorra y añadió:

—Tú también y por eso me preocupo por ti.

Agradecido por aquello, Paul observó cómo se acercaban a la cafetería y sintió una punzada de dolor al verse allí solo. Le gustaría tener algo especial como lo de Iván y Rita. Ellos eran una pareja muy unida. Pensó en Rebeca. La amaba. La quería, y maldijo al pensar que la había perdido. ¿Cómo seguir adelante sin ella tras haberla conocido? Mientras se taladraba la cabeza, Iván le hizo señas. Debían embarcar. Y a pesar de querer salir corriendo del aeropuerto en busca de Rebeca, con las escasas fuerzas que le quedaban, miró su billete y embarcó en su avión. Debía trabajar.

Capítulo 35

Pasó una semana. Rebeca estaba destrozada sin saber nada de Paul, pero no levantó el teléfono para llamarlo. Lo quería demasiado para continuar mintiéndole y no meterlo en aquel lío. El jueves llamó a Kevin para recordarle el número de vuelo en el que llegaba al día siguiente. Y el viernes, tras pedir el día libre, dejó a Pizza en casa de Ángela y se dirigió al aeropuerto de Barajas.

Una vez el avión hubo tomado tierra, Rebeca deseó correr para abrazar a su hermano. Aunque el hecho de saber que Bianca estaría allí la asqueaba. Tras recoger el equipaje, se dirigió a la salida, y nada más abrirse las puertas, lo vio. Allí estaba Kevin, con su sonrisa de siempre, y Rebeca corrió a abrazarlo.

—Pero qué efusiva estás, hermanita.

—Es que estoy muy contenta de verte —respondió, separándose unos milímetros de él para mirarlo a los ojos.

Tras una buena dosis de abrazos, Kevin le quitó la maleta de las manos.

—Bianca no ha podido venir. Trabajaba y no podía pedir permiso. Pero me ha pedido que te diera muchos besos de su parte y te dijera que está deseando verte.

—¡Qué bien! —exclamó Rebeca.

En el coche hablaron de cientos de cosas hasta llegar al hogar de su hermano. Una casa muy bonita cerca de un enorme bosque. Rebeca miró a su alrededor con curiosidad y comprobó que las fotos que le habían enviado al despacho estaban hechas desde allí.

No había duda. Tras dejar la maleta en la habitación y haberle enseñado la casa, le propuso dar un paseo por el bosque. Ella aceptó. Mientras paseaban charlando de infinidad de cosas, escaneó con la mirada a su hermano. Parecía estar bien y eso la tranquilizó.

Durante horas charlaron y Rebeca le relató el accidente de Pizza. Al ver que él se preocupaba, le aclaró que estaba bien, aunque le quedaría una pequeña cojera de por vida. El futuro padre, emocionado, le contó todo lo referente al embarazo de Bianca. Estaba feliz. ¡Iba a tener un bebé! Mientras comían en un pequeño restaurante del pueblo, le habló de los planes que tenían respecto al pequeñín, lo que encogió el corazón de Rebeca. Por la tarde apareció Bianca con su cara angelical.

«¡Maldita farsante!»

Rebeca deseó agarrarla del cuello y estrangularla por todo el daño que estaba ocasionando, pero se contuvo. Tenía que hacerlo. Poco después ésta le preguntó por Paul y Rebeca, como buena actriz, mintió y respondió que todo iba bien y que estaba en Inglaterra. Tras un extraño día, mientras intentaba dormir por la noche en la cama de aquella enorme habitación, pensó en Paul.

Añoraba sus besos y su cariño. Deseaba hablar con él y pedirle perdón. Pero aquello tendría que esperar. No podía meter ni a Lorena ni a él en aquel lío. Primero tendría que solucionar el problema con su hermano y después intentaría solucionarlo con él. Antes de quedarse dormida recordó que ese fin de semana él corría. Pero finalmente, como estaba agotada, se durmió.

El sábado, tras una noche de continuos despertares, Kevin y Bianca llevaron a Rebeca a comer al restaurante de un amigo. Allí, y a pesar de la exquisita comida, Kevin se percató de que algo le ocurría a su hermana. No probó la comida. Sólo jugaba con ella. Incluso se dio cuenta de que sus ojos miraban a Bianca de una manera dura y recriminadora. Durante un buen rato intentó imaginar qué le podía pasar con ella. No entendía nada. Durante su estancia en España, ambas se habían caído muy bien, y no entendía el porqué de aquellas duras miradas por parte de su querida hermana.

En los postres, Kevin se levantó y fue al baño, y Rebeca aprovechó para hacerle unas preguntas a Bianca.

—¿Estás contenta con lo del bebé?

La muchacha, chupó la cucharilla de la taza de café, y respondió con la mejor de sus sonrisas.

—Estamos como locos. Tu hermano se pasa la mayor parte del día imaginando cómo será. Es un cielo de hombre.

«Y tú una farsante», pensó Rebeca y, señalando con malicia uno de sus brazos, volvió a preguntar:

—Y esas marcas ¿a qué se deben?

La muchacha se bajó la manga de la camisa.

—Son las marcas de los análisis que me hicieron el otro día —contestó con despreocupación—. Como soy diabética me están haciendo cientos de análisis y pruebas.

—¿Eres diabética?

—Sí. Estar embarazada es maravilloso, pero los médicos me están acribillando a pinchazos. Tienen que tener un control total sobre mí.

En ese momento apareció Kevin ante ellas y le dio un beso en la nuca a su mujer.

—Bien, chicas, ¡vámonos!

Rebeca, volviéndose hacia su hermano, lo miró directamente a los ojos.

—Kevin, no me habías dicho que Bianca fuera diabética.

El joven, sin entender, iba a responder cuando Bianca intervino.

—Por cierto, cariño, no os puedo acompañar, he quedado en ver hoy a Estefanía.

—¿No puedes llamarla y anularlo? —preguntó molesto.

Bianca, tras esbozar un gracioso mohín que hizo sonreír a su marido, le tocó la barbilla y respondió con una dulce sonrisa:

—Prometo estar pronto en casa.

—Por mí no te preocupes —se mofó Rebeca deseosa de perderla de vista.

Aprovechando el momento, Bianca, besó a su marido y se levantó.

—De acuerdo, cielo —asintió Kevin—. Ten cuidado y no llegues tarde.

Una vez se quedaron los dos solos en el restaurante, Kevin pagó y al salir al exterior Rebeca preguntó:

—¿Quién es Estefanía?

Kevin no contestó. Llegaron hasta el coche y, una vez dentro, se volvió hacia su hermana furioso.

—¿Se puede saber qué te pasa? Has estado toda la comida intentando molestar. Te conozco y he visto cómo la mirabas. ¿Qué te pasa con Bianca? Creí que podríais ser buenas amigas.

—No me pasa nada. Sólo que estoy cansada y... —respondió intentando disculparse.

Sin darle tregua, Kevin gesticuló con las manos y dio un manotazo al volante.

—Cuéntame, ¿qué te ocurre?

—Nada.

—Mira, Rebeca, no sé para qué demonios has venido a verme si estás de ese humor.

Buscando rápidamente algo qué decir al final admitió:

—He discutido con Paul, y... he visto a papá.

Kevin se paró y, clavando sus ojos verdes en ella preguntó:

—¿Has visto a papá?

—Sí. A él, a su mujer y a sus dos niños.

Sorprendido, se retiró el flequillo de la frente antes de preguntar:

—¿Qué quería? ¿Te hizo algo?

Al ver cómo su hermano respiraba, respondió de inmediato.

—Me lo encontré en una sala de fiestas una noche que estaba con Paul y unos amigos. Allí conocí a Elena, su mujer. Luego volví a verla a ella y a los niños en el cumpleaños de Lorena. Resulta que Elena y papá son amigos de Paul, ¿lo puedes creer?

—Vaya con el viejo. Ya tiene dos bastardos —murmuró tras aspirar el humo del cigarrillo que se había encendido.

—No digas eso —protestó—. Esos pobres niños no tienen la culpa de lo que nuestro padre hiciera en su día. El culpable es él, no Dani y Susana.

Sin poder creer lo que oía, Kevin miró a su hermana.

—¿Cómo puedes decir eso?

—Digo lo que pienso.

—Lo siento, hermanita, pero no pienso como tú. La versión que yo recuerdo es que nuestro padre se fue a vivir con esa puta y han tenido bastardos.

Molesta porque hablara así de aquellos niños, Rebeca volvió al ataque.

—Si conocieras a esos pequeños no pensarías así. En cuanto a Elena, no le tengo ningún amor, pero estoy segura de que no es una puta.

—¿Y tú qué sabrás? —siseó Kevin.

—Mira quién fue a hablar —soltó sin pensárselo dos veces—. ¿Sabrías distinguir una puta de una chica normal?

Aquello lo molestó. ¿A qué se refería su hermana?

—¿Qué has querido decir con eso de «mira quién fue a hablar»? ¿Qué narices quieres decir?

Asustada por su reacción, Rebeca no fue capaz de contestar. Pero Kevin, furioso, la increpó cogiéndola de las muñecas. Finalmente comenzó a llorar. La tensión estaba pudiendo con ella.

—Joder, Rebeca, no llores. Discúlpame por haberte hablado así. Pero estás muy extraña. Te he notado tirante con Bianca y... —Al ver que ella se secaba las lágrimas, suavizó el tono de voz—. Lo siento. Siento haberte hablado así, pero ya sabes que no soporto hablar de nuestro padre.

—Lo sé —sollozó dándose cuenta de que casi mete la pata en cuanto a Bianca.

Le retiró el pelo de la cara y le hizo levantar mirada.

—¿Por qué has discutido con Paul?

Pensando con rapidez, Rebeca mintió a medias.

—Me vio con un amigo tomando una copa y se enfadó muchísimo.

—¿Solamente por eso? —se sorprendió—. Seguramente sería por algo más.

—No. Él me vio y me pidió explicaciones. Yo... yo no quise dárselas y lo eché de casa.

Al escuchar aquello, Kevin silbó.

—Pero qué mal genio tienes, hermanita. Eres dulce como mamá, pero cuando te enfadas, ¡no hay quien te soporte! Y dime —preguntó—, ¿por qué no le dijiste quién era ese amigo?

—No lo sé —volvió a mentir—. Quizá he estado mucho tiempo sola y no soporto que nadie me pida explicaciones. Sé que la culpa la he tenido yo, pero...

—No hay peros que valgan. Cuando regreses a Madrid lo llamas y en paz. Paul es un buen tío y estoy seguro de que estará deseando oír tu voz. En cuanto hables con él seguro que todo se arreglará. Ese tipo está loco por ti. Sólo hay que ver cómo te mira para intuirlo.

—Ahora está en Inglaterra.

—¿Y qué hace allí?

—Mañana corre en el circuito de Donington.

Encantado con aquello, abrió los ojos como platos.

—¿A qué hora es la carrera?

—No lo sé.

—No te preocupes. Tengo parabólica y seguramente podremos coger el canal de deportes. —Y mirándola preguntó—: Querrás verlo, ¿verdad?

—Pues claro que sí, tonto. —Rebeca sonrió—. Por supuesto que quiero verlo.

«Y besarlo y amarlo», pensó.

—También podrías llamarlo a su móvil y desearle suerte —sugirió Kevin.

Rebeca, para finalizar la conversación, sonrió y le dio un beso a su hermano.

—Quizá más tarde.

Aquella noche, cuando llegó Bianca, intentó estar más amable con ella. Kevin se lo agradeció.

A la mañana siguiente, y mientras Bianca preparaba el desayuno, Rebeca y Kevin buscaban el canal de deportes para ver la carrera. Una vez lo consiguieron comenzaron a desayunar y le explicó a su hermano todo lo que había aprendido en relación con el Mundial de Motociclismo. Cuando terminó la carrera de Moto2 y los comentaristas comenzaron a hablar de la carrera de MotoGP, se le erizaron los pelos al saber, y ver, que Paul había sufrido una aparatosa caída en los entrenos.

El corazón se le paró cuando dieron las imágenes y vio a Paul volar por encima de la moto hasta caer con brusquedad sobre la pista.

Miró a su hermano asustada, pero se tranquilizó cuando dijeron que el piloto se encontraba bien y que finalmente correría la carrera. Incapaz de hablar, la joven veía la televisión histérica intentando encontrar a Paul entre toda aquella masa de gente. Como ocurría en cada conexión, un cámara se fue parando piloto por piloto hasta que llegó a Paul. Al verlo, Rebeca se quedó congelada. Su mirada concentrada era oscura y agresiva, nada que ver con la de otras veces. Aquello le revolvió el estómago y temió continuar mirando. Kevin, emocionado, aplaudió al reconocerlo. Pensar que el hombre que salía con su hermana era aquel valeroso piloto, lo llenó de orgullo.

Minutos después, los asistentes de pista comenzaron a retirarse y quedaron sólo los pilotos con sus máquinas. Con tranquilidad dieron la vuelta de reconocimiento, para luego regresar a sus posiciones; el semáforo pasó de rojo a verde y todos aquellos locos abrieron gas para empezar la carrera.

—¡Joder! —gritó excitado Kevin al ver a Paul tirarse en las curvas—. Cómo conduce el tío.

Rebeca no pudo responder. Lo que Paul estaba haciendo en la pista, la estaba dejando sin palabras. Durante varias vueltas, vieron cómo se mantenía en cabeza de carrera, junto a Iván y Klaus, jugándosela en cada pasada. Aunque la dura lucha comenzó cuando Gicoli, un piloto italiano, se acercó hasta ellos como un loco para adelantarlos. Rebeca, que conocía la situación en puntos de cada piloto, se clavó las uñas en las manos al imaginar que Paul no lo iba a consentir. Él no iba a permitir que Gicoli cogiera los puntos que él necesitaba, y ambos se arriesgarían para conseguirlos.

La carrera se puso al rojo vivo y los comentaristas, impactados por lo que estaban haciendo aquellos pilotos, gritaban emocionados. Continuas y peligrosas pasadas hacían vibrar y chillar a todos, hasta que Klaus se salió de la pista y cayó. Rebeca, al ver cómo a aquél la moto se le iba de atrás, se quedó horrorizada y no se movió, mientras su hermano y su mujer chillaban y aplaudían al ver que no había sido Paul.

Sólo faltaban dos vueltas y Gicoli se puso en cabeza. A Rebeca le sudaban las manos y casi le da un infarto al ver a Iván salirse en una de aquellas terribles curvas. Su templanza y buen pilotaje hizo que no cayera, pero perdió la opción de luchar por subir a lo más alto del cajón. Una opción que Paul aún iba a aprovechar. Acoplándose todavía más a su potente Ducati, comenzó a derrapar en las curvas hasta que consiguió adelantar en un tramo imposible a Gicoli. Sólo quedaba una vuelta para la finalización de la carrera y Paul no estaba dispuesto a perder. Fue una vuelta de infarto para todos, pero finalmente Paul entró primero, seguido por Gicoli. Rebeca, al ver aquello, saltó de alegría junto a su hermano y Bianca.

¡Paul había ganado!

Minutos después ofrecieron la entrega de trofeos. Rebeca, orgullosa, pudo ver cómo Paul recogía el premio y daba las gracias a su equipo. Kevin, impresionado por su pilotaje, no paraba de aplaudir, incluso llegó a decir que se compraría una moto y pediría a Paul que le diera clases de conducción. Rebeca rio de las ocurrencias de aquél, aunque miraba la pantalla de televisión con tristeza y desconsuelo. ¿Qué pasaría entre Paul y ella? El domingo, tras un fin de semana extraño, regresó de nuevo a Madrid todavía más confundida si cabe por todo lo que rodeaba a su hermano.

Capítulo 36

❧❧

Hacía dos semanas que Rebeca había regresado de su viaje. Una tarde, el detective la llamó para enseñarle nuevas fotografías actuales de Bianca. En ella se la veía besándose con Brian Newton, el narcotraficante. Y Rebeca de nuevo se hundió. ¿Qué podía hacer? En todo aquel tiempo, Paul no dio señales de vida. No la había llamado. No la había buscado, aunque Lorena sí la llamó. La niña estaba ansiosa por verla. Necesitaba estar con ella y sentir su cariño.

—¿Cuándo vas a venir a verme?

—No lo sé, cariño. Tengo mucho trabajo.

—Pero papá me dijo que vendrías a casa con Pizza —insistió la pequeña.

—Iré, cielo, lo que no sé es cuándo —mintió—. Por cierto, ¿está papá en casa?

—No. Hoy se ha ido con el tío Iván a una fiesta. Es el cumpleaños de la tía Rita y se han ido a celebrarlo. ¿No vas a ir tú?

El corazón se le aceleró. ¿Conocería él a alguna mujer en aquella fiesta? Pero no estaba dispuesta a pensar y a martirizarse por ello.

—Yo no puedo, cielo. Ya te he dicho que tengo mucho trabajo.

Finalmente, tras capear las insistentes preguntas de la niña, Rebeca le confesó que tardaría un poquito en verla, pero que no se preocupara, que en cuanto tuviera tiempo la llamaría. La pequeña, ajena a todo lo que ocurría entre su padre y Rebeca, accedió y la creyó. ¿Por qué no iba a hacerlo?

El viernes, Carla la invitó a una cena con varios compañeros del hospital de Samuel. En un principio se negó. Su humor no estaba para fiestas. No le apetecía salir con nadie. Pero Carla no cesó hasta que aquélla cedió y aceptó. Irían primero a La Plateada, un restaurante bastante lujoso, y después tomarían una copa. Rebeca decidió ponerse el vestido de color salmón y recogerse el pelo en un moño alto. Ya que salía sin muchas ganas, por lo menos se vería guapa. Mientras se arreglaba se convenció de que aquella salida le haría bien. Le apeteciese o no, necesitaba relajarse y divertirse.

A las ocho, pasaron Samuel y Carla a buscarla, y cuando llegaron al restaurante, Samuel le presentó a cada uno de los invitados. Allí se enteró de que la cena era una celebración por el ascenso de Samuel a jefe de planta. La cena se tornó divertida. Todos contaban anécdotas graciosas del hospital, y eso los hacía reír. Después de varios brindis y de un discurso nada serio por parte de Samuel, decidieron ir a tomar una copa a Streep. Un nuevo local madrileño.

—¿Qué tal? —preguntó Carla acercándose a ella.

—Bien, todo muy bien —respondió sinceramente Rebeca. Llevaba semanas sin reírse tanto como esa noche.

—¿Qué te parece Emilio? —Señaló al hombre que hablaba con Samuel.

—Oh... Es muy agradable.

Carla, al oír aquello, se acercó más a ella.

—Pues lo mejor de todo es que ¡¡no está casado!! Y creo que se ha colado por ti. No ha parado de preguntarle a Samuel cosas de ti, ¡y eso es buena señal!

—Pues siento decirte, querida mía, ¡que lo lleva claro! — se mofó Rebeca, al ver por dónde iba su amiga.

—¿Cómo puedes decir eso? —le recriminó Carla molesta.

—Simplemente te digo la verdad.

—Es un hombre agradable, guapo, con futuro...

—Carla... —cortó Rebeca—. No insistas. No tengo ni tiempo ni ganas.

Pero la otra hizo caso omiso.

—Vale... vale, lo entiendo. Sigues colada por Paul, pero oye, mientras superas su ruptura, ¿no te parece Emilio ideal?

Boquiabierta siseó:

—Será ideal para ti. No para mí.

Al mirar los ojos de su amiga, Carla sonrió. Rebeca estaba colada hasta el tuétano por el de las motos y no había nada que hacer.

—Soy una boba, perdóname —susurró tras darle un beso en la mejilla.

—Perdonada.

—Tengo ganas de verte tan feliz como yo, y...

En ese momento, Emilio se acercó a ellas y, cogiendo a Rebeca con familiaridad de la mano, se la besó al tiempo que les decía:

—Perdonen, señoritas. —Y mirándola, preguntó—: ¿Quieres bailar conmigo?

Sin ningún problema por bailar con él, Rebeca aceptó.

—Por supuesto. Me encanta esta canción.

Estaban en la pista bailando. Emilio la tenía agarrada por la cintura, y quien los miraba desde fuera los podía ver divertidos y compenetrados. Emilio era un tipo guasón y gracioso, y eso agradó a Rebeca, que necesitaba reír. Después de varias canciones, regresaron con el grupo y se sentaron con ellos a tomar algo.

Diez minutos después, Carla y ella se marcharon al servicio, y la primera no paró de hablar de lo maravilloso que era Emilio en el hospital mientras se pintaba la raya de los ojos.

—Pero mira que eres pesadita —se mofó Rebeca mirando a su amiga.

—¿Por qué? —preguntó, consciente de lo que decía.

—Rebeca, ¿eres tú? —dijo alguien detrás de ellas.

Rápidamente ella se volvió.

—¡Rita! ¿Qué tal? —saludó abrazando a la mujer de Iván—. ¿Cómo tú por aquí?

—Ya sabes, un nuevo local en Madrid es un nuevo sitio que visitar —respondió con un gesto divertido, tocándose con coquetería sus rizos.

Las tres sonrieron

—Quería que supieras que siento lo que ha pasado entre Paul y tú. Te hubiera llamado pero no tengo tu teléfono, e Iván no se atrevía a pedírselo a Paul.

—¿Conoces a Paul? —preguntó Carla.

—Sí, es la mujer de Iván, el compañero de equipo de Paul —confesó Rebeca.

Carla cogió un trozo de papel y con el lápiz de ojos que tenía en la mano apuntó el teléfono de Rebeca.

—Toma. Éste es el teléfono de esta petarda. Por cierto, soy Carla.

—Gracias. —Rita sonrió y, quitándole el lápiz de las manos, apuntó algo en un papel, y entregándoselo a Rebeca indicó—: Éste es mi móvil.

Sorprendida por lo que aquellas dos habían hecho en un instante, Rebeca parpadeó y Rita le dio dos besos a su amiga.

—Encantada de conocerte, Carla.

—Igualmente —respondió la aludida, y cuchicheó con complicidad—: Si no os importa, he de pasar con urgencia al servicio. Creo que he bebido demasiado.

Una vez hubo desaparecido tras la puerta del baño, Rita se volvió hacia Rebeca.

—Él no está bien, aunque se empeñe en decir que sí. Últimamente se juega la vida en cada carrera e Iván ya no sabe qué hacer ni qué decirle. Nunca lo habíamos visto así.

Convencida de que llevaba razón, Rebeca la cogió de las manos.

—Me horroriza escuchar lo que dices, pero no puedo hacer nada.

—¿Tan grave es lo que ha pasado entre vosotros?

Rebeca cerró los ojos.

—Creo que sí —murmuró.

—¿Has dejado de quererlo? —preguntó Rita convencida de que entre ellos continuaba existiendo algo.

—No... —respondió sinceramente—, eso es imposible.

Rita sonrió.

—Paul te quiere, Rebeca. Tú has conseguido que él vuelva a...

Asustada, la interrumpió. Pensar en él le destrozaba el corazón.

—Escúchame, Rita. Él y yo somos demasiado diferentes como para que la historia hubiera funcionado. Quizá lo ocurrido es lo mejor para nosotros. Él debe seguir con su vida y yo con la mía, y espero no volver a verlo porque yo... —Al decir aquello y ver el gesto de Rita preguntó—: ¿No me digas que está aquí?

—Sí.

—Oh, Dios —susurró Rebeca llevándose la mano a la cabeza.

Rita, al ver que ella se quedaba pálida, añadió:

—He de confesarte que llevo esperando horas a que vinieras al servicio para hablar contigo. Cuando habéis llegado vosotros, nosotros ya estábamos aquí.

—¿Cómo no me he dado cuenta?

—Has pasado por nuestro lado al entrar y él te ha visto.

—Ay, Dios...

—Rebeca, Paul lleva toda la noche mirándote y bebiendo

como un cosaco. Sinceramente, creía que algo iba a ocurrir cuando te ha visto bailar con tu amigo, pero Iván lo ha sacado del local para que le diera un poco el aire.

Boquiabierta, pensó que si ella viera a Paul bailar con una mujer como lo había hecho ella con Emilio, y sobre todo reír de aquella manera... ¡se moriría!

—Escúchame —continuó Rita—. Ahora está más relajado. Yo no sé lo que habrá pasado entre vosotros, pero, Rebeca —dijo mirándola a los ojos—, él te necesita. En todos estos años desde que lo conozco, nunca ha estado con una mujer tan bien como contigo. Sólo había que mirarlo para ver lo feliz y centrado que estaba. Está enamorado de ti. Por favor, ven a hablar con él.

Con el pulso a mil, Rebeca la miró.

—Yo... no puedo.

—Pero ¿por qué? —insistió Rita.

Rebeca resopló incómoda. Deseaba más que nada en el mundo ir a donde él estaba, para besarlo, quererlo, pedirle perdón, pero no debía. No podía. Cavanillas debía creer que lo de ellos había terminado para que no se volviera a fijar en él o en Lorena. Por ello, tragando el nudo de emociones que pugnaba por salir de su garganta, susurró:

—Lo siento, Rita, pero no puedo.

Carla salió del baño y Rebeca aprovechó para dar por finalizada la charla.

—Me ha encantado hablar contigo; dale recuerdos a Iván y espero veros en otra ocasión.

Desconsolada, Rita aceptó su decisión.

—De acuerdo, Rebeca. Hasta pronto.

Mientras salía del servicio, la cabeza de Rebeca daba vueltas. ¡Paul estaba allí! De nuevo en el local sintió cómo unos ojos la observaban. La tranquilidad que antes había sentido ahora estaba rota y deseó huir de allí. Emilio volvió a invitarla a bailar y ella, como una autómata, aceptó. Mientras bailaban, Rebeca miró con disimulo a su alrededor. Vio a Rita charlando con Iván, y al segundo a Paul que, inmóvil, la observaba. Cuando la canción terminó, dijo a Emilio que tenía ganas de sentarse. De nuevo se reunieron con todos.

No muy lejos de ella, Paul la observaba consumido por los celos. Ver cómo aquel tipo agarraba a Rebeca por la cintura y bailaba canciones que él deseaba bailar con ella lo estaba matando. La había visto reír y bromear con él y eso lo tensó aún más. Estaba preciosa con aquel vestido, al verla entrar en el local se había quedado de piedra. Deseó acercarse a ella y decirle cuánto la había echado de menos, pero su orgullo de hombre herido se lo impidió. Sólo tenía ganas de levantarse y partirle la cara al tipo que la tocaba sin cesar.

¿Por qué tenía que pasarle continuamente las manazas por la cintura o el cabello?

—¿Quieres que nos vayamos a otro lugar? —preguntó Iván.

—No —respondió ceñudo.

—Vamos a ver, Paul. Creo que...

—No, Iván —advirtió Paul.

—¿Qué coño hacemos aquí? —insistió al ver cómo miraba a la joven—. Vayamos a otro lugar y pasémoslo bien.

—Id vosotros si queréis. Yo me quedo aquí.

Iván resopló. Tenía claro que de allí no se marchaba sin su amigo por delante. Le conocía y sabía que estaba pasando un mal rato. Ver a Rebeca divertirse mientras él agonizaba no era plato de gusto para nadie. Y tras comprobar que el encuentro de Rita en el baño no había dado el resultado esperado, deseó salir del local lo antes posible. Pero no. Paul se negaba y de allí no se moverían. Sin apartar la mirada de ella, por fin su corazón aleteó al sentir que ella lo miraba. Por fin se había dado cuenta de que estaba allí. La siguió por el local con la esperanza de que ella se acercara a él, pero eso no ocurrió.

Una hora después, cuando Rebeca ya no pudo más, dijo que se marchaba. Carla y Samuel le pidieron que se quedara un rato más, pero esta vez Rebeca no claudicó. Samuel se ofreció a llevarla, pero ella se negó. Cogería un taxi. Sin embargo Emilio, al escucharla, insistió en acompañarla.

Sin mirar en la dirección donde Paul estaba, Rebeca salió del local. Al dirigirse a coger el coche de Emilio, se fijó en varias motos y, sin poder creer lo que veía, observó la de Paul.

Aquella bicha, como él la llamaba, estaba llena de abolladuras y terriblemente sucia. Durante unos segundos cerró los ojos y pensó en las locuras que Rita le había dicho que estaba haciendo. Por una fracción de segundo pensó en entrar y hablar con él. Pero no. No debía. Sabía que él le pediría explicaciones respecto al día de la discusión y no podía dárselas. Instantes después, Paul salió del local y, al ver a Rebeca parada ante su moto, se quedó clavado en el sitio mientras escuchaba lo que hablaban.

—¿Te gustan las motos, Rebeca? —preguntó Emilio.

Sin dejar de mirar la moto, ella respondió:

—Sí. Me encantan.

Emilio se acercó a ella todavía más, para señalar en tono jocoso:

—Creo que estas máquinas del infierno sólo son para los locos. Si supieras la cantidad de accidentados y de muertes que hay por culpa de estos trastos, no creo que te gustaran.

Rebeca ni lo escuchó. Sólo pensaba en Paul, sólo en él. Segundos después, Emilio le tocó el hombro para llamar su atención.

—¿Te llevo a casa?

—Sí, claro. —Reaccionó con rapidez y asintió, apartándose de la moto.

Paul los vio alejarse. Rita e Iván salieron tras él y éste, enfadado, les pidió que lo dejaran solo. Al ver cómo sus amigos cogían la moto y se iban, volvió a mirar hacia donde había visto desaparecer el coche. Pensó en seguirlos, pero al final decidió que sería una tontería. Se marcharía a su casa. Una vez se hubo montado y puesto el casco, arrancó la moto y, dejándose llevar por el corazón, hizo una locura y se dirigió a toda velocidad hacia la casa de Rebeca.

Durante el trayecto en coche, Emilio fue muy agradable y correcto. Era un hombre ocurrente y divertido que continuamente la hacía sonreír. Cuando llegaron al adosado de Rebeca, el hombre se empeñó en acompañarla hasta la puerta. Con desgana, ella accedió. Allí estuvieron charlando un buen rato, hasta que Emilio preguntó en un tono meloso:

—¿Me invitas a un café?

«Ni loca», pensó Rebeca al notar sus verdaderas intenciones.

—Mira, Emilio, no quisiera ser descortés. Eres un hombre muy divertido y agradable, pero no creo que sea buena...

—Lo siento. Yo... no quería ofenderte.

Al ver el apuro en su mirada, ella reaccionó con rapidez.

—No te preocupes. No me ofendes. Pero quiero que sepas que no tengo tiempo para nuevas amistades.

Envalentonado por la preocupación que vio en su mirada, respondió:

—Mira, Rebeca, voy a ser sincero. Desde el primer momento que te he visto esta noche, me has gustado. Creo que eres una persona amable, simpática, divertida y guapa, y como comprenderás, una persona así, al menos para mí, no puede pasar desapercibida.

—Gracias por tus cumplidos, pero...

—Me gustas y estoy dispuesto a intentarlo, si tú me dejas... —continuó acercándose todavía más a ella.

—No te voy a dejar —respondió separándose de él—. Mira, Emilio, no sé si no me has entendido bien, pero creo que...

—Yo no me doy por vencido así como así —insistió cogiéndola de la cintura y atrayéndola hacia sí—. Pero a veces, a algunas os gusta la lucha.

—Suéltame... —respondió airada.

Al ver que él no estaba dispuesto a soltarla, sin pensárselo dos veces levantó la rodilla y le dio un golpe en la entrepierna. Eso hizo que él se doblara sobre su cuerpo con un gran gesto de dolor.

—Te he dicho que me soltaras, imbécil —aclaró con toda su rabia.

Tras echarle una última ojeada, Rebeca entró en su casa, cerró la puerta y lo dejó allí tirado, retorciéndose de dolor.

Mientras ellos hablaban, Paul los observaba desde la otra esquina de la calle. En un principio, y al ver que aquél la forzaba, saltó de la moto y se dirigió corriendo hacia ellos, pero se paró y se echó a reír en cuanto vio la reacción de Rebeca. Cuando por fin ella entró en casa y el tipo se levantó como pudo, se metió en su coche y se alejó, se dirigió hacia su moto. Y por increíble que pareciera, a pesar de que su corazón sangraba, en el rostro llevaba una sonrisa.

Capítulo 37

Al día siguiente Rebeca se sentía fatal por lo ocurrido la noche anterior. Una noche que había empezado muy bien, pero había terminado de forma desastrosa. Nada más levantarse, abrió la puerta de la calle, y al ver que Emilio no estaba aún tirado allí, la cerró aliviada. Tras desayunar, llamó a Carla y le contó avergonzada lo que había pasado. Su amiga en un principio no podía creer lo que le explicaba, y cuando comenzó a carcajearse de risa, Rebeca se unió a ella.

Aquella tarde de sábado estaba viendo una película en la televisión cuando sonó el teléfono.

—Dígame.

—¡Holaaaaaaaaaaaaa! ¿Cómo estás?

—¡Donna! —gritó al reconocer a su hermana—. Qué ganas tenía de hablar contigo.

—Pues era muy fácil —soltó la aludida con sorna—. Simplemente tenías que levantar el auricular, marcar mi número y te aseguro que al otro lado de la línea estoy yo. Pero claro, es más barato para ti que la que llame sea yo, ¿verdad?

—Eres terrible —dijo Rebeca riendo.

—Tú sí que eres terrible: no escribes ni un mísero email, no llamas. Miguel está histérico. Falta un mes y medio para la carrera de Paul en Laguna Seca y todavía no habéis telefoneado para confirmar que venís. Bueno, sobre todo tú, pues él nos imaginamos que vendrá.

Tras soltar un resoplido, Rebeca cerró los ojos.

—Yo no iré.

—¡¿Cómo?! ¿Qué quiere decir eso? —gritó Donna—. No estarás diciéndome lo que creo entender.

—Me temo que sí.

—¡Joder... joder... joder! —protestó al escuchar a su hermana.

—Donna, por favor. No lo hagas más difícil. Bastante tengo yo con vivirlo.

—Pero ¿estás loca o qué? ¿Cómo habéis podido separaros? —Y cambiando el tono voz, prosiguió—: Me apuesto lo que tú quieras a que la culpable de lo ocurrido has sido tú. Kevin tiene razón. ¡Eres una cabezota!

—¡¿Kevin?! —resopló Rebeca—. Pero ¿qué tiene que ver Kevin en todo esto?

—Me llamó preocupado. Me contó que fuiste a visitarlo y que estabas muy extraña. Eres una cabezota, ¿lo sabías?

—Mira, guapa, no creo que sea tan cabezota como vosotros decís, lo que pasa es que... —dudó mientras los ojos se le llenaban de lágrimas—... es que... bueno, lo que pasa es problema mío, ¿entiendes?

—Vaya... vaya, eres peor de lo que me imaginaba —se mofó Donna desde el otro lado del teléfono—. Te da tanta vergüenza que no eres capaz de decirme qué es lo que pasa. Supongo que sabes que terminaría dándole la razón al pobre Paul. Pero Rebeca, si ese hombre es un encanto. Sólo había que verlo para darse cuenta de que está loco por ti. Mira, eres tonta y no quiero decir nada más.

—Me parece genial que no digas nada más —respondió ella tajantemente mientras se limpiaba las lágrimas.

—Por teléfono, por supuesto —aclaró Donna.

—¡¿Por teléfono?! ¿Qué quieres decir?

—Pues quiere decir que mañana me vayas a buscar al aeropuerto. Tengo más cosas que decirte y quiero mirarte a la cara.

La tristeza de Rebeca se disipó. ¡Iba a ver a la loca de su hermana!

—¿En qué vuelo llegas?

—Voy en American Airlines. Llego sobre las tres de la tarde.

—Y Miguel ¿qué dice?

Donna, al recordar a su marido, sonrió. A él le parecía bien que fuera a ver qué le pasaba a su hermana y, con toda probabilidad, más aún al enterarse de que había roto con su piloto favorito de MotoGP.

—Lo entiende. Él se queda aquí con María, y yo me escapo a Madrid unos días contigo, que me apetece mucho. Lo pasaremos fenomenal.

El vuelo llegó con una hora de retraso, pero cuando Rebeca vio salir por la puerta a su hermana, pensó que la espera había merecido la pena. Se abrazaron y, emocionadas, se encaminaron al coche para ir a casa. Nada más entrar, Donna se fijó en la perrita. Se le notaba la cojera que le había quedado, pero eso no parecía importarle a la propia Pizza, la cual nada más verla comenzó a saltar de alegría. Mientras comían un maravilloso pollo a la toledana guisado por Ángela, las hermanas hablaban de Kevin y de la visita de Rebeca hacía unas semanas. Donna notó cómo la voz de aquélla se endurecía al mencionar a Bianca, tal y como Kevin había dicho. Pero con su hermana había que ir por partes. Debía ir con tiento para que le contara todo lo que la estaba martirizando, y las primeras preguntas serían sobre Paul. Por ello, cuando terminaron de comer y se sentaron en el sillón, preguntó:

—Vamos a ver, Rebeca, cuéntame qué te pasa con Paul.

Con disimulo, ésta se sentó.

—No hay mucho que contar. Discutimos, y eso es todo —murmuró.

—Pero bueno, ¿tú crees que he hecho un viaje tan largo para que me digas sólo eso? —se mofó Donna cogiendo un cojín y dándole en la cabeza—. Me vas a decir lo que pasa, paso por paso. Sé que algo pasa y tú me lo vas a contar.

—Mira, Donna, hemos discutido, como seguramente Miguel y tú hacéis. La diferencia es que vosotros ya sois una pareja consolidada y nosotros no lo éramos. No hay que darle más vueltas. ¿No crees?

Donna sonrió y, tras darle otro nuevo cojinazo, añadió:

—Explícame a qué se deben esas pequeñas ojeras que veo en tu rostro. —Rebeca levantó las cejas sorprendida. ¿Tanto se le notaba?—. Y quiero que sepas que Kevin y Bianca se dieron cuenta de lo irascible que estabas cuando los visitaste. Kevin no entendió por qué atacabas continuamente a su mujercita y me llamó para comentármelo. También me dio la grata noticia de que va a ser papá. ¡Para flipar! Aunque bueno, estoy convencida de que ese descerebrado será un buen padre.

Rebeca se levantó mordiéndose la lengua para no hablar; necesitaba ir al baño.

—A mí me cuesta creer que Bianca vaya a ser una madre estupenda. Enseguida vuelvo, voy a hacer algo que no puedes hacer por mí.

Con su característico humor, Donna sonrió.

—¡Seguramente si me lo propongo sí! —gritó.

En ese momento sonó el teléfono y Donna lo cogió. Era Carla.

—Pero bueno, Donna, ¿qué haces en Madrid? ¿Cuándo has llegado?

—Estoy de visita para ver al monstruo de mi hermana. Me da en la nariz que tiene algún problemilla.

Carla suspiró.

—Tiene más de un problemilla, te lo puedo asegurar.

Alertada por su voz, Donna bajó el tono de la suya.

—Vamos a ver, Carla, necesito que me cuentes qué pasa —cuchicheó—. Rebeca es una cabezota y no quiere soltar nada. De momento...

Convencida de que lo mejor era hacer partícipe de lo que ocurría a Donna, Carla suspiró dándose por vencida.

—Mira, aunque tu hermana me odiará el resto de su vida por esto, vamos a hacer una cosa. Samuel está aquí y se puede quedar con los niños. En veinte minutos estoy allí y te aseguro que no le va a gustar nada a Rebeca lo que te voy a contar.

—Me importa un pepino si le gusta o no. Te espero aquí y, por favor, no tardes.

Donna colgó el teléfono y su sonrisa se borró del rostro. ¿Qué le pasaba a su hermana?

—¿Quién ha llamado? —preguntó Rebeca entrando en el salón.

—Carla. Ah... y viene ahora —respondió Donna mirándose despreocupadamente las uñas.

Algo en la voz de su hermana la puso sobre alerta.

—¿Para qué? ¿Qué te ha dicho? —preguntó, acercándose a ella.

Pero la respuesta estaba instalada en el rostro de Donna.

¿Qué le había dicho la loca de su amiga? Sólo se había ausentado dos segundos y eso no era tiempo suficiente como para cotorrear a sus anchas. La incomodidad ocupó el resto del salón. Donna esperaba una contestación y Rebeca no estaba dispuesta a dársela.

Veinte minutos después llegó Carla, quien, al entrar, se ganó una nada amistosa mirada de Rebeca, pero poco le importó. Y como si de un mal sueño se tratara, Carla comenzó a contar a Donna todo lo que ocurría, con Paul, Kevin, Bianca y los chantajes. Rebeca, sin poder creerse lo que consideraba una traición de su amiga, la miraba sin entender nada. ¿Cómo podía estar haciéndole eso?

—Lo siento, Rebeca —dijo aquélla tras acabar de contar todo—. Quizá no vuelvas a confiar en mí en toda tu vida, pero creo que necesitas ayuda.

—¡Por supuesto que no volveré a confiar en ti! —gritó molesta—. ¿Por qué se lo tienes que contar a Donna? ¿Por qué tienes que ponerla en peligro a ella también? Si Cavanillas se entera, ella., ella... —Maldiciendo, se retiró el pelo de la cara y susurró—: Ahora se lo contará a Kevin y todo se liará más de lo que está.

Carla y Donna se miraron y esta última, comprendiendo a su hermana, trató de tranquilizarla.

—No te preocupes. Kevin no sabrá nada de todo esto. Pero creo que me lo deberías haber contado tú. ¿A qué esperabas?

—No quería meterte en líos —dijo Rebeca mientras sollozaba con desesperación—. No sé qué hacer. Tengo la sensación de que cuanta más gente lo sepa, peor será. —Y mirando a su hermana, aclaró—: Ni una palabra a Paul de todo esto. ¿Entiendes? Si él lo supiera, se complicaría todo aún más; ¿de acuerdo, Donna?

—Vale.

—Te lo ruego, por favor —insistió Rebeca.

Donna asintió mientras su cabeza trabajaba a mil por hora. Esa Bianca nunca le gustó.

—Te he dicho que estés tranquila. Confía en mí.

Carla, mirando a las dos hermanas, añadió:

—Sé que vais a pensar que es una insensatez, pero creo que deberíamos hablar con la policía.

—¡No! —gritó Rebeca—. Estás loca. Pueden hacerle algo a Kevin.

—Ya sabía yo que esa bruja eslovena tenía algo malo —protestó Donna—. Maldita sea. ¡Kevin se ha casado con una puta drogadicta! Nunca me gustó. Había algo en ella, en su angelical mirada, que siempre me hizo sospechar que ésa de santa tenía lo que yo de monja. Pero bueno, lo hecho, hecho está y ahora hay que pensar con calma, que estamos jugando con la vida del imbécil de Kevin.

—No digas eso de él —susurró Rebeca.

—¡¿Que no diga eso de él?! —gritó Donna—. Pero... pero ¿cómo puede ser tan tonto y dejarse engañar de esa manera? Si es que está visto que los tíos sólo piensan con el pito. Ven una cara bonita, un buen par de tetas y ea... pierden el sentido común. —Carla, al escucharla, sonrió, a pesar de la tensión del momento—. A ver, Rebeca —prosiguió Donna—, Kevin me llamó y me comentó que estabas muy nerviosa por algún problema con Paul, pero algo de lucidez le debe de quedar, pues me dijo que había notado que tenías cierto resentimiento hacia Bianca. ¡Joder! Si llego a ser yo la que va a verlos, ¡ni resentimiento ni leches!, la cojo del cuello y...

—Y nada... —cortó Rebeca—. Hay que ser sensatos. Él está enamorado de esa mujer, y cualquier cosa que hagamos lo va a dañar. Quizá no nos perdone en la vida.

—Nos tendrá que perdonar —afirmó Donna—. Él haría lo mismo si a nosotras nos pasara algo parecido. ¿Acaso crees que él dejaría que echáramos a perder nuestras vidas con un tío que no nos mereciera? No... estoy segura de que no. Lo que pasa es que debemos saber cómo proceder para que él no salga mal parado. Que oye... inevitablemente el disgusto se lo dará. No creo que sea agradable enterarte de que te has casado con alguien que no es quien tú crees que es. —Tras un silencio, Donna volvió a hablar—. Tengo un amigo que trabajaba en la comisaría de Canillejas. Quizá él podría echarnos una mano.

—No, Donna, no metas a la policía en esto. Cavanillas o sus secuaces se podrían enterar y hacerle algo a Kevin.

—Bueno, listilla —saltó su hermana—, pues qué sugieres que hagamos. Porque según tú, no hay que hablar con la policía por miedo a que a Kevin le hagan algo. Pero piensa que ese algo se lo puede estar haciendo día a día esa maldita Bianca. Quién sabe si no lo está enganchando a la cocaína y el idiota de nuestro hermano accede por hacerla feliz. Estamos a tiempo de que esta pesadilla acabe, Rebeca, ¿no lo entiendes? No podemos quedarnos de brazos cruzados como tú pretendes. Así no solucionamos nada.

Rebeca por primera vez asintió.

—Quizá tengas razón, pero tengo miedo.

Donna se sentó a su lado.

—¡Yo también estoy cagada de miedo! Y seguramente también Carla, pero es la única solución que tenemos si queremos que Kevin salga lo antes posible de todo este embrollo.

—Tiene razón —se atrevió a decir Carla—. Piénsalo. Es la única solución.

Rebeca, tras pensarlo y maldecir mil veces, por fin asintió.

—De acuerdo. Pero primero hablaremos con el detective que me informa de todo. Él también tiene amigos en el departamento de policía.

Donna y Carla se miraron con una sonrisa.

—Muy bien. Llámalo —dijo su hermana entregándole el móvil.

Capítulo 38

Después de varias llamadas, Rebeca consiguió localizar al detective y quedaron en verse un par de horas más tarde en una cafetería cercana a Majadahonda. Mientras iban en el coche de Rebeca para aligerar la tensión que se respiraba en el ambiente, la siempre alocada Donna intervino.

—¿Sabéis a qué me recuerda esto?

—Conociéndote, ¡a saber Dios! —se mofó Carla.

Donna, divertida, asintió.

—A la película Los ángeles de Charlie. —Y rápidamente exclamó—: ¡Me pido ser la rubia!

—Eres terrible. —Rebeca rio al oír las ocurrencias de su hermana—. Yo aquí preocupada por todo y tú bromeando.

Sentándose recta en el coche, Donna suspiró.

—No lo puedo remediar. Será que con los nervios me da por decir tonterías. Pero o nos lo tomamos así o acabaremos como el título de una peli de Almodóvar.

—¿Cuál? —preguntó Carla sin parar de reír.

—Mujeres al borde de un ataque de nervios.

La carcajada fue general. Donna era una mujer tronchante y hasta en los momentos más tensos les hacía sonreír.

—Para, por favor, para ya —pidió Carla.

Llegaron a la cafetería y, diez minutos después, llegó el detective quien, al ver a tanta mujer esperándolo, levantó las cejas mientras miraba a Rebeca como pidiendo una explicación.

—Son mi hermana Donna y mi amiga Carla. Gente de mi máxima confianza.

Resignado, el detective se sentó con ellas.

—Es usted quien manda. ¿Para qué quería verme?

Sin perder tiempo, las mujeres comenzaron a hablar y el detective les pidió tranquilidad. Discutieron acerca de la opción de avisar a la policía, de los riesgos de Kevin y de todos. Donna sugirió la posibilidad de detener a los compinches por algo ajeno al caso que se trataba, y una vez retenidos investigar hasta llegar al fondo del asunto. El detective la miró y le recordó que la policía no se andaba con juegos y que difícilmente harían caso a esa petición. Tras una larga charla en la que todos expusieron sus ideas, se despidieron. Donna y Rebeca llevaron a Carla a su casa y después se dirigieron hacia la suya.

—Creo que deberíamos hablar con mi amigo del departamento de policía. —propuso Rebeca mirando a su hermana.

—Ya lo has oído. No nos harán caso.

Tras un silencio, mientras esperaban a que el semáforo se pusiera en verde, Donna no pudo más.

—Creo que deberías hablar con Paul —soltó.

—En ese asunto no voy a permitir que te metas —dijo Rebeca desafiante—. Por lo tanto, cierra tu piquito.

Pero Donna no se iba a dar por vencida y volvió al ataque.

—El problema era que nadie supiera lo que pasa. Te recuerdo que ya lo sabemos Carla y yo.

—Porque Carla se ha ido de la lengua.

Donna le dio una colleja que hizo que Rebeca la mirara con el ceño fruncido.

—Si es que es para matarte —espetó su hermana—. Eres tan cabezota como mamá. Y me da igual lo que pienses, digas o despotriques. Creo que Paul debería saber qué ocurre.

—Si lo haces te juro que no volveré a hablarte en la vida.

—Pero él debería saberlo —insistió—. Debería saber por qué no le contaste nada y...

—Basta, Donna... —y cambiado de tema preguntó—: ¿Es de confianza el poli que conoces?

—Sí. Es un antiguo amigo —respondió Donna convencida de que era inútil insistir en el tema.

—¿Quién es?

—Felipe Pérez Rodríguez, o mejor dicho, «Pipe». ¿Recuerdas que vivía también en Majadahonda?

Al recordar aquel nombre, Rebeca estalló en carcajadas.

—Pero ¿ése no era el chico gordito que todos los viernes te mandaba rosas y que un día vino a recogerte con una limusina y que...?

—El mismo —contestó Donna cortándola.

—Ay, pobre... ¿Y tú crees que tras lo que le hiciste nos ayudará?

Donna sonrió al pensar en él. Había sido un antiguo pretendiente y, por suerte, al final solucionaron sus problemas.

—Pipe es una buena persona y entre nosotros todo quedó claro. Lo último que sé de él es que comenzó a trabajar en la policía de Canillejas.

—De acuerdo. Mañana podríamos llamar a las oficinas y preguntar por él.

—¿Por qué mañana, pudiendo hacerlo hoy? —preguntó Donna.

Y sin más, sacó la cabeza por la ventanilla y preguntó a unos transeúntes si sabían dónde estaba la comisaría más cercana. Rebeca puso los ojos en blanco. Donna y sus locuras. Un minuto después se despidió de los viandantes y, mirando a su hermana, señaló hacia delante.

—Sigue por esa calle y tuerce a la izquierda. Por lo visto allí hay una comisaría.

Una vez llegaron, Donna se dirigió a su hermana.

—Espérame aquí. Entraré y preguntaré por él, quizá lo conozcan. —Y mirándose en un espejito que sacó del bolso, se repasó los labios y preguntó—: ¿Qué tal estoy?

Rebeca la miró extrañada.

—Pero, Donna... ¿Se puede saber qué vas a hacer? —gruñó.

—Causar buena impresión —dijo mientras se bajaba del coche y se dirigía a la comisaría. Minutos después la vio salir con una sonrisa y un papel en las manos—. Ya estoy aquí. —Y enseñándole el papel, sonrió—. Vamos a esta dirección. Pipe nos espera.

Sin poder creérselo Rebeca arrancó el coche.

—Pero ¿cómo lo has conseguido?

Mientras se atusaba su rubia melena, Donna le guiñó el ojo y sonrió de nuevo.

—Las mañas para ganarse a los hombres nunca se pierden, hermanita.

Media hora después, llegaron a la comisaría de Pozuelo de Alarcón. Allí preguntaron por Felipe Pérez Rodríguez y se sentaron a esperar. Pocos segundos después, al fondo del pasillo apareció un hombre algo cachas y bien parecido que nada tenía que ver con el Pipe que ambas recordaban.

—¡Joder! —susurró Donna al verlo.

—¿Qué?

—No me digas que ese pedazo de tiarrón es Pipe. —Ambas lo miraron y Donna susurró—: Por el amor de Dios... de la Virgen y de todos los santos. Pero ¡qué bueno estáaaaa!

—Cállate o te estrangulo —susurró Rebeca intentando no reír.

Pipe no vestía uniforme como el resto de los policías, y al ver a

Donna, la cara se le iluminó con una sonrisa. Sorprendida, Donna lo observó mientras se acercaba a ellas intentando convencerse de que aquél era el mismo muchacho regordito que ella había conocido. Tras un candoroso abrazo por parte de los tres, les contó que trabajaba en el departamento de narcóticos, y las hizo pasar a su despacho para poder charlar. Después de las primeras impresiones entre él y Donna sobre sus vidas, se enteraron de que él se había casado y divorciado, y tenía un hijo de siete años. Ella le contó que estaba casada y tenía una hija de más o menos esa edad. Tras unas risas por recuerdos pasados, le explicaron lo que las había llevado hasta él.

En un principio éste escuchó pacientemente, aunque a Rebeca no se le escapó cómo miraba a su hermana. Una vez terminaron su relato, Pipe les hizo varias preguntas. Rebeca, tras contestar, le indicó que en su casa tenía más información al respecto. Pipe les propuso acompañarlas, y Donna sonrió encantada. Era un buen principio para lo que necesitaban. Una vez llegaron a la casa de Rebeca, le enseñó las fotos en las que él reconoció a Brian Newton como un traficante. Una hora después, Pipe pidió permiso a Rebeca para llevarse todo el material y así poder investigar más a fondo. Ella asintió. Al salir por la puerta, y antes de marcharse, prometió llamarlas al día siguiente.

—Madre mía —exclamó Donna mirando por la ventana—. ¿Te has dado cuenta de lo tremendo que se ha puesto Pipe en estos años?

—Qué quieres que te diga. Para mí es un hombre más —respondió Rebeca indiferente, para quitarle importancia al tema, aunque debía reconocer que había cambiado una barbaridad.

Donna, sorprendida, soltó una carcajada.

—Pero ¿cómo puedes decir eso? ¡Pipe está impresionante! Vamos... si me pilla soltera no se me escapa.

—¿Cómo puedes decir eso?

—Hija, tengo ojos; ¿acaso tú no los tienes?

—Pues sí.

Donna, divertida por la negatividad que veía en su hermana, añadió mientras observaba cómo Pipe se montaba en su cuatro por cuatro plateado.

—Pues, reina, si los tienes, háztelos reparar porque te estás perdiendo un monumento.

—Pero bueno, ¿y qué pasa con el pobre Miguel? —protestó molesta por aquel comentario, mientras se alejaba de la ventana.

Extrañada por aquella pregunta, Donna abrió los ojos como platos.

—¿A qué te refieres? —Y al darse cuenta de lo que realmente quería decir, muerta de risa murmuró—: No estarás pensando que Pipe y yo... ¡Serás cochina!

—Seré todo lo cochina que tú quieras, pero ésa es la sensación que das, y creo que él se ha ido con la misma impresión.

—¿Tú crees? —se mofó llevándose la mano a la boca—. ¡Qué bien!

Al final, y ante la actitud teatrera de su hermana, Rebeca rompió a reír y corrió tras ella escaleras arriba.

Capítulo 39

Durante esos días, Rebeca supo de Paul a través del canal deportes y las noticias que pillaba por Google. Corría en la República Checa, concretamente en Brno, y se le encogió el corazón al ver las imágenes de los entrenamientos en las que de nuevo lo vio arriesgar como un loco y, por fin, volar por encima de la moto para estrellarse contra el suelo.

Pero ¿qué estaba haciendo Paul?

Donna, al ver a su hermana cada día más pálida, se preocupaba por ella, pero ésta no se dejaba ayudar. Sólo quería saber que él estaba bien. Buscó en su móvil el número de teléfono de Rita y la llamó. No se lo cogió. Le envió un mensaje y sólo se tranquilizó cuando una hora después recibió un escueto mensaje de Rita que decía:

«Tranquila, él está bien»

Fueron muchos los días en los que Pipe aparecía en casa de Rebeca en cualquier momento con todo tipo de noticias. Tras largas investigaciones por parte del equipo policial que lideraba Pipe, y el detective que en su momento había contratado Rebeca, supieron a ciencia cierta que Brian Newton y Cavanillas tenían un sucio negocio de narcotráfico. En aquel tiempo, ajeno a todo, Kevin se puso en contacto con sus hermanas un par de veces y aplaudió feliz al saber que Donna estaba con Rebeca. Aprovechando aquella felicidad, Donna sugirió sin éxito que él acudiera también. Así podrían estar los tres unos días juntos. Pero él se negó diciendo que no podía dejar sola a Bianca.

Finalmente, y aconsejada por todos, Rebeca volvió a su rutina y a su trabajo, mientras Donna seguía en su casa volviendo loca a Ángela. Tras el Gran Premio de Brno, que Rebeca vio de nuevo por televisión, pudo comprobar que Paul estaba bien a pesar de su caída. Acabó en tercer lugar, pero la angustia de Rebeca al verlo correr de aquella manera crecía día a día. El tiempo pasaba y Paul cumplía su palabra. No la llamaba. No hacía nada para comunicarse con ella, y eso provocaba que la culpabilidad que ésta sentía por no haber sido sincera con él comenzara a no dejarla vivir. Ella lo había echado de su vida, y ella tendría que dar el primer paso. Paul se lo había dejado bien claro.

Después de muchas indecisiones, una mañana, desde el despacho, Rebeca abrió su móvil dispuesta a hablar con él. Necesitaba escuchar su voz, necesitaba sentirlo cercano y sobre todo necesitaba saber que estaba bien. Tras varios intentos en los que él no contestó, decidida a hablar con él fuera como fuese, llamó a su casa. Lo cogió Julia, la niñera de Lorena.

—Qué alegría oír su voz —saludó la mujer al reconocerla.

—Lo mismo digo, Julia. ¿Qué tal todo por ahí?

—Bien... Lorena tan alocada como siempre y echándola mucho de menos. ¿Cuándo vendrá a verla? La niña se muere por estar con usted.

—No lo sé, Julia —mintió, sin saber qué decir—. Tengo mucho trabajo estas semanas y lo tengo complicado. ¿Está Paul?

—No. En este instante está en una reunión con gente de su equipo. —Al ver que la joven no decía nada, aclaró—: En unos días viaja a Italia y estará ultimando detalles.

—Julia, cuando llegue, por favor, dile que he llamado —susurró decepcionada por no encontrarlo por ningún lado—. No lo olvides.

—No lo olvidaré —dijo sonriendo la mujer, quien a pesar de que no haber preguntado, ya había sacado sus propias conclusiones.

—Gracias, Julia. Dale un beso enorme a Lorena y otro para ti. Hasta pronto.

—Hasta pronto, Rebeca.

Aún temblaba cuando colgó el teléfono y, por primera vez en muchos días, tuvo esperanzas y aguardó su llamada en cualquier momento. Pero Paul no llamó. Cuando él llegó a su casa y supo por Julia de la llamada de Rebeca, sintió un pellizco de satisfacción, pero tras pensarlo fríamente, decidió no llamar. Si ella quería hablar con él, que volviera a intentarlo. Ella lo había apartado de su lado, ella tenía que encontrarlo.

Aquella noche, cada vez que sonaba el teléfono en casa de Rebeca, el corazón le daba un vuelco. ¿Sería él? Pero las llamadas siempre eran para Donna. La primera fue de su encantador cuñado Miguel y su sobrina María, y la segunda de Pipe, quien se tiró hablando con su hermana más de media hora. Tras colgar Donna se dirigió a ella.

—¿Qué te parece si mañana vamos a tomar unas copas con Pipe y sus compañeros?

—Me parece asqueroso —contestó Rebeca amargada porque Paul no la llamaba.

Con buen humor, Donna entendió lo que pensaba y respondió:

—Mira que eres desagradable cuando quieres.

—No me tires de la lengua, guapita, que estoy calentita. Déjame en paz.

Divertida por los gestos de su hermana e incapaz de callar un segundo más, Donna añadió con los brazos en jarras:

—Pero tú, sor Repura, ¿qué te crees? ¿Que soy tan imbécil como para echarme en brazos de Pipe? —Rebeca asintió y Donna respondió—: Pues siento decepcionarte, guapa, pero aquí —dijo señalándose el corazón— sólo hay sitio para un hombre, y es un moreno que me espera en Chicago y al que quiero como a nadie. ¿Entiendes?

Pero Rebeca no estaba para bromas; indignada por aquello, miró a su hermana y bufó.

—Te pasas el día entero haciendo el tonto con Pipe. ¿Cómo pretendes que te crea?

—Creyéndome. No es tan difícil —se mofó la otra intuyendo que su hermana estaba llegando al límite de sus fuerzas.

Ella y Rebeca eran dos polos opuestos y sabía que todo lo que estaba ocurriendo iba a acabar con ella.

—Me estás decepcionando. Nunca pensé que fueras como me estás demostrando ser: una mujer vacía.

—¡Ay, Dios! La de idioteces que tiene una que escuchar—resopló Donna mientras se dirigía a la cocina para ponerse otro café—. A ver si te enteras. No me quiero acostar con Pipe, simplemente es mi amigo y juntos nos reímos mucho.

—¡Seguro que si estuviera aquí Miguel no te comportarías así con tu amigo! —gritó Rebeca siguiéndola a la cocina.

Donna suspiró intentando no perder la paciencia. Pero Rebeca la agotaba. Su negatividad y falta de humor la hacía insoportable. La verdad era que durante los primeros días había coqueteado un poco más de la cuenta con Pipe, pero ambos eran adultos y pronto dejaron aquel juego para centrarse en lo que realmente les interesaba. Resolver el problema y tener una bonita y sana amistad.

—Pareces una niña de quince años cuando hablas con él. Pero ¿no te ves?

—Pues no. Ponme un espejo la próxima vez.

Incapaz de callar y amargada por todo lo que le ocurría, Rebeca soltó:

—Pareces una guarrilla cuando le sonríes.

Al escuchar aquello Donna se exaltó.

—Pero ¿qué te pasa hoy que estás de tan mal humor?

Rebeca quiso gritarle que Paul no la llamaba. Que ella lo había llamado y su respuesta no llegaba. Pero bastante decepcionante era saberlo como para ir pregonándolo.

—Donna... me parece asqueroso que te pavonees delante de... de Pipe como una cualquiera.

—¡¿Sabes, guapa?! No te soporto más —gritó cansada de aguantar el mal humor de su hermana, y al volverse derramó el café sobre la camiseta de Rebeca.

Asustadas por lo ocurrido, ambas se quedaron paradas. No sabían qué decir, pero Donna enseguida cogió un trapo de cocina y comenzó a secar la camiseta de su hermana mientras se excusaba.

—Lo siento... ha sido sin querer.

Al ver el arrepentimiento en sus ojos, Rebeca se desinfló y se percató de lo mucho que estaba atosigando a su hermana y de cómo pagaba con ella el que Paul no la llamara.

—Perdóname tú a mí. Creo que me estoy pasando contigo. Sé que no ha ocurrido nada.

—Y no va a ocurrir nada —se sinceró Donna—. Pipe es un amigo al que llevaba varios años sin ver. Quizá me ponga algo nerviosa al verlo porque, lo reconozcas o no, ¡está tremendo!, pero nada más. Él tiene muy claras las cosas y yo también. Pero lo que no quiero es que dudes de que amo a Miguel y que por nada ni nadie en este mundo le haría daño. —Al ver a su hermana asentir se dirigió al teléfono—. Llamaré a Pipe y le diré que la copa de mañana está suspendida.

Agarrándola de la mano, Rebeca la detuvo.

—Eso sería una tontería. Si de verdad es sólo un amigo, ¿qué hay de malo en tomar una copa con él? —murmuró con una media sonrisa.

—Verdaderamente, hermanita —cuchicheó Donna sonriendo—, eres una auténtica perraca de tres pares de narices. Ahora me dices eso, y hace dos segundos me estabas acusando de cosas terribles.

—¡Donna! Ese vocabulario, ¿dónde lo has aprendido?

—Pues sé decir cosas peores, por lo tanto no me provoques —se mofó—. Aunque viva en Chicago no olvides que yo me crie en España y somos chicas de barrio. Bueno, ¿qué hago? ¿Llamo y suspendo la cita de mañana o no?

—No —respondió Rebeca riéndose—, puede ser divertido.

Aquella noche, cuando por fin se acostó, pensó en Paul. ¡Maldito cabezota! ¿Por qué no la llamaba? Al día siguiente, animada por su hermana, decidieron ir a la peluquería. Un poquito de mimo al pelo no le iría mal, y más si se iban a ir de juerga aquella noche. Pero su humor se vino abajo cuando al coger una revista del corazón vio una foto de Paul con una joven morena del brazo.

—¿Qué te pasa? —preguntó Donna al ver cómo saltaba de la silla.

Sin poder contestar, le enseñó la revista.

—Oh, Dios...

—Exacto. ¡Oh Dios! ¿Qué te parece?

Donna miró la revista mientras pestañeaba.

—Que este tío es impresionante... ¡Anda! pero si esa que lleva del brazo es uno de los angelitos de Victoria's Secret. La Davidinova. ¡Qué tía más mona!

—Eres única para dar ánimos, chica ¡Única! —gruñó Rebeca sorprendida tras cerrar la revista.

—Y qué quieres que haga. Tú no quieres saber nada de él, pero él sigue estando como un queso. ¿Acaso pretendes que lo ponga a parir?

—No... pero un poco de comprensión por tu parte no me vendría mal.

Donna sonrió y le cogió la mano.

—Mira, Rebeca. Para mí tú eres infinitamente mejor que la Davidinova, y si tú lo necesitas diré que Paul es un truchote que pierde más aceite que su moto y la modelito que lo acompaña una mísera pepona.

Sorprendida por aquello, Rebeca rio.

—No... tampoco quiero que digas eso de él. No se lo merece.

—Pero vamos a ver, cabeza de alcornoque. ¿Por qué no lo llamas? Seguro que si tú lo llamas daría una patada a la Davidinova para estar contigo.

Después de un corto silencio, Rebeca se sinceró.

—Lo hice... ya lo llamé.

—¡¿Cuándo lo has llamado?!

—Ayer. Lo llamé por la mañana desde la oficina y él no ha contestado.

—¿Quizá esté de viaje?

—No... está en Madrid. Julia me lo confirmó. Creo... que él ya me ha olvidado.

Donna, sin saber qué decirle, se levantó de su silla y la besó.

Cuatro días después, una tarde en la que Rebeca trabajaba en el despacho de su casa, mientras su hermana veía una película en el salón sonó el teléfono.

—Dígame.

—Hola, soy yo... Lorena.

Al reconocer a la niña, Rebeca sonrió encantada.

—Hola, preciosa. ¿Qué tal estás?

—Bien, y ahora más contenta al saber que has regresado de tu viaje.

Sorprendida por aquello, Rebeca preguntó:

—¿Qué viaje?

La cría, que había llamado por su cuenta sin avisar a nadie, respondió resuelta:

—Papi me dijo que estabas de viaje de trabajo y por eso no venías. Por eso no te he llamado. Pero el otro día oí a Julia decirle a papá que habías llamado y pensé: «¡Chupi! Rebeca ya ha regresado».

«*Él sabía que yo llamé y no me ha llamado. Definitivamente no quiere saber nada de mí*», pensó con el corazón encogido. Pero intentó reponerse de aquello y sobre todo entender la mentira de Paul a la niña, y cambió el tono de voz para responder:

—Ah, es verdad. Estuve de viaje, pero ya ves, ¡ya he vuelto!

—¡Qué chupi!

—Papá ya se fue para Italia ¿verdad? —preguntó sabiendo la respuesta.

—Sí. Él se fue ayer y estoy muy triste.

Al escuchar la vocecita de la niña se conmovió.

—¿Qué te parece si vamos el sábado a comernos unas hamburguesas a ese lugar que tanto te gusta?

—No puedo. Este sábado voy a comer con Natalia. A mí no me gusta Natalia. Pero papi me dijo que tenía que ir. Julia tiene que irse y como dicen que todavía soy pequeña, y no me puedo quedar sola...

—Claro, cariño. Todavía no eres tan mayor como para quedarte solita —asintió Rebeca para darle la razón a Paul.

Después de un rato en el que charló amigablemente con la niña, se despidió de ella.

—Te llamaré otro día y comemos juntas, ¿vale?

—De acuerdo —murmuró con tristeza la cría—, pero no te olvides de llamar.

—No te preocupes, cielo. Te llamaré. Te lo prometo. Un besito, preciosa.

Cuando colgó el teléfono su estado de humor empeoró. Se sentía fatal. ¿Quién era esa Natalia? En el tiempo que había estado con Paul nunca oyó ese nombre. Tras permanecer durante horas pensando en lo mismo, decidió dejar de comerse el coco, llamó a su hermana y se fue con ella a comer.

Capítulo 40

El sábado, después de ver los entrenos de MotoGP en la televisión y ver que Paul, tras marcar los mejores tiempos, salía en la Pole Position, se marcharon a pasar el día fuera. El domingo, Donna y Rebeca se levantaron con tranquilidad dispuestas a ver la carrera. Tras regresar de su paseo con Pizza, encendieron el televisor y Miguel, emocionado, llamó por teléfono desde Chicago. A través de la parabólica, y con legañas aún en los ojos por las horas que eran allí, se disponía a ver la carrera. Después de hablar un rato con ellas y hacerlas sonreír, colgó dispuesto a disfrutar del espectáculo.

De nuevo, el cámara de televisión se paseó por la pista mientras el comentarista deportivo hablaba de los pilotos y los equipos. Al salir en la Pole, el cámara se detuvo primero en Paul. Esta vez el piloto no dejó ver su mirada. Tenía bajada la visera de su casco. Tras él, el cámara enfocó a Iván y a Rita, su mujer, que le sujetaba el paraguas para que no le diera el sol. Cinco minutos después una sirena hizo abandonar la pista a todo el mundo. La carrera comenzaría en breve.

Tras dar la vuelta de reconocimiento y regresar a sus posiciones, el semáforo se puso verde. Los pilotos salieron a toda pastilla abriendo gas mientras ponían los pies en las estriberas. Paul, como en las últimas carreras, volvió a hacer de las suyas. Iba en el grupo de cabeza y no pensaba dejar el primer puesto a nadie. Rebeca y Donna, al ver cómo se jugaba la vida en cada curva, con las manos congeladas, no podían hablar de la presión que sentían en el pecho. Con una agresividad y un pilotaje muy suyos, según el comentarista, Paul apretaba el puño antes de salir de las curvas y derrapaba con la moto de una manera escalofriante.

Mientras todos lo observaban encogidos de miedo, él parecía pasarlo en grande tumbándose y derrapando en las curvas. Era un piloto excepcional que disfrutaba con el riesgo y, aunque nadie lo creyera, él sabía muy bien lo que se hacía. Al final terminó primero, seguido por su compañero de equipo, Iván. Era el año de Ducati. Dos pilotos como Paul e Iván eran irrepetibles, y con ellos la marca triunfaba en cada gran premio. Una vez acabó la carrera, Rebeca respiró y Donna, con la boca seca, comentó preocupada:

—Dios mío, Rebeca, deberías hacer algo.

Con náuseas en la boca del estómago, ésta miró a su hermana.

—Ya has oído al comentarista; ¡es su manera de correr!

—Pero... pero tú has visto lo que yo.

—Sí —murmuró, consciente de lo que su hermana quería decir.

—Pero ¿Paul está loco? ¿Tú has visto cómo ha conducido?

Con una gran opresión en la boca del estómago, Rebeca se levantó de su asiento.

—Últimamente se la está jugando demasiado.

Sin perder un segundo, corrió al baño a vomitar. Donna la siguió sin hacer ruido y, al ver lo que ocurría, no pudo contenerse.

—Esto no puede seguir así. ¡Mira cómo estás! —dijo asustada.

Rebeca se secó la boca y protestó:

—No empecemos.

Pero Donna no estaba dispuesta a callar.

—Dios ¡esto es de locos! Él, jugándose la vida en cada carrera y tú aquí, hecha polvo al ver las cosas que él hace. Por favorrrrr. ¡No me extraña que vomites!

—Dame un poco de agua y cállate.

Cogiendo un vaso, lo llenó de agua y se lo acercó.

—Toma. Y esto ya va en serio: debes hablar con él. Vuelve a llamarlo. Por Dios, ¡se puede matar! Ya has visto cómo va con la moto. Mira, yo no sé mucho de carreras, pero no hay que ser muy entendido para ver lo que está haciendo con su vida. Pero bueno, ¡que tiene una hija!

—Lo sé.

—¿Qué pasa? ¿No piensa en esa pobre niña? Esto es increíble, sois dos idiotas, ¿me entiendes? ¡I-D-I-O T A S! —gritó.

—Seguramente tienes razón —contestó mientras todo daba vueltas a su alrededor—. Pero en estos momentos...

No pudo terminar la frase. Cayó desplomada al suelo.

—¡Rebeca! —gritó Donna asustada—. Dios mío...

Capítulo 41

Rebeca se despertó en su habitación, sobre su cama, y lo primero que vio fue la cara de Samuel. No sabía qué había pasado, pero pudo recordar que se encontraba mal, había ido al baño y todo había empezado a dar vueltas.

—Hola, encanto —saludó Samuel—. ¿Qué tal te encuentras?

Con la boca pastosa, se incorporó.

—Bien. ¿Qué ha pasado? —susurró a duras penas.

—Te has desmayado. Donna se ha asustado, me ha llamado y he venido lo más rápido que he podido. Aunque, entre tú y yo, creo que tendré que ingresar a tu hermana en el hospital; está histérica.

—¿Qué? —preguntó sin entender nada.

—Ha sido una pequeña broma, Rebeca —aclaró enseguida—. Tu hermana estaba tan nerviosa cuando he llegado que he tenido que darle un calmante. Pero no te preocupes, está bien. Está abajo con Carla. —Le retiró uno de sus rizos rubios de la cara—. Bueno, encanto, ahora que estás consciente, cuéntame cómo te encuentras.

—Bien... Algo atontada.

Le tomó la tensión y comprobó que estaba bien.

—Vamos a ver. Donna me ha comentado que últimamente estás muy nerviosa, que apenas comes, todo te sienta mal y estás muy irascible.

—Sí... la verdad es que no estoy pasando una buena época. He discutido con Paul y...

—Lo de Paul estoy seguro de que con una llamada tuya se solucionará —la interrumpió Samuel, haciéndola sonreír.

Rebeca pensó en matar a su amiga Carla. ¡Chivata! Entonces Samuel esbozó una grata sonrisa.

—Sabes que soy tu amigo y te aprecio, ¿verdad? —Ella asintió y él continuó—. Me gusta saberlo, pero ahora comenzaré a actuar como tu médico, por lo tanto espero que me contestes a las preguntas que te voy a hacer, ¿vale?

Rebeca sonrió.

—Por supuesto, doctor.

—Bien. ¿Recuerdas la fecha de tu último período?

—Sí claro... creo... creo... creo que fue hace... —De pronto su mirada se encontró con la de él y Rebeca murmuró casi sin voz:

— No. ¡Ni lo sueñes! No puede ser.

Con una pequeña sonrisilla en los labios, Samuel sacó un predictor de su maletín.

—Ve al baño, moja con tu orina esto y comprobaremos si eso que yo no estoy soñando es verdad.

—¡No puede ser!

—Ve al baño y saldremos de dudas.

Mirando el aparatito que le había puesto en las manos, Rebeca entró en su baño. Se miró en el espejo y se tapó la boca para no chillar. ¡No podía ser! Ella no podía estar embarazada. Como una autómata, siguió las instrucciones que Samuel le había dado, después puso el capuchón a aquel aparato y salió del baño. Se lo entregó y se metió de nuevo en la cama con cara de pocos amigos.

—Cambia ese gesto que tienes de «pobrecilla» o juro que me levanto de la cama y te lo borro de un manotazo —protestó Rebeca al mirarlo.

—Uis... tienen razón mi mujercita y tu hermana; ¡qué irascible estás!

Con tiento y cariño, Samuel dejó el predictor sobre la mesilla y se sentó encima de la cama.

—Vamos a ver, encanto. Yo no quiero nada que tú no quieras para ti, pero prefiero mirarte con una sonrisa a hacerlo con gesto de preocupación, como quien mira a un enfermo terminal. ¿Qué prefieres tú?

—Prefiero una sonrisa —respondió sonriendo a su vez.

Pasados unos minutos en los que Samuel la entretuvo hablándole, el doctor finalmente cogió el aparatito que descansaba sobre la mesilla.

—¿Lo miras tú o lo miro yo?

Rebeca cogió la sábana y se cubrió la cabeza. Samuel, con gesto decidido, lo cogió y, tras contemplarlo durante unos segundos, tosió y no habló.

—¿Qué...? Di algo, por Dios —gimió ella descubriéndose.

—¡Enhorabuena, vas a ser mamá!

Mordiendo la almohada, Rebeca ahogó un chillido.

—Paul se pondrá contento cuando lo sepa. Ya puedes llamarlo y solucionar tus problemas. Además, si mal no recuerdo, me dijo que le gustaría tener más hijos.

La cabeza le daba vueltas. ¿Embarazada? ¿Estaba esperando un bebé?

—Ay, Dios... ¡embarazada! ¿Estás seguro? —preguntó con un hilo de voz.

—Sí, Rebeca. Vas a ser mamá de un bebé precioso, que creo que os dará más de un quebradero de cabeza a Paul y a ti.

Como en una nube, se sentó en la cama y lo miró, a punto de llorar.

—Ya me lo está dando y aún no ha nacido. Pero ¿cómo puede ser? —gimió.

—¿Necesitas que te lo explique, encanto? —se mofó él.

Incorporándose un poco más en la cama, clavó su mirada en la de Samuel, muy seria.

—Vamos a ver, Samuel; Paul y yo no estamos juntos.

—Habla con él. No seas cabezota —insistió él.

Imágenes de Paul con otras mujeres pasaron por su cabeza. Últimamente salía en la prensa sin cesar acompañado de preciosas chicas. Por ello, torció el gesto.

—No... no quiero —murmuró—. Y tampoco quiero que se entere de esto.

Sorprendido, le cogió una mano.

—Carla me dijo que era una riña tonta de enamorados. Vamos, nada grave.

—No... no es así. Es algo más serio.

Samuel se conmovió por la desesperación que leía en sus ojos.

—Siento mis desafortunadas palabras, pero si te soy sincero, creo que no serías justa si no le dijeras lo del bebé. Paul parece una persona sensata, y la manera como te miraba, al menos cuando yo le he tenido delante, me hace pensar que está loco por ti. —Al ver que ella no respondía, por fin dijo—: Pero no diré nada más. Es un tema en el que debes decidir tú qué hacer, aunque prepárate para cuando se enteren las dos fieras que están esperando abajo —bromeó al pensar en su mujer y en Donna.

—Ay, madre mía. ¡No me lo recuerdes! —suspiró al acordarse de ellas.

—Yo no diré nada. Has de hacerlo tú, pero como tu médico que soy, te obligo a permanecer un par de días en cama, porque estás muy débil. Pasado ese tiempo, quiero verte en el hospital para hacerte una ecografía y comprobar que todo va bien. —Luego, soltando su mano, dijo con seguridad—: Y a lo que he dicho no acepto un no por respuesta.

Mientras él guardaba en su maletín el tensiómetro, Rebeca lo miró.

—Gracias por todo, Samuel. Gracias por preocuparte por mí.

Sonrió conmovido.

—Eso no lo digas ni en broma. Tú siempre has ayudado a Carla, y quiero que sepas que, para cualquier cosa, igual que tienes a mi mujer, me tienes incondicionalmente a mí. Y te lo repito, para cualquier cosa que necesites ya sabes dónde estoy. —Entonces abrió la puerta y continuó en tono de mofa—: Y ahora prepárate, mamá, que vienen las fieras.

Dicho esto, salió de la habitación y, al segundo, entraron Donna y Carla. Ambas con cara de circunstancias. Samuel no había querido decirles qué le pasaba a Rebeca. Se había limitado a decir que estaba agotada y que por lo demás se encontraba bien.

—Vaya susto que me has dado —dijo Donna cogiéndola de la mano—. ¿Te encuentras bien?

Rebeca suspiró.

—Un poco cansada, pero bien.

—Samuel nos ha dicho que debes permanecer un par de días en cama —dijo Carla—. Si quieres puedo quedarme aquí contigo.

—No hace falta, Carla. —Rebeca sonrió mirando a su hermana y pensando en la noticia que les iba a dar—. Te puedo asegurar que sola no voy a estar.

—Estando yo aquí, sola no estarás nunca —aclaró Donna, y señaló con impaciencia mientras le colocaba las sábanas—: Seguro que Samuel te ha dicho que trabajas mucho y que debes descansar. Tienes unas pequeñas ojerillas que no nos gustan nada, y eso porque el pobre no sabe lo otro.

—¿Y qué es lo otro? —preguntó Carla.

—Pues ¿qué va a ser? El problemón que tenemos con Kevin —contestó Donna haciéndole gestos.

—Ah, claro... en qué estaría pensando —se disculpó Carla.

Rebeca, que desde la cama las observaba detenidamente, de pronto comenzó a reír. Donna y Carla se miraron sin entender a qué se debía aquella risa, hasta que, entre carcajadas, les aclaró:

—De verdad, chicas, sois un caso. Y ya para rematar el tema y poner todo un pelín más difícil, os tengo que confesar que el pobre Samuel me acaba de decir que estoy embarazada. ¿Se pueden complicar más las cosas?

—¡¿Qué?! —gritaron las dos al unísono.

Rebeca, con cara de circunstancias, las miró y se encogió de hombros.

—¡¿Que estás embarazada?! —voceó Donna.

—¿Desde cuándo? —preguntó Carla.

Al ver sus gestos, Rebeca se tocó por primera vez el estómago con alegría. ¡Iba a ser mamá! Y de pronto se sintió feliz y contenta. Pensar que una pequeña vida crecía en ella...

—No lo sé. Estoy tan sorprendida como vosotras. He quedado con Samuel en ir dentro de un par de días al hospital para saber de cuánto estoy. ¿No es maravilloso?

—Necesito otro tranquilizante —susurró Donna al escucharla.

Al ver cómo Rebeca miraba a su hermana con una sonrisa, Carla abrió los brazos y se abalanzó sobre ella.

—¡Enhorabuena! —gritó mientras la abrazaba.

Segundos después estaban las tres unidas en un candoroso abrazo mientras bromeaban sobre lo antojosa que estaría Rebeca durante los próximos meses.

—¿Y Paul? ¿Se lo dirás? —preguntó Donna.

De pronto Rebeca dejó de sonreír.

—De momento no quiero hablar de eso. Es pronto, déjame pensarlo.

Carla la cogió de nuevo de las manos y la miró directamente a los ojos.

—Si no recuerdo mal, hace unos meses tú me decías que Samuel tenía todo el derecho del mundo a saber que yo iba a tener un hijo suyo.

—Sí... pero es diferente —se defendió Rebeca.

—De eso nada, monada —repuso volviendo al ataque—. Creo que debes decírselo. Paul es una persona encantadora, y siempre has presumido de cómo crio él solo a Lorena... —Pero al ver que su amiga no la miraba, finalizó—, aunque también quiero que sepas que, decidas lo que decidas, yo te ayudaré en todo lo que pueda.

—Y yo —replicó Donna—. Hagas lo que hagas y decidas lo que decidas, estaré a tu lado siempre. Aunque pienso igual que Carla.

Con los ojos inundados de lágrimas y llena de temores, miró a aquellas dos mujeres que tanto quería.

—Gracias, chicas —susurró—. Sé que puedo contar con vosotras, pero esto lo tengo que solucionar yo sola.

A los cinco minutos entró Samuel y las risas volvieron. Cuando por fin logró quedarse sola en su habitación, pensó en Paul. ¿Por qué no la llamaba? ¿Por qué salía en la prensa con todas las modelos del mundo? Quizá el amor que había creído sentir por ella nunca existió y debía aceptarlo por mucho que le doliese.

Reflexionó acerca de qué hacer en relación con el bebé. Se sentía en la obligación moral de decírselo, pero había otra parte de ella que se lo impedía. Era su bebé, y si Paul no la quería a ella, ¿por qué tendría que querer a su bebé? Cuando sus manos se posaron en su inexistente barriga, se acarició con mimo y sonrió. Imaginó que hubiera recibido esa misma noticia tiempo atrás. Paul se habría vuelto loco de alegría.

Pero tal y como estaban las cosas, no sabía si esa alegría actualmente existiría. Pensó y pensó y pensó, y tras dar muchas vueltas en la cama y sopesar los pros y los contras de la noticia, decidió que lo mejor era decírselo. Él siempre se había portado bien con ella y ahora era momento de que ella lo hiciera con él, pasara lo que pasa.

Capítulo 42

Al día siguiente, cuando Ángela se enteró de lo ocurrido el día anterior, se asustó. Donna no había querido darle la noticia del embarazo, Rebeca debía decírselo. Y así fue. Nada más verla, la joven se abrazó a ella y se lo contó. En un principio la mujer, al conocer la buena nueva, casi se desmaya, pero enseguida comenzó a bromear y a pensar en el pequeñín que correría por la casa junto con Pizza.

¡Era una excelente noticia!

Como era de esperar, Ángela preguntó si lo sabía Paul. Donna le dio un codazo y Rebeca rio por el poco disimulo de su hermana. Tras contarle que él aún no sabía nada, le hizo prometer que no diría nada a Paul en el caso de que lo viera. Era un tema exclusivamente de ellos dos. La mujer accedió de no muy buena gana. Mientras Ángela y Rebeca hablaban, Donna fue a la floristería más cercana y compró un enorme centro de rosas rojas, la flor preferida de su hermana. Rebeca se merecía aquello y más. Poco después, Rebeca llamó a la oficina para advertir a Belén de que faltaría unos días por enfermedad. La secretaria se quedó intranquila, y en cuanto llegó Carla a la oficina, se abalanzó sobre ella y le hizo un millón de preguntas. Ésta no sabía qué decir, y le prometió que a la hora de la comida irían juntas a verla. Cuando llegó el señor Peterson, Belén le indicó que su jefa estaría unos días de baja laboral en su casa, y éste, al entrar en su despacho, decidió llamarla.

Sonó el teléfono en casa de Rebeca y lo cogió Donna.

—Dice que es Thomas Peterson.

Sorprendida de que el jefazo la llamara, Rebeca lo cogió.

—Hola, Thomas.

—Querida Rebeca —saludó el hombre con afecto—. He llegado a la oficina y me han dicho que estabas enferma; ¿qué te pasa?

Durante unos instantes no supo qué respuesta dar, pero al final, y segura de que tarde o temprano lo sabría, respondió con la verdad.

—Pues... me han hecho unas pruebas y... estoy embarazada.

Thomas se sorprendió un poco.

—Enhorabuena, querida, y al padre también, aunque a nivel laboral no sea lo que más nos conviene.

Aquella última frase la hizo suspirar. No podía perder su trabajo, pero entendía lo que decía.

—Lo sé, Thomas... Lo sé.

—Pero permíteme decirte que ahora tienes que cuidarte para trabajar el doble. Un hijo y un cargo como el que tú tienes en la empresa te darán más de un quebradero de cabeza.

Sorprendida por la contestación, y agradecida por aquel voto de confianza, se disculpó.

—Gracias. Muchas, muchas gracias, Thomas. Y aprovecho tu sinceridad para decirte que me sabe mal faltar un par de días, pero seguiré trabajando desde casa, no lo dudes.

—Por todos los santos, querida, tranquilízate, y por el trabajo de momento no te preocupes. —Y cambiando el tono de voz, añadió—: Por cierto, Rebeca, ¿te importaría que fuera a visitarte a tu casa? Necesito hablar contigo de algo importante.

—Estaré encantada de recibir tu visita, Thomas —respondió sin entender por qué su jefe querría ir a visitarla.

Tras charlar un rato más con él, colgó desconcertada.

—¿Quién era? —preguntó Donna.

—Mi jefe. Thomas Peterson. Y lo más extraño es que quiere venir a verme a casa.

Con gesto de mofa, su hermana la miró.

—Ejem... ejem... ¿Te querrá tirar los tejos? ¿Cuántos años tiene?

—No seas tonta. Es un hombre mayor, casado y con nietos —respondió divertida.

—Uis... los peores. Ya sabes, cuanto más viejo más pellejo.

La carcajada de Rebeca no se hizo esperar, y le lanzó un cojín divertida.

—Pero ¿qué hago yo respondiéndote?

Sobre las dos de la tarde llegaron Carla y Belén cargadas con flores y globos. Cuando Rebeca le dio la noticia a Belén, ésta la abrazó emocionada y le dio la enhorabuena. Estuvieron de charla y de risas durante una hora hasta que tuvieron que marcharse de nuevo a la oficina. Sobre las cinco de la tarde llegó Thomas Peterson. Como era de esperar, llegó con otro ramo de flores. Tras las presentaciones, Donna y Ángela los dejaron a solas.

—Ante todo, Rebeca, quiero que sepas que me alegra mucho la noticia que me has dado. Aunque no te voy a mentir: voy a seguir esperando de ti lo mismo que hace dos días. Trabajo.

—No lo dudes, Thomas. Seguiré al pie del cañón y te demostraré que las mujeres somos capaces de trabajar, tener hijos, estar embarazadas y continuar siendo eficaces. Fuera ya los tópicos tontos de que un embarazo nos hace blandas y cosas peores.

Al escucharla, Thomas sonrió. Aquella jovencita era vivaz y lista, y eso le gustaba.

—Espero que tanto el padre de la criatura como tú estéis encantados con la buena nueva.

—La verdad, ¡estamos encantados! —asintió sin borrar la sonrisa del rostro, y mintiendo como una bellaca.

Thomas la miró. Sabía demasiado de ella, pero no iba a meterse donde no lo llamaban. Tras tomar aire, el hombre, se acercó.

—Te habrá extrañado cuando por teléfono te he comunicado que quería hablar contigo, ¿verdad?

—En cierto modo sí, y por eso te recalco que a pesar de mi embarazo voy a seguir al pie del cañón —respondió con sinceridad.

—Por eso no te preocupes —asintió él tranquilizándola—. Aunque ahora que estoy aquí no sé por dónde empezar —murmuró incómodo.

Eso la puso nerviosa, y empezó a pensar si al final sería cierto lo que su hermana Donna había insinuado en broma. Pero Thomas retomó la palabra.

—Lo primero, quiero pedirte disculpas por lo que estás pasando. —Ella no lo entendió y él aclaró—. Sé todo lo concerniente a Cavanillas. Sé que te ha amenazado y demás, y sólo puedo decirte que no te preocupes. Estamos a un paso de pillarlo en su sucio jueguecito.

—¡¿Qué?! ¿Lo sabes? ¿Desde cuándo? —replicó con los ojos abiertos como platos.

—Desde hace unos meses —confesó el hombre—. Todo salió a la luz cuando ordené pintar mi despacho. Encontramos un par de micrófonos ocultos. Informé a la policía y ellos se están ocupando del caso.

—Pero ¿cómo sabes que él me ha amenazado? —preguntó boquiabierta aún por lo que aquél decía.

—Desde que informé a la policía —prosiguió él— tenemos a nuestra disposición a un buen equipo policial que se ocupa del tema. Unos agentes excepcionales.

Al ver cómo la miraba y sonreía preguntó:

—¿Pipe está en el caso?

El hombre asintió.

—Él ya estaba investigando el tema cuando vosotras le pedisteis ayuda. Nos vino muy bien conocer todo lo que tú sabías y poder tenerte mejor vigilada.

—Vaya...

—Tienes que perdonarme, Rebeca, por lo que te voy a decir, pero los teléfonos de la empresa están intervenidos. Era necesario. —Luego, levantándose y dirigiéndose hacia la ventana, prosiguió—. No entendía por qué yo podía tener un par de micrófonos ocultos en mi despacho. Yo dirijo una empresa de telas y no comprendía a quién le podía interesar lo que yo hablara en mi despacho. Vuelvo a pedirte disculpas, pero no podía contárselo a nadie.

—Lo entiendo —susurró boquiabierta.

—Tú eras la última persona que había llegado a su puesto, y la policía me dio instrucciones para que no te pusiera al día. Pero un día recibiste en tu despacho una llamada de ese canalla, y escuchamos las amenazas. —Rebeca recordó aquella llamada. Había sido el día que recibió las malditas fotos—. A partir de ese momento todo empezó a encajar. Sé que contrataste a un detective que te ha proporcionado cierta clase de información. —Rebeca, deseando fumarse un cigarro, asintió con la cabeza y siguió escuchando—. Siento el disgusto que te habrá causado saber con quién se ha casado tu hermano. —Ella cerró los ojos. Aquello destrozaría a Kevin—. Sabemos que Cavanillas manda cada cierto tiempo mercancía de nuestro almacén a distintos puntos de Europa, aunque en realidad lo que manda es la cocaína oculta en nuestras telas. Hemos descubierto que esa rata está asociada con un tal Brian Newton, un traficante de droga, y una prostituta que se llama, como bien sabes, Tatiana Ratchenco, que por desgracia es la mujer de tu hermano. —Al escuchar aquello se le saltaron las lágrimas. Peterson paró y preguntó preocupado—: Querida, ¿estás bien? ¿Prefieres que siga o...?

Tragándose las lágrimas y sacando fuerza de donde no había, respiró profundamente.

—Quiero que sigas. Necesito saber toda la verdad.

Él asintió y continuó.

—Cavanillas utiliza a Pascual para extraer la mercancía del almacén. Le paga una buena cantidad de dinero por el trabajo. Cavanillas ordenó a unos amigos de la tal Tatiana que asesinaran a Ricardo, el abogado al que sustituiste.

—¡Dios mío!

—Hace un mes apareció un cadáver en Alcobendas, quemado entre unos escombros. Lo encontraron unos obreros una mañana. Al principio no se sabía de quién se trataba, pero luego la policía, mediante varias pruebas, como la ficha dental, pudieron averiguar que se trataba de Ricardo.

—Recuerdo... —susurró ella—... las palabras que dijo a Cavanillas; era algo como «si caigo yo, caerás tú...».

—Cierto es —afirmó Peterson—. Ya en su momento me dejaron intrigado esas palabras, pero no había vuelto a pensar en ellas hasta que me confirmó la policía que el cadáver era de él. Rebeca, créeme, llevaba tiempo pensando en contarte todo esto, pero nunca encontraba el momento oportuno para ello. Hablé con la policía y ellos me pidieron tiempo. No era el momento de contártelo. Y cuando el amigo de tu hermana me dijo que habíais ido a hablar con él, decidí que había que poner fin a este secreto. Por eso hoy, cuando he llegado a la oficina con la intención de contarte todo, y he sabido que estabas enferma, me he asustado. He pensado que quizá el loco de Cavanillas te había hecho algo, aunque gracias a Dios me he equivocado y en realidad estás aquí por otras causas que me hacen sentir más feliz —dijo sonriendo—. Por lo tanto, y a partir de ahora, no quiero que te preocupes por nada. No estás sola.

Rebeca no sabía qué decir. Su cabeza no paraba de pensar.

—Creo que yo también tengo que disculparme. Sabía cosas que atañen a la empresa, pero por miedo a que hicieran algo a mi hermano, me callé.

—No te preocupes, me hago cargo —asintió el hombre—. Estabas atada de pies y manos. Además, quiero que sepas que yo en tu lugar seguramente habría hecho lo mismo. También tengo familia a la que quiero mucho y la protegería de lo que fuera.

—Gracias, Thomas.

Se miraron con complicidad y el hombre quiso romper el momento.

—Por cierto, querida. El que tu hermana y tú conocierais a Felipe, o Pipe, fue un estupendo punto a nuestro favor.

—Pipe no nos dijo nada.

Sonrió al entender sus continuas visitas a casa.

—Como buen profesional, no podía decir nada. Para nosotros fue esencial poder saber dónde estabais en cada momento.

—Es un amigo de mi hermana y fue ella la que decidió buscarlo para hablar con él. Y la verdad, ahora que lo pienso, cada vez que me daba la vuelta aparecía por cualquier lado. Incluso llegué a creer que era un poco pesado. Pobrecillo, le debo una disculpa.

—No te preocupes, él lo hizo encantado. —Luego, levantándose al ver entrar a Donna y a Ángela, dijo—: Bueno, Rebeca, me marcho. Para cualquier cosa, llámame. Y por el tema laboral no te preocupes. Tienes un buen equipo esperándote y al pie del cañón.

—Gracias. —Sonrió agradecida.

—Ahora cuídate, por favor. En tu estado necesitas cuidarte. Y recuerda, no estás sola. —Tras despedirse de Donna y de Ángela, añadió antes de salir por la puerta—: Hasta pronto, querida. Me iré informando de tu estado.

Rebeca se quedó mirando la puerta. Lo que él le acababa de contar era algo muy fuerte y, gracias a Dios, ya no era un problema al que tendría que hacer frente ella sola.

—¿Qué quería? —preguntó Donna sorprendida por aquello de «No estás sola».

—Si te lo dijera no te lo creerías —susurró haciéndole una seña para que callara. Más tarde se lo explicaría todo.

Dos días después fueron al hospital. Samuel, tras realizarle algunas pruebas, le indicó que estaba de siete semanas. Rebeca sonrió emocionada.

Capítulo 43

Habían pasado dos semanas desde que se enterara de que iba a ser mamá, y se encontraba en el aeropuerto para despedir a su hermana Donna. Con tristeza, mientras la veía facturar su equipaje, deseó irse con ella. Echaría de menos sus bromas, su buen humor constante y su cariño. Pero no debía ser egoísta. A miles de kilómetros había un hombre maravilloso y una niña encantadora que la esperaban con ansia. El tiempo que Donna había estado con ella en su casa, había estado plagado de sorpresas de todo tipo. Seguía abstraída mirando a su hermana cuando la oyó decir:

—¿Qué te parece si dentro de unos días te vienes para Chicago?

—¡Estás loca! ¿Quieres que me echen del trabajo o qué? —Rio al escucharla—. La verdad es que me encantaría, pero ahora no creo que sea el momento.

—Lo sé.

—Además, todavía está por resolver lo de Kevin. Va a necesitar a alguien a su lado.

Donna maldijo al recordarlo.

—Tienes razón. Pero cuando todo se haya solucionado los dos podríais venir unos días a mi casa. Sería divertido estar con vosotros allí.

—Te prometo que iré a pasar unos días con vosotros en cuanto pueda. Me apetece mucho achuchar a María y a Miguel.

Al recordar a su marido y a su hija, Donna sonrió ampliamente.

—Yo estoy deseando verlos. —Y mirando a su hermana preguntó—: ¿Qué vas a hacer con Paul? ¿Lo vas a llamar?

Rebeca arrugó el entrecejo.

—Sinceramente, no lo sé. Tengo que meditar. Pero no te preocupes, cuando tenga algo decidido serás una de las primeras en saberlo. ¡Prometido!

—De acuerdo. Pero a partir de ahora hablaremos más a menudo. Quiero estar informada de cómo crece mi futuro sobrinito —dijo llevando la mano a la barriga todavía plana de su hermana.

—Te informaré. No te preocupes.

Llegada la hora, Donna tuvo que embarcar. Se abrazaron y, como siempre, las lágrimas rebosaron de sus ojos. Pronto se verían. Rebeca había prometido a su hermana que iría a Chicago a pasar unos días con ellos.

Tras abandonar el aeropuerto de Barajas, regresó a casa. Se puso cómoda y cogió los papeles que había llevado Belén con temas del despacho para que les echara una ojeada. Se levantó a coger un lapicero para apuntar algunas cosas y vio un posavasos con el nombre de un pub. Entonces sonrió. Hacía tres noches habían salido su hermana, Pipe y unos amigos para despedirse. Fue una noche divertida. Con la mente llena de recuerdos, cogió el lápiz y, tras la atenta mirada de su perra Pizza, volvió al sillón.

Cuando llevaba más o menos una hora sumergida en los papeles, sonó el timbre de la puerta. Era Carla con Noelia y el pequeño Nicolás. Acudían a buscarla para dar un paseo. Rebeca, tras quejarse de que no le apetecía, algo que a Carla no extrañó, al final subió a su habitación y se cambió. En el parque, Noelia pudo jugar con más niños, mientras el pequeño dormía plácidamente en su cochecito.

—¿Cómo te encuentras? —preguntó Carla.

—Bien, aunque triste. Añoro a Donna.

Alargando el brazo para acercarse a ella, Carla le cuchicheó con un gesto cómplice:

—Por eso, tontuela, he ido a buscarte. Sabía que estarías con morriña tras la marcha de doña locura.

Rebeca sonrió apenada.

—Me entristece tenerla tan lejos, y creo que mi estado me hace estar más sensible.

—Es lógico. Cuando estaba embarazada, yo también necesitaba tener cerca a las personas que quería. Y por suerte te tenía a ti.

—Ahora soy yo la que te necesita a ti.

Carla le dio un cariñoso beso.

—Ya sabes que me tienes. Y a Samuel también. Me dijo que te lo recordara si alguna vez salía la conversación entre nosotras.

Rebeca sonrió.

—Es un encanto; creo que tienes muchísima suerte de haber conocido a una persona como Samuel. Te quiere muchísimo.

—Yo también lo quiero, pero déjame recordarte que conozco a una persona que también te quiere muchísimo —dijo desafiante—. Solamente tienes que llamarlo.

—Pues para quererme, como tú dices, se lo pasa muy bien con la Davidinova y otras.

—Por Dios, Rebeca, Paul es un hombre, y por su trabajo se rodea de ese tipo de gente. No creas todo lo que la prensa del corazón publica. Además, en el momento que sepa lo del bebé, se volverá loco de alegría.

—Quizá no sea tan fácil —respondió Rebeca con docilidad. Eso extrañó a su amiga—. Lo llamé hace un tiempo y él no me devolvió la llamada. Quizá ya se ha olvidado de mí.

—¡Imposible!

—Vamos a ver, Carla, tú misma lo acabas de decir. Él, por su trabajo, está rodeado de mujeres despampanantes, y yo...

—Y tú ¿qué? —cortó su amiga—. Tú eres tú y punto pelota. ¿Qué tienen esas que no tengas tú?

Rebeca sonrió.

—Para empezar, diez centímetros más de altura, varias tallas más de sujetador que yo y otras cosas que paso de enumerar —soltó con sorna.

Ambas rieron y Rebeca prosiguió.

—Además, tengo una cosa muy clara. Si vuelve conmigo quiero que sea porque me quiere a mí, no porque se sienta obligado por el bebé.

—Pero él tiene derecho a saber que va a tener un hijo.

Rebeca asintió. Su amiga estaba en lo cierto.

—No te quito la razón. Pero ahora no me encuentro con ganas de decírselo. Aunque tranquila, tarde o temprano se lo diré.

Con ternura, Carla cogió a su amiga de las manos.

—Cariño, por experiencia te puedo decir que ahora vas a necesitar más que nunca a Paul. Nadie, ni siquiera yo, por mucho que lo intente, va a poder ayudarte tanto como te podría ayudar él. Creo que debes volver a llamarlo. Inténtalo, por favor.

—Dame tiempo, Carla... dame tiempo —respondió con los ojos encharcados en lágrimas, mientras miraba cómo Noelia jugaba con otras niñas en el parque.

En la oficina la vida volvió a ser tan rutinaria como siempre, excepto por las ganas de vomitar que sentía cada mañana, cada dos por tres. Tenía días buenos y días no tan buenos. Ángela, conmovida por su palidez, le recordaba una y otra vez que esas molestias cesarían, algo que Rebeca esperaba con verdadera ansia.

Aquella mañana Belén le pasó una llamada. Era su hermano.

—Hola, Kevin. ¿Cómo estás?

—Bien, hermanita, pero esa pregunta creo que te la debo hacer yo a ti. ¿Cómo estás, cariño?

Echándose hacia atrás en su sillón, Rebeca suspiró.

—Harta de sentirme tan mal y tener el estómago constantemente revuelto.

—No te preocupes, eso pasará cuando el bebé se asiente. Ya lo verás.

—Qué sabrás tú de esto, doctorcito —respondió riendo, divertida por la seguridad con que le hablaba.

Kevin soltó una carcajada.

—Da la casualidad que yo también voy a ser padre y me estoy leyendo todos los libros que caen en mis manos con relación a embarazos y bebés. Por lo tanto, puedes hacerme cualquier pregunta, prometo contestar.

Rebeca se carcajeó. Su hermano era genial y sólo de pensar en lo que tarde o temprano descubriría de su adorada mujercita, se le partía el alma.

—Sí, tú ríete, so boba, pero estoy aprendiendo muchísimo del tema. Por cierto, ¿has hablado ya con ése al que te niegas a llamar?

«Oh Dios... otro dándome la tabarra», pensó al escucharlo.

—No. Todavía no he encontrado el momento.

Kevin era consciente de lo mucho que le costaba a su hermana, en ocasiones, hacer según qué cosas.

—Mira, hermanita, el momento es simplemente cuando tú quieras. Si estás esperando un instante propicio, nunca llegará. Así que, ¿por qué no coges ahora el teléfono y hablas con él? O mejor aún, ve a su casa y hazlo cara a cara.

—¡Qué fácil lo ves tú todo!

—No es cuestión de facilidad, Rebeca, es cuestión de querer, y ya sabes ese refrán que dice «Querer es poder».

—Por supuesto, pero ni quiero ni puedo y, si no te importa,

eso es algo que yo he de decidir cuándo hacer. ¿No crees? —replicó harta de tener que estar dando continuas explicaciones.

—Sí, por supuesto que sí. He captado el mensaje. ¡Me callo! —contestó con una sonrisa.

Después de un incómodo silencio, Rebeca se vio obligada a preguntar:

—¿Cómo está Bianca?

—Estupenda. Más guapa que nunca. Pero a diferencia de ti, ella nunca tuvo náuseas ni nada por el estilo. ¡Es una campeona!

«Además de una estafadora», pensó Rebeca.

—Qué suerte para ella. Por cierto, ¿de cuánto está ahora?

—Esta semana entra en el cuarto mes. ¡Te llevamos ventaja! —bromeó Kevin haciéndola sonreír de nuevo—. Por cierto, te llamo para decirte que viajo a España, concretamente a tu preciosa casita, la semana que viene para estar contigo unos días.

—¿Por qué? —preguntó Rebeca sorprendida.

—Porque tengo ganas de verte. ¿Algún problema, petarda?

—No, no... ninguno —se apresuró a contestar—. Me encanta saber que voy a verte.

—Bianca se marcha de viaje una semana con su empresa y, tras hablar con Donna el otro día, decidí cogerme esa semana en el curro para estar contigo. Eso sí, si no te parece mal...

—¡Vete al cuerno! —se apresuró a decir haciéndolo reír—. Pues claro que estaré encantada de que estés conmigo. Entonces ¿cuándo vienes?

—El martes llego a Barajas a las siete de la tarde.

—Estupendo. Allí estaré. Hasta el martes.

A continuación colgó encantada. ¿Qué le habría dicho Donna para que él decidiera verla? Con una sonrisa olvidó aquella pregunta. Lo importante era que Kevin estaría con ella y a salvo de su peculiar mujer. Cinco minutos después, llamó a su jefe, Peterson.

Lo informó del próximo viaje de su hermano a España y, en especial, del viaje de Bianca. Seguramente no era nada bueno. Peterson enseguida informó a la policía. Estaba seguro de que aquello
ayudaría en la investigación.

Capítulo 44

El martes llegó y con él su hermano, que estaba tan guapo como siempre. La primera noche cenaron los dos solos en casa, y él le contó infinidad de cosas que había leído en los libros sobre embarazos. Charlaron de Bianca, y a Rebeca se le puso la carne de gallina al percatarse de lo enamorado que estaba su hermano de su mujer. Sobre las once de la noche, tras varios bostezos, Rebeca le confesó a Kevin entre risas que se dormía en todas partes y a cualquier hora. Éste no pudo más que sonreír y explicarle que era un síntoma normal en su estado.

Al día siguiente, Rebeca se marchó a trabajar y Kevin se quedó en casa durmiendo. Cuando llamó a mediodía desde la oficina para hablar con su hermano, lo cogió Ángela, quien le dijo que él estaba en la ducha cantando a voz en grito. Rebeca, divertida por cómo reía Ángela, charló un rato con ella y finalmente colgó. Por la tarde llegó a casa y se encontró a Kevin y a Ángela bailando en el salón ritmos latinos. Eso la hizo sonreír. Minutos después los tres bailaban reggaeton entre risas mientras Pizza ladraba y corría por toda la casa como una loca.

Aquella noche, Kevin propuso cenar fuera y lo hicieron en una crêperie. Cuando terminaron, como era pronto y a ella todavía no le había entrado sueño, decidieron ir a tomar una copa. Rebeca se sorprendió de lo puesto que su hermano parecía estar en bares de copas de Madrid.

Sobre las doce de la noche, Rebeca ya no podía más y decidieron regresar a casa. Mientras esperaban en guardarropía a que les dieran sus abrigos, Rebeca oyó una voz conocida a su espalda, y, al volverse para mirar, la carne se le puso de gallina al ver a Iván, el amigo y compañero de equipo de Paul. Con rapidez, intentó escabullirse para no ser reconocida, pero fue demasiado tarde. Dos segundos después Rita estaba a su lado.

—Rebeca, ¡qué sorpresa!

—Hola, Rita.

—¿Qué tal estás? —preguntó al tiempo que se acercaba Iván.

—Bien... Hola, Iván —saludó con cortesía, y éste asintió. Se acercó a su hermano e informó—: Os presento a mi hermano Kevin. Ella es Rita y él Iván, su marido. Son compañeros de Paul.

Kevin, con su indiscutible simpatía, les estrechó la mano.

—¿No me digas que tú también corres en moto? —Iván asintió y Kevin continuó—: Os veo correr y me dejáis alucinado. Yo no sé si sería capaz de montar en una moto así.

—Todo es cuestión de práctica, amigo —respondió Paul, que en ese momento se unía al grupo del brazo de una mujer morena muy sensual.

Rebeca, al verlo y tenerlo tan cerca, se quedó petrificada. Con lo grande que era Madrid, ¿por qué tenían que encontrarse? Con el corazón a mil lo miró como pudo. Paul estaba impresionante. Llevaba el pelo más largo de lo normal y con aquella camisa oscura y los vaqueros estaba sexy. Tremendamente sexy.

Kevin, a diferencia de ella, le estrechó la mano encantado. Pero un guiño de Rita le hizo entender a Rebeca que aquello era una encerrona.

«Te mataré, Kevin», pensó al darse cuenta de su juego mientras lo oía decir:

—¡Paul, cuánto tiempo! ¿Cómo estás, amigo?

—Bien, muy bien. ¿Dónde está tu preciosa mujer? —respondió el piloto sin mirar a Rebeca.

Aquella pregunta hizo resoplar a Rebeca. Pero claro, Paul no sabía nada.

—Bianca está de viaje de trabajo, pero estoy con mi hermana; ¿la recuerdas?

Paul la traspasó con la mirada y no precisamente con calidez. Aunque su interior bullía por abrazarla y besarla, su fachada era de frialdad absoluta.

—Hola, Rebeca. ¿Cómo estás?

—Bien, Paul, gracias —atinó a responder ella, mientras la mujer de escote y pechos voluptuosos lo asía con posesión del brazo.

—¿Os vais ya? —preguntó Rita—. Quedaos y tomaos una copa con nosotros.

—No es posible —dijo Rebeca al ver a su hermano con expresión divertida—. Estoy cansada y...

Haciendo caso omiso a lo que Rebeca decía, Paul dio una palmada en la espalda de Kevin y los animó en tono guasón.

—Venga. Será divertido tomar algo juntos. No podéis negaros.

—Una copichuela y nos vamos —asintió Kevin mirando a su hermana, que lo acuchillaba con la mirada.

No era lugar ni momento de montar un numerito, pero cuando se quedara a solas con Kevin se iba a enterar. Su gesto incómodo la delató. Eso hizo gracia a Paul, que no podía dejar de mirarla a pesar de estar tan sorprendido como ella.

—De acuerdo. Una copa —se vio obligada a aceptar.

Pasaron de nuevo al interior del local, y cuando les preguntaron qué querían beber, Kevin pidió para él un whisky y para Rebeca un zumo de piña. Mosqueada, lo corrigió y se pidió otro whisky. Kevin la miró sin entender nada. Ella estaba embarazada y no debía beber alcohol.

—¡Estás loca! —le susurró al oído sin percatarse de que Rita estaba demasiado cerca y podía oírlos—. En tu estado no puedes beber alcohol.

Con disimulo, y al ver que Paul los miraba, le cuchicheó:

—Ya lo sé, maldito esquirol. Te juro que ésta me la pagas —respondió enfadada—. Pero no pienso pedir un simple zumito cuando todos pedís alcohol.

Incómodo por cómo su hermana se las gastaba, Kevin asintió molesto.

—De acuerdo. Pero que no vea que lo pruebas. ¿Me entiendes? —Al oírlo, Rebeca sonrió con malicia.

Iván se acercó a ellos y les entregó sus copas.

—Vuestras bebidas.

Ambos cogieron sus vasos y Rebeca, para hacer rabiar a su hermano, se lo acercó a la boca.

—Gracias, Iván.

Solamente mojó sus labios con la bebida y el amargor le hizo arrugar la nariz. Aunque la verdad, si no fuera por el bebé, a pesar del amargor se lo habría bebido. En ese momento lo necesitaba. Sonaba *Me dediqué a perderte,** de Alejandro Fernández y el ambiente, la presencia de Paul y el sueño que sentía, la tenían atacada.

—Joder... y encima esta canción —siseó Rebeca.

Aún recordaba el día que la había bailado con Paul en el salón de su casa. Cómo se besaban. Cómo se abrazaban y cómo hicieron el amor.

—Ven, vamos a bailar —la animó Kevin cogiéndola de la mano para quitarle el whisky y llevársela a la pista. Una vez allí,

---

* *Me dediqué a perderte*, Columbia, interpretada por Alejandro Fernández. (*N. de la E.*)

como un padre protector, la miró enfadado—. Mira, Rebeca, quizá no haya sido acertado quedarnos a tomar la copa con ellos, pero éste puede ser el momento del que tanto hemos hablado. Aquí lo tienes. Habla con él —dijo mirando a Paul, que hablaba con la mujer morena.

—Te voy a matar cuando salgamos de aquí, ¡liante! —contestó ella con rabia por la encerrona de su hermano—. No quiero hablar con él porque no me interesa. Además, ¿no ves lo ocupado que está con esa conejita de Playboy?

—Uis... qué celosona te veo para luego decir que él no te interesa —se mofó.

Rebeca no podía apartar la mirada de Paul y de cómo éste pasaba la mano por la cintura de aquella mujer.

—Mira... ¡Vete al cuerno!

—Vale... me voy al cuerno —respondió Kevin sonriendo.

Cada vez más malhumorada, le clavó las uñas en el brazo.

—¿No le habrás dicho a Rita que...? —preguntó.

—Nooooooo —cortó su hermano—. Eso se lo tienes que decir tú a Paul.

A cada segundo que pasaba estaba más desesperada, y murmuró:

—¿Cómo has podido prepararme esta encerrona, Kevin? ¿Cómo?

—Alguien tenía que hacerlo por ti.

—¡¿Por mí?! —gritó Rebeca deseando ahogarlo—. Yo lo llamé y él no me respondió. ¿Me quieres decir que tú lo has llamado por mí y él ha aparecido con todos sus amiguitos para verme?

Sorprendido por la furia de aquélla, intentó tranquilizarla.

—No. Él tampoco sabía nada. Y antes de que sigas despotricando, te diré que fue Donna quien me pasó el teléfono de Rita y yo hablé con ella.

—¡Magnífico! —resopló al escucharlo.

—Deja de decir tonterías y piensa. Lo tienes aquí. Habla con él —insistió Kevin.

Pero Rebeca, cada vez que lo miraba se ponía de más mala leche. Paul sólo tenía ojos y sonrisas para la mujer que continuamente lo tocaba con toda familiaridad. Cuando creía que iba a explotar, se paró en la pista.

—Vamos a la barra. Tengo sed, entre otras muchas cosas.

Con una cariñosa sonrisa, Kevin le levantó el mentón.

—Hablando de sed —le susurró—. No quiero que te bebas ni un solo traguito de whisky. No quiero que mi sobrino nazca con problemas por la descerebrada de su madre.

Dispuesta a cogerlo por el cuello, respondió lo más tranquila que pudo:

—Mira, Kevin, quiero a mi bebé más que a nada en el mundo. Y no hace falta que tú me digas que no me beba el whisky. Te repito que lo he pedido para disimular. Por lo tanto, bébete tu puñetero whisky y vámonos de aquí de una santa vez.

Llegaron cogidos de la mano hasta donde el grupo reía y disfrutaba de la noche. Sin poder evitarlo, Rebeca de vez en cuando miraba con disimulo a Paul. ¡Cómo no mirarlo! Estaba guapo, ¡guapísimo! Pero, para su disgusto, parecía pasarlo muy bien con aquella tetona. Sin embargo todo era fachada en él. Paul sufría por verla allí y no poder acercarse a ella. Parecía más delgada, e incluso pálida. Deseó aproximarse y hablar con ella, pero su gesto serio lo detenía. No quería incordiarla.

¿Cómo podían haber coincidido en aquel local? No obstante, lo supo sin preguntar. Seguro que Rita e Iván tenían algo que ver en todo aquello. Diez minutos después, Rebeca se levantó y se encaminó al baño. Rita se ofreció para acompañarla. En el baño, y con la luz de los focos, Rita preguntó al ver sus ojeras:

—¿Te encuentras bien?

Mirándola con enfado, respondió:

—No. ¿Cómo has podido tramar esto con mi hermano?

—Él me llamó.

—Pero, Rita... tú sabes que... — murmuró Rebeca desesperada por huir de allí.

—Escúchame, Rebeca, yo lo único que sé es que Paul te necesita y por lo que me ha dicho tu hermano, tú tampoco estás mucho mejor.

Pero la joven no podía evitar recordar a la morena tetona y en especial cómo Paul la tocaba.

—Sí, ya veo lo mucho que me necesita —murmuró.

—Ella no es nadie para él, te lo puedo asegurar. —Y mirándola, cuchicheó—: Tienes unas ojeras tremendas; Rebeca, ¿estás bien?

—Últimamente estoy a tope en el curro. Será eso —respondió con disimulo.

—Quizá te vendría bien dejar de trabajar tanto. No creo que esas ojeras sean buenas para nadie —respondió Rita, sacando unos polvos de su bolso—. Toma, ponte un poco de esto, te las disimulará.

Rebeca cogió la cajita y comenzó a extendérselos. Cuando hubo terminado se los devolvió.

—Gracias, Rita. ¿Tengo mejor aspecto?

—Sinceramente, sí —contestó la aludida mirándola de reojo.

Había oído algo de la conversación entre Rebeca y Kevin, y no sabía cómo preguntar lo que pensaba. Rebeca se percató de la manera en que Rita la miraba y la estudiaba y, sin aliento, observó a través del espejo del baño cómo centraba la mirada en su barriga aún lisa. Consciente de que se olía algo, se volvió de forma apresurada hacia ella, dispuesta a despejar cualquier sospecha.

—¿Sabes que estoy haciendo un curso de caída libre en paracaídas?

Sorprendida por aquello, Rita dejó de mirar su tripa.

—¿En serio?

—Sí.

—¿Y no te da miedo?

Rebeca, sin saber bien qué decir, sonrió.

—Ninguno. Me encanta el deporte de riesgo. Eso de tirarme y sentir que el estómago se me va a salir por la boca ¡me encanta!

Boquiabierta, Rita asintió. No sabía que le gustaran esos deportes, y cuando iba a preguntar algo más, la otra dio por finalizada la charla.

—Ya estoy lista. ¿Volvemos con el grupo?

Cuando regresaron, Rebeca echó en falta a Paul. Ya no estaba donde lo había visto la última vez. Aunque pronto lo localizó en la pista bailando muy acaramelado con aquella mujer. Durante unos segundos los miró con recelo y casi gritó al descubrir cómo ella hundía su nariz en su cuello para después besarlo. Se estaba enfureciendo por momentos.

—¡Vámonos ahora mismo! —exigió volviéndose hacia su hermano.

Al notarla tan alterada, miró hacia la pista y lo entendió. No debía de ser fácil ver lo que ella estaba viendo, y se dirigió hacia una enfadada Rebeca.

—Muy bien, hermanita. Tú mandas. Pero quiero que sepas que estás perdiendo una grandísima oportunidad de hablar con él.

—... que no quiero hablar con él. —Entonces señaló la pista donde los había visto sonreír y gruñó—: Y a él no creo que le apetezca hablar ahora conmigo precisamente.

Su hermano volvió a mirar hacia la pista y, tras asentir, se mofó sacándola de sus casillas.

—La verdad es que esa mujer está de miedo. ¡Qué cuerpazo!

—¡¡Kevin, eres un...!!

Sin dejar que acabara, tiró de ella de nuevo a la pista.

—Un bailecito más y nos vamos. ¿De acuerdo?

Llegaron a la pista y su hermano continuó bromeando con ella, hasta que alguien se acercó a ellos. Era Paul, con la morena, que proponía, para disgusto de Rebeca, un cambio de pareja. ¿Estaba loco? No quería bailar con él. Horrorizada, miró a su hermano pidiéndole ayuda, pero éste sonrió y, soltándola, asió por la cintura a la morena y comenzó a bailar. Cuando Kevin se alejó sin mirarla, Paul, sin mediar palabra, se acercó a Rebeca y la cogió por la cintura. Era agradable tenerla tan cerca y sentir su maravilloso olor. Durante unos minutos que a ella le parecieron horas, ambos estuvieron callados, hasta que Paul rompió el hielo.

—¿Cómo te va en el trabajo?

—Bien, liada, como siempre —acertó a responder—: ¿Cómo está Lorena?

—Un poco resfriada. Por lo demás, estupenda.

Tras otro incómodo silencio, Rebeca añadió:

—Me llamó hace poco y estaba un poco enfadada. No quería ir a comer a casa de una tal Natalia.

Su hija no le había comentado nada de aquella llamada.

—Lo entiendo —respondió con una sonrisa congelada—. Natalia cocina fatal. Julia tenía un problema familiar, mi madre no podía venir, Elena estaba fuera y yo tenía que irme de viaje y no podía llevármela. No me quedó más remedio que dejársela a Natalia. Aunque ya la he compensado por ello. —Sonrió al pensar en su hija.

—Podrías haberme llamado a mí. Me hubiera quedado encantada con Lorena.

Se separó unos milímetros de ella.

—Eso no habría sido buena idea —respondió con rabia acumulada.

—¿Por qué? —exigió sin apartar sus ojos de los de él.

Paul contestó con extrema dureza.

—Creo recordar que la última vez que nos vimos, lo pasabas muy bien con tu amiguito y ni siquiera quisiste hablar conmigo. Eso me hizo pensar que tu rechazo incluía a mi hija. No quisiera entrometerme en tu vida y estropearte algún maravilloso plan.

Su tono al decir aquello y su acusadora mirada la molestaron.

—Lo que yo haga con mi vida es problema mío, ¿no crees?

Paul sonrió satisfecho. Ella había caído en su trampa y pensaba darle donde más le dolía.

—Por supuesto, y como Lorena es problema mío, y la parte más importante de mi vida, yo decido con quién dejarla.

—Lo entiendo —respondió molesta—. Pero te repito: cuando quieras, ella puede venir a mi casa.

—¿Ella? —se mofó traspasándola con la mirada.

Cada instante que pasaba entre sus brazos estaba más enfadada y nerviosa, mientras él parecía disfrutar desconcertándola.

—Sí, Lorena. Tú ya veo que estás muy ocupado.

Paul sonrió con malicia y miró con descaro a la joven que bailaba con Kevin.

—Si lo dices por Myreia, sí... estoy muy ocupado.

Rebeca quiso partirle la cara. ¿Cómo se atrevía a ser así con ella? Cerró los ojos y contó hasta veinte.

—Mira, Paul, lo que tú hagas con otras mujeres, no me interesa, pero adoro a Lorena, y no me importaría seguir viéndola, y...

Él no pudo más y la llevó a un lado de la pista.

—Pero a lo mejor a mí sí me importa que la veas —le contestó enfadado—. Es mi hija y no quiero que sufra, ¿entiendes? Ella tenía ciertas ilusiones con respecto a ti y a mí, y le está costando acostumbrarse a la idea de que tú ya no vas a ser parte de su vida.

A Rebeca el estómago se le revolvió del todo. Quería morirse. Ver tan enfadado y cruel a Paul no era plato de buen gusto. Deseaba decirle que quería formar parte de su vida, que lo quería, que no podía vivir sin él, que todo había sido por no meterlo en su problema con Cavanillas, pero su orgullo herido se lo impidió.

—Mira, preciosa —continuó el motero con voz dura—. Por mucho que mi hija te recuerde, yo no quiero que siga teniendo trato con una mujer como tú. No quiero que cada vez que lleve a una mujer a casa, ella la compare contigo. ¿Y sabes por qué? —Como una marioneta, ella negó con la cabeza y él siseó—: Porque no eres perfecta, ni la mujer que mi hija y yo creímos ver en ti. Y en lo referente a mi persona y mis ocupaciones, soy mayorcito y sé vivir sin señoritingas como tú que van de santas y luego son las peores. —Rebeca quería contestar, pero no pudo. La lengua se le había pegada al paladar y era incapaz de unir varias palabras. Paul la tenía totalmente noqueada—. ¿Sabes otra cosa, monada? —siguió él con desprecio—. La vida continúa, contigo y sin ti, y yo he de seguir adelante solo con mi hija. Si nuestra relación se fue al garete, no creo que puedas decir nunca que fue por mi culpa. Fuiste tú, maldita sea. Fuiste tú quien se negó a ser sincera conmigo y a confiar en mí. Tú me echaste de tu casa y, por supuesto, de tu vida —siseó furioso. Ya no había vuelta atrás—. Pero lo que no calculaste, querida Rebeca, es que ese día, ese maldito día en tu casa, nos echaste de tu vida a Lorena y a mí.

—Paul, yo... escucha...

—No —la cortó—. No voy a escucharte porque eres una egoísta. Una terrible egoísta que sólo pensó en sí misma y nunca en el daño que podrías hacer con tus actos a los demás. Además, nunca dejaría a un hijo mío a tu cuidado. —Aquello la conmocionó, y él prosiguió—: Hoy quieres y adoras a Lorena, pero ¿has pensado en sus sentimientos? Ella es una niña. Una niña que te cogió cariño y que aún te quiere. Y tú, maldita sea, tú, con tu manera de ser, la querrás mientras te apetezca, y cuando te estorbe la apartarás de tu lado y seguirás tu camino.

—Dices cosas que no son ciertas —susurró desesperada—. Yo nunca apartaría a Lorena de mi camino, yo la quiero y te...

Ofuscado como pocas veces en su vida, descargó toda su frustración.

—No te creo. Nada de lo que digas me vale. Lorena, mi hija, ha sufrido por tu culpa. Ya sé que la llamaste. Pero ¿cuánto tiempo tardaste? ¿Acaso sabes lo que ella lloró en las semanas que tardaste en llamarla? Llegó a pensar que te habías olvidado de ella. Es una niña, ¡joder! Y tuve que inventarme la mentira de que estabas de viaje.

—Yo... —respondió avergonzada al darse cuenta de que en eso y en casi todo tenía razón.

—¡Cállate! —gritó asustándola—. A mi hija le han costado muchos berrinches tu frialdad, y el no verte o escuchar tu voz. Te adoraba. ¡Te quería! Pero ahora está bien, y te pediría encarecidamente que no la llames ni vuelvas a aparecer en su vida. Que te olvides de ella.

—Paul, yo...

—No... no me interesa saber nada de lo que me quieras decir. Con tu frío comportamiento he llegado a pensar que quizá Silvia, su madre, obró con mayor cautela y tacto que tú. Por lo menos no dejó que Lorena se encariñara de ella. —Por último, con un terrible resentimiento, dijo mientras se alejaba de ella—: Olvídate de ella, igual que en su momento te olvidaste de mí.

Las lágrimas acudieron a sus ojos en torrente mientras veía cómo Paul se marchaba hacia el otro lado de la sala con la morena, que la miraba extrañada. Kevin de inmediato se plantó a su lado y, al ver el estado en que se encontraba, la abrazó y consoló. Sin mirar atrás, salieron de la sala sin despedirse de Iván y Rita, quienes observaban la escena totalmente sobrecogidos ante la rabia y el dolor que Paul desprendía.

Una vez llegaron a casa, Kevin le preparó una tila para tranquilizarla, pero apenas lo consiguió. Le pidió mil veces perdón a su hermana por aquella encerrona y ella, sin escucharlo apenas, asintió y lo perdonó. No quería hablar más del tema. Aquella noche Rebeca no pudo conciliar el sueño. En su mente resonaban una y otra vez las duras palabras de Paul. Se sentía culpable del sufrimiento de Lorena, de él, incluso del de ella misma.

Cientos de vueltas en la cama, le hicieron llegar a la conclusión de que Paul tenía razón. Todo lo había destrozado ella por no querer contarle aquella tarde quién era el detective. Pero ya no había vuelta atrás. Todo estaba dicho y zanjado. Aunque se le ponía la carne de gallina cada vez que recordaba la frase: «*nunca dejaría a un hijo mío al cuidado de una persona como tú*».

¿Cómo decirle que esperaba un hijo suyo? Después de cómo le había hablado y despreciado, un miedo atroz le hizo pensar que él intentaría arrebatárselo. Por la mañana, al levantarse, tenía unas ojeras horribles y unas náuseas atroces. Llamó al trabajo e informó a Belén de que esa mañana no iría. Cuando Ángela la vio, se acercó a ella con la intención de preguntarle qué ocurría, pero tras intercambiar una mirada con Kevin, decidió esperar. No era el momento.

Capítulo 45

Dos días después, y más repuesta, acudió con su hermano al gine-cólogo para hacerse una nueva ecografía. Mientras esperaban su turno en la consulta, Rebeca miró a las mujeres que estaban allí y, con cierta envidia, observó a sus cariñosos acompañantes. Se fijó en un cartel en el que ponía que apagaran los móviles y lo apagó con rapidez. Con una sonrisa, miró a su hermano y éste la imitó. Cuando les tocó el turno, Rebeca animó a Kevin a que entrara con ella. Una vez tumbada en la camilla, el doctor le echó un gel frío y pegajoso sobre la barriga y, cogiendo un aparatito parecido a un bolígrafo, lo posó sobre su tripa y comenzó a moverlo.

Al principio no se veía nada, pero al cabo de unos segundos el doctor paró y, dando a los botones, inmovilizó la imagen; y allí estaba. Aquel pequeño borrón blanco que latía, les explicó el ecó-grafo, que en un futuro sería un hermoso bebé. Kevin bromeó diciendo que tenía forma de pato, mientras Rebeca, emocionada, no podía quitar ojo de la pantalla. Durante unos instantes, miles de emociones pasaron por su cabeza. Cuánto le hubiera gustado compartir ese mágico momento con Paul. Sintió ganas de llorar y reír de alegría, pero se contuvo. No quería hacer el numerito. El ecógrafo, amigo de Samuel, les dijo que el bebé estaba de unas diez semanas, y que por las medidas del feto, todo estaba normal. Después dio a un botón y salió el impreso de la ecografía, que fue entregado a la futura mamá. Kevin bromeó diciendo que el bebé tenía unas pestañas preciosas, y los tres rieron.

Rebeca deseaba llegar a casa para enseñarle a Ángela la imagen de su bebé. Cuando llegaron a casa, Ángela le indicó que debía llamar a la oficina. Habían llamado varias veces y necesitaban hablar con ella urgentemente. Recordó haber apagado el móvil, y con la emoción no lo había vuelto a encender. Mientras Kevin y Ángela charlaban sobre la ecografía del bebé, ella marcó el teléfono de la oficina y Belén le informó de que Peterson quería hablar con ella. Cuando por fin Rebeca logró dar con Peterson, se quedó sin palabras. Habían detenido a Bianca y a Newton en un aeropuerto de Francia a su regreso de Milán, después de haber entregado un cargamento de cocaína que se distribuiría por Europa. Mientras escuchaba por el auricular lo que Peterson le contaba, vio cómo su hermano reía con Ángela y pensó en cómo cambiaría todo cuando ella colgase el teléfono y le contase todo lo acontecido.

Se alejó de ellos para poder hablar tranquilamente y le preguntó a Peterson cuándo había ocurrido todo aquello, y él le contestó que la pasada madrugada, y que también habían detenido a Cavanillas. En cuanto Bianca y Newton se habían visto acorralados, no habían dudado en acusar a su tercer colaborador. Todavía intentando asimilar lo que había acontecido, Rebeca se despidió de Peterson diciéndole que más tarde lo llamaría. Cuando colgó el teléfono, Rebeca cerró los ojos durante unos segundos. Estaba feliz porque todo se hubiera desenmascarado por fin, pero se le partía el alma al pensar en que ahora tenía que contárselo a su hermano, y en cómo él lo tomaría. Decidió esperar a que Ángela se marchara a su casa. Aquello no iba a ser agradable.

—Cariño —dijo Ángela radiante—, ¿estás bien?

—Sí. Claro que sí —asintió Rebeca con disimulo.

—¡Oh, Dios! Qué emocionante ver por fin al bebé —gritó emocionada la mujer mientras se acercaba a ella con la ecografía en las manos.

—Pato, Ángela. Eso es un patito. ¿No ves la forma que tiene? —dijo Kevin en tono guasón, cogiendo una cerveza de la nevera.

La mujer se volvió hacia Kevin con los brazos en jarras.

—No digas tonterías, muchacho. No llames pato a tu futuro sobrino. A lo mejor a Rebeca no le gusta.

Con ternura, Rebeca abrazó a su hermano.

—A mí no me importa. Puede llamarlo como quiera —añadió con sentimiento.

Él dio un beso a su hermana y un trago a su cerveza.

—Mi pato tiene que ser más grande que éste —dijo feliz—. Pero a Bianca todavía no le han mandado ninguna ecografía. Donde vivimos la sanidad es desastrosa. Tendré que hablar con su doctor cuando vuelva.

Escuchar aquello le partió más aún, si cabía, el corazón a Rebeca.

—Quizá el doctor de Bianca —indicó Ángela— haga otro tipo de seguimiento. Cada médico es diferente, y no les gusta que se metan en su trabajo.

—No me convences, Ángela —respondió él sonriendo—. Y obligaré a ese doctor a que me enseñe a mi patito. ¡Estoy deseando verlo!

La mujer, tras soltar una risotada, cogió su bolso.

—Eres de lo que no hay, sinvergüenza. Y ahora me voy a mi casa. Y conste, y esto va por los dos, que estoy segura de que vais a tener unos hijos preciosos. Sólo hay que veros a vosotros, tesoros míos.

Una vez se quedaron solos, Rebeca decidió llamar a una pizzería cercana para que les llevaran algo de cena. A Kevin le encantó la idea. Mientras cenaban encontró a su hermana demasiado callada, pero se lo respetó. Seguro que en su cabeza, tras ver la ecografía, había un lío de mil demonios y en ese lío estaba Paul. Pero lo que no sabía Kevin era que ella pensaba en cómo contarle lo ocurrido. Él se enfadaría, era inevitable. Una vez terminada la cena, cuando él se proponía a ver una película en el ordenador, Rebeca creyó que había llegado el momento.

—Tengo que hablar contigo.

Al ver su rictus tan tenso, Kevin se quitó los auriculares y los dejó a un lado.

—Caray, hermanita, no te pongas tan seria —se mofó.

—Kevin, es algo serio.

—Venga, Rebeca, no creo que sea para tanto. Por cierto, ¿te has parado a pensar en cómo serán los bebés? Me encantaría tener una niña que tuviera los ojos de Bianca y la sonrisa de mamá. A ti ¿qué te gustaría que fuera?

A Rebeca el corazón le latía a mil. Era imposible ir con tacto con lo que tenía que decir.

—De momento no me he parado a pensar si quiero un niño o una niña. Pero volviendo al tema que tengo que hablar contigo... No sé por dónde empezar. Es algo demasiado complicado y, por favor, necesito que me prestes toda tu atención.

Finalmente, al notarla tan en tensión, Kevin se acomodó en el sillón y, mirándola con fijeza, asintió convencido.

—Muy bien. Cuéntame tu problema porque, quiera o no quiera, veo que me lo vas a contar. Por lo tanto aquí me tienes, prestándote toda mi atención.

—Kevin... Estás en lo cierto en una cosa: es mi problema, pero... también es un problema tuyo.

—Venga, desembucha, ¡doña dramática! No creo que sea para tanto —dijo él con una sonrisa.

Una vez hubo cogido aire, Rebeca comenzó como pudo por el principio, y con el corazón dolorido, observó cómo la cara y el gesto de su hermano cambiaban por segundos. Cuando tocó el tema de Bianca, a quien llamó Tatiana Ratchenco, éste no pudo más.

—¡Mentira! —estalló—. ¡Eres una mentirosa irrefrenable!

—Cielo, escucha... no te miento.

Pero su hermano estaba fuera de sí.

—Basta ya, Rebeca. Nunca te gustó Bianca. ¡Basta!

—Kevin, escúchame: todo lo que te digo te lo puedo demostrar, cielo.

—¡Por supuesto que me lo vas a demostrar, y me tendrás que pedir perdón! —voceó descontrolado—. Y en lo referente a que se llama Tatiana y que es drogata y puta, ¡venga ya, Rebeca! ¡No digas gilipolleces! Sé que ella, al igual que yo, y seguramente tú y más de media humanidad, se ha fumado sus porros y demás, pero de ahí a que me digas las locuras que has dicho, va un mundo.

Rebeca tenía el corazón partido.

—Kevin, créeme. Tengo unas fotografías en las que se ve a Bianca esnifando coca. Quisieron convencerme de que eras tú quien aparecía a su lado. Créeme, no te miento.

—¡Mentira!

Rebeca se levantó y abrió un cajón de su despacho, sacó las fotografías y se las enseñó. Kevin en un principio se quedó mirándolas fijamente, para después tirarlas al suelo.

—¡¿Qué quieres demostrarme con esto?! —gritó fuera de sí—. ¿Qué cojones quieres demostrarme?

—¡Quiero que te tranquilices y que me escuches hasta el final! —voceó ella sin querer perder los nervios.

Dicho esto, prosiguió con el resto de la historia, donde se involucraba a Bianca en un asunto de tráfico de drogas junto con Newton y Cavanillas. Le enseñó otras fotos en las que Bianca se besaba con Newton o se montaba en su coche. Fotos proporcionadas por el detective y que, segundo a segundo, a su hermano le iban partiendo el alma.

Kevin intentaba entender y escuchar todo lo que ella le decía. Pero en su interior algo en él luchaba por no creer lo que su hermana le contaba.

Cuando Rebeca llegó al final de la historia, e informó que Bianca estaba detenida en Francia junto con sus compinches, él no pudo más.

—¿Que está detenida en Francia? —preguntó al tiempo que se levantaba.

—Sí.

—¡Imposible! —exclamó tocándose la cabeza con desesperación—. Ella no está en Francia, está en Dallas con su empresa.

—Créeme, Kevin, puedo demostrar que está en Francia.

—Vuelves a mentir. —Paseó de arriba abajo—. Vuelves a mentir, Rebeca. Bianca no es así. Es imposible, no lo entiendes.

—Ojalá estuviera equivocada. Me encantaría estar equivocada en todo lo que te he dicho. ¡Ojalá! —murmuró intentando abrazar a su hermano, quien la rechazó de un manotazo—. Pero lo siento. No es así. Yo no quería que esto terminara de esta forma. Nunca quise que a ti te pasara algo malo y...

—¡Tú...! Tú me has estado vigilando todo este tiempo y no me has dicho nada.

Alejándose de ella, dio un puñetazo a la pared. Rebeca, asustada, intentó acercarse a él.

—No podía, Kevin... me amenazaron y yo...

—Cállate, joder, ¡cállate!

Él no quería entenderla.

—¿Cómo crees que me siento tras oír todas la mentiras que cuentas de mi mujer y saber que tú, maldita sea, me has estado vigilando? Bianca es mi mujer, ¡mi mujer! No la desconocida que intentas que crea que sea.

—Kevin, no son mentiras, te lo juro por lo que tú más quieras —repitió de nuevo entre sollozos—. Es más, llamemos a los detectives que han llevado el caso y ellos te lo confirmarán. Nada en el mundo me gustaría más que poder decirte que nada de esto es verdad. Pero me temo que no es así. Lo siento. Lo siento con toda mi alma. Siento haberte mentido y engañado, pero no podía contarte nada porque Cavanillas te habría hecho algo, y yo no hubiera podido perdonármelo. Nunca imaginé que algo así nos pudiera pasar a nosotros, pero por desgraciada ha pasado y no he tenido otro remedio que callar para protegerte. Sólo quiero que sepas que te quiero, y que intentaré ayudarte en todo lo que pueda y...

—Menuda ayuda tengo contigo —espetó él despectivamente mientras se separaba de ella—. No necesito tu maldita ayuda. Déjame en paz.

—¡No digas eso, Kevin! —chilló perdiendo los nervios que tanto había luchado por conservar—. No eres justo. Si de verdad no me crees, tendrás algún teléfono donde localizar a Bianca. Llámala. Llámala y demuéstrame que soy una mentirosa y que merezco que te enfades conmigo.

Hubo un silencio entre ellos dos que pareció durar una eternidad, hasta que al final Kevin, destrozado, se dio por vencido.

—No puedo, Rebeca —gimió echándose las manos a la cabeza mientras las lágrimas surcaban su rostro—. No puedo llamarla a ningún sitio. Siempre que se marcha de viaje me llama ella a mí. Suelen ir a varias ciudades, por lo que es difícil que yo pueda localizarla.

Se sentó junto a ella, que trataba de consolarlo mientras ambos lloraban por todo lo perdido.

—Tranquilízate, por favor. Yo nunca habría querido que tú

sufrieras. Sabes que cuando trajiste a Bianca a casa, ella y yo nos llevamos muy bien, e incluso hice cambiar de opinión a Donna, que...

—Me imagino que ella también lo sabe, ¿verdad? —preguntó mirándola.

—Sí. Notó que me pasaba algo y bueno... ya sabes. Kevin, te juro que yo tampoco podía creer que todo esto fuera verdad, y me costó asimilarlo y...

—¿Y Paul?

Oír su nombre le volvió a tocar el corazón, pero estaba dispuesta a no llorar más por él, porque ahora lo más importante era el problemón de su hermano.

—No —murmuró—. Él no sabe nada. Nunca le conté nada de lo que ocurría para no verlo metido en esta macabra historia. Por eso se enfadó conmigo y...

Desesperado, y sin escuchar lo que ella intentaba contarle, Kevin se volvió a llevar las manos a la cabeza.

—¡Dios mío, Rebeca! ¡Qué voy a hacer sin ella! ¡La quiero más que a mi vida! Y está también lo del niño.

Al escuchar las palabras de su hermano, recordó lo que noches antes Paul le había dicho a ella: «La vida continúa contigo y sin ti».

—Tienes que seguir adelante, Kevin —respondió.

—Es mi hijo y lo quiero. Lucharé por él todo lo que tenga que luchar.

Mirándolo con determinación a los ojos, Rebeca asintió.

—Soy abogada, Kevin, y te juro que así será. Lucharemos por ese niño.

Capítulo 46

Los días siguientes fueron un infierno para todos. Poco a poco, y tras las noticias y llamadas que habían tenido por parte de la policía, Kevin fue asimilando el tema y por fin se dio cuenta de que había sido víctima de un terrible engaño. Pero pasó de ser un muchacho alegre y lleno de vida, a un hombre intratable y de carácter atroz. En especial cuando supo que el embarazo de Bianca había sido también otro montaje. No existía tal bebé. Eso lo hundió. Ángela, desesperada, trató de ayudar en lo posible a Rebeca, que se desvivía por estar pendiente de su hermano, a quien obligó a quedarse en su casa con ella. Y más cuando la noticia salió en los periódicos y en la televisión.

Durante esos días el teléfono no paraba de sonar. Los periodistas intentaban hablar con Kevin y Rebeca hacía todo lo posible porque lo dejaran en paz. Su hermano estaba destrozado. Donna viajó a Madrid. Intentó ayudar en todo lo que pudo a sus hermanos, pero dos semanas más tarde tuvo que regresar a Chicago.

Una tarde, Paul llamó para interesarse por Kevin. Rebeca pidió a Ángela que lo cogiera al reconocer el número de teléfono. Con el corazón a mil escuchó cómo la toledana hablaba única y exclusivamente de Kevin. Paul no preguntó por ella y Rebeca le prohibió a Ángela que hiciera la más mínima mención a ella. Antes de colgar Paul dejó claro a Ángela que si lo necesitaban, que no dudaran en llamarlo. Pasaron los meses y el tema poco a poco se relajó. En aquel tiempo, Rebeca pensó en llamar a Paul en varias ocasiones. Lo necesitaba cada día más. Pero cuando lo pensaba fríamente desechaba la idea. No lo había vuelto a ver desde hacía casi cinco meses, desde la fatídica noche en que él le cantó las cuarenta.

No se perdía las carreras del Mundial los domingos en los que corría. Era la única forma de verlo. Aunque odiaba abrir la prensa del corazón y verlo acaramelado con alguna mujer preciosa y despampanante. Eso la sacaba de sus casillas. Rebeca pensaba en él las veinticuatro horas del día, en especial por las noches cuando se acostaba sola en su cama y su bebé se movía. Pero lo que más la preocupaba, más que ella misma, era su hermano. Kevin estaba sumido en una terrible depresión. Había tenido que asimilar cosas terribles. Tras confirmarse que Bianca, en efecto, se llamaba Tatiana Ratchenco, se verificó que su matrimonio no había sido válido, y volvía a ser un hombre soltero. Su vida había dado un giro demasiado rápido. Había pasado de tener una mujer a la que adoraba y esperar un hijo, a no tener ni mujer ni hijo. Se pasaba los días metido en la habitación de invitados de Rebeca mirando el techo junto a Pizza, que no se separaba de él ni un segundo cuando Rebeca estaba fuera de casa.

Una mañana en la oficina, Belén avisó a Rebeca de que tenía a Donna al teléfono.

—Hola, gordita. ¿Cómo estás?

—Cansada, agotada —respondió con sinceridad.

Donna, conmovida por todo lo que les estaba pasando, respondió angustiada:

—Me lo imagino, cielo. En tu estado es lógico, cariño. ¿Cómo está Kevin?

—Igual.

—¿Fuisteis al médico?

—Sí, pero está mal y estoy preocupada.

—Todo lo que ha pasado es excesivo. ¿Cómo te sentirías tú si te pasara algo así?

Rebeca resopló.

—No lo sé, pero tampoco me lo quiero imaginar. Lo único que sé es que me preocupa. El psiquiatra amigo de Samuel ha dicho que no me preocupe, que es normal. Según él, cualquier persona, por muy dura que sea, ante un caso así se resiente. Dijo que Kevin está bloqueado y que en cualquier momento reaccionará y volverá a ser el hermano de siempre. Sólo necesita tiempo.

—Estoy convencida de que ese médico tiene razón —asintió aquélla.

Tras hablar durante más de media hora de su hermano, Donna cambió de tema.

—Oye, he estado pensando en coger un avión e irme con vosotros un tiempecito. Según un pajarito, la única que está engordando en casa es Pizza.

—Será cotorra —cuchicheó Rebeca al pensar en Ángela.

Donna soltó una carcajada ante la reacción de su hermana.

—Vamos a ver, gordita: en tu estado deberías descansar más, y me han dicho que no descansas nada y que no comes en condiciones.

—No hagas ni caso a Ángela. Es una exagerada, ¡ya la conoces! —gruñó Rebeca sin sorprenderse mucho—. Aunque en lo de Pizza tiene razón. La tía se está poniendo ceporra, pero me imagino que es porque no hace el mismo ejercicio que antes. Piensa que se pasa el día entero tumbada junto a Kevin. No se separa de él hasta que llego yo. Parece como si el animal se diera cuenta de todo.

—Estoy segura de que así es. Los animales son muy perceptivos —aseguró Donna.

—Pizza es especial —afirmó Rebeca con una pequeña sonrisa—. Cada día que pasa estoy más contenta de tenerla a mi lado.

Sinceramente, Donna, creo que Pizza intenta cuidarnos a nosotros. Por lo tanto, de lo que te cuente Ángela, créete la mitad.

Donna sonrió. Estaba segura de que Ángela exageraba, pero también intuía que su hermana no se estaba cuidando todo lo que debiera.

—De acuerdo, te creeré. Pero la pobre Ángela está hecha un manojo de nervios contigo embarazada y con Kevin en su estado. Creo que cuando todo esto acabe, vais a tener que internarla para que se recupere.

—No te extrañe. —Rebeca sonrió—. Pero lo cierto es que me está ayudando muchísimo. Sin ella y sin Pizza, cuidar a Kevin sería imposible. Pero en cuanto a que no como, ¡ni caso! Ya la conoces, y ella pretende que coma la comida de un regimiento por el hecho de estar embarazada.

—Vale... vale, me convences —aseguró su hermana riendo—. Ahora, cambiando de tema, cuéntame cómo está mi pezqueñín.

—Oh... está fenomenal. —Sonrió de nuevo mientras se tocaba la barriga, que ya era prominente—. Dentro de tres días voy a hacerme una nueva ecografía, y espero que en ésta se deje ver.

—¡Genial! Llámame o mándame un email en cuanto sepas lo que es, ¿de acuerdo?

—Por supuesto. No lo dudes.

—Por cierto, tengo que comentarte que Miguel vio a Paul aquí en Chicago —dijo de pronto Donna, haciendo que a Rebeca le diera un salto el corazón—. Hubo cerca de aquí unas carreras que nada tienen que ver con el Mundial, y se llamaron para verse. Miguel regresó emocionado. Paul fue muy amable con él. Lo dejó entrar en el Box y le enseñó todo aquello desde dentro y, uf... emocionadito perdido volvió.

—No le habrá explicado... —murmuró Rebeca inquieta.

—No. No te preocupes —la cortó—. No le habló de nada,

puedes confiar en él. Pero sigue opinando lo que yo, ¡que debes contárselo! Aunque bueno, como bien me dijiste, ya eres mayorcita y sabrás lo que has de hacer.

—Tú lo has dicho.

—Eres tonta, pero no hablemos más de ello o te mosquearás —contestó Donna haciéndola sonreír—. Por cierto, ¿ha pasado algo nuevo con el tema de la zorra de Bianca?

—No. Está pendiente el juicio, pero le caerán unos cuantos añitos a la sombra.

En ese momento Belén entró y le hizo una seña.

—Donna, he de dejarte. Te llamaré.

Tras colgar, reflexionó acerca del encuentro de su cuñado Miguel y Paul en Estados Unidos. Pensar en Paul la inquietaba, y ver sus carreras los domingos la ponía de los nervios, pero no podía dejar de mirar la pantalla el tiempo que la carrera duraba. Era el único contacto visual que tenía con él, y necesitaba verlo. Mientras pensaba en sus cosas, Belén volvió a abrir la puerta de su despacho.

—Hay un señor que quiere hablar contigo.

—¿Quién es? —preguntó extrañada. No tenía ninguna visita pendiente.

—Ha dicho que se llama Iñigo Rojo. ¿Es tu padre?

La cara de Rebeca se trasformó en un sinfín de emociones. Era su padre. Primero se le ocurrió echarlo; ¿qué hacía allí? Pero respiró hondo un par de veces y decidió que ya era hora de enfrentarse a su pasado.

—Dame un par de minutos y luego lo haces entrar.

Belén salió sin preguntar nada más.

Rebeca volvió a respirar profundamente. Se levantó y se metió en el baño para echarse agua en la cara. Una vez se hubo secado, volvió a su mesa de trabajo y apretó el botón para avisar a Belén.

La puerta se abrió y de pronto allí estaba su padre, de pie, frente a ella. Con aquella mirada dulce que siempre había poseído y aquel pelo que con los años se había poblado de canas.

—Hola, Rebeca.

—Hola.

Tras un incómodo silencio, él preguntó:

—¿Puedo sentarme?

—Sí —respondió mirándolo como un bloque de hielo.

—Tienes un despacho muy bonito —comentó mirando a su alrededor—. Sabía que trabajabas en esta empresa, pero no sabía ni que eras jefa. —Y mirando su prominente tripa susurró—: Ni que esperaras un bebé.

Pero Rebeca no quería entrar en detalles que a él no le interesaban.

—¿Qué quieres? —preguntó con sequedad.

El hombre, al ver que ella no estaba dispuesta a ser amable, levantó el mentón.

—He leído en la prensa lo ocurrido. Y al ver el nombre de Kevin, yo...

—No me digas que te preocupas por lo que le pueda pasar a Kevin —lo cortó sorprendida—. ¿Desde cuándo tienes corazón? —preguntó alzando una ceja.

Aquella frase hizo daño a Iñigo, pero no apartó la vista de su hija.

—No me malinterpretes, hija, yo sólo...

—No me llames hija. Yo no soy tu hija —siseó con furia.

Iñigo cerró los ojos. Quería entender lo que ella le decía, pero también necesitaba que lo escuchara. Estaba seguro de que si hablaban, muchas cosas se podrían suavizar. Y el momento había llegado.

—Rebeca, somos personas adultas y somos capaces de hablar

como tales. Yo no sé lo que oíste aquella noche, o lo que tus hermanos te habrán contado, pero si me das unos minutos, yo podría contarte la verdad.

—¿Qué verdad? Lo único que sé es lo que mamá sufrió a tu lado.

Los ojos del hombre se oscurecieron y se llenaron de lágrimas.

—Todos sufrimos. Todos hemos sido víctimas de una horrorosa situación, y yo sólo quiero que me des la oportunidad de hablar contigo.

Incapaz de mirarlo un segundo más, desvió la vista y siseó malhumorada:

—No quiero escucharte. No quiero saber nada de ti, y no me interesa nada de lo que te pueda pasar.

Iñigo asintió con la cabeza, pero insistió.

—Lo entiendo. Pero dame unos minutos. Sólo unos minutos. Luego, si sigues pensando igual, me marcharé y no volveré a aparecer en tu vida —pidió con ojos suplicantes—. Te lo prometo.

Rebeca quería gritar que no, que no quería escucharle ni darle esos minutos, pero no podía. Su padre siempre había sido bueno y cariñoso con ella y sus hermanos, y al recordarlo asintió.

—De acuerdo. Pero sé breve, estoy en el trabajo.

Al ver aquella oportunidad de comunicación, Iñigo decidió no desperdiciarla y, sin perder un segundo, comenzó a hablar.

—La boda con tu madre no fue una boda por amor, fue una boda de conveniencia. Ella era una joven preciosa que vino a España a estudiar el idioma y yo me enamoré como un bobo de ella. Pero tu madre era novia de un buen amigo mío en aquella época. Por desgracia, aquel amigo en el que confiaba, cuando se quedó embarazada la dejó, y no quiso saber nada de ella. —A Rebeca se le puso la carne de gallina al escuchar lo que su padre le estaba contando—. En aquella época, ser una mujer embarazada y soltera no era fácil. Tras el consiguiente disgusto por parte de los padres de Anna, tus abuelos, la repudiaron y le prohibieron regresar a su casa de Kansas. Allí su embarazo sería un escándalo. Yo en aquella época todavía vivía con mis padres, y no podía consentir que aquella joven amiga mía tuviera que dormir en la calle. Y, tras hablarlo con ella, entre los dos ideamos un plan. Yo hablaría con mis padres, diciéndoles que el bebé era mío y que tendríamos que casarnos en breve. Al principio mis padres, como era lógico, pusieron el grito en el cielo, pero por el hecho de ser yo un hombre, lo comprendieron. Luego fuimos a Kansas para hablar con los padres de Anna. Ellos no quisieron escucharnos, hasta que les hicimos una encerrona. Tus abuelos sabían que yo no era el padre de la criatura que tu madre esperaba, pero accedieron a la boda con tal de no tener que soportar que los señalaran por la calle. Sólo les pedimos una cosa, que nunca le dijeran a nadie que ese bebé no era mío. Ellos cumplieron su promesa, y nos casamos.

—Me... me estás diciendo —preguntó balbuceando— ¿que Donna no es hija tuya?

Conmovido, miró a su hija y asintió.

—En mi corazón lo es. La quiero como a cualquiera de vosotros. Para mí ella ha sido mi hija, mi niña, al igual que tú y Kevin.

—¡Dios mío.

—Tus abuelos cumplieron su promesa —prosiguió su padre— y nunca nadie supo nada, pero en el corazón de tu madre jamás hubo sitio para mí. Nunca dejó de amar a Gerardo, mi amigo. Con el tiempo nacisteis vosotros dos, y yo fui feliz con mis tres hijos, pero no en mi matrimonio. Siempre estuvo Gerardo entre tu madre y yo.

—¿Por qué nunca nos contasteis esto?

El hombre la miró con tristeza.

—Porque para mí Donna era mi niña y no quería disgustarla.

—Rebeca sollozó y asintió mientras su padre continuaba—. La relación entre tu madre yo se fue deteriorando con los años, incluso pensé en el divorcio. Pero yo no os quería perder. Os amaba más que a mi vida y sabía que vuestra madre no me lo iba a poner fácil. Un día conocí a una joven amable y cariñosa, Elena. Intenté por todos los medios no enamorarme de ella, pero el amor es imprevisible y llega cuando menos te lo esperas. Le conté a tu madre la verdad de lo que me ocurría con Elena, esperando que ella lo comprendiera y me ayudara como antaño había hecho yo con ella. Pero su respuesta fue que si la abandonaba debería atenerme a las consecuencias. Hablé miles de veces con ella, y llegó a decirme que si me iba de casa no vería nunca a mis hijos. Incluso, para hacerme daño, me confesó que le contaría a Donna la verdad. Y yo eso no lo podía consentir. No quería ver sufrir a mi Donna, ni perderos a vosotros.

Rebeca lo escuchaba aturdida, y recordó cómo su madre muchas veces le decía a su padre que sobre Donna decidía ella. Nunca se había parado a pensar en ello, y ahora de pronto comprendía esos comentarios. Tras volver de sus recuerdos, siguió escuchando a su padre.

—Rompí con Elena y estuvimos sin vernos dos años hasta que coincidimos en una cafetería y todo volvió a resurgir, y esta vez con más fuerza. Hablé de nuevo con tu madre. Nuestra vida marital era nula, pero su respuesta fue la misma: «Si te marchas de casa perderás a tus hijos». Quizá no debería haber empezado aquella relación con Elena, pero yo también necesitaba que alguien me abrazara y me dijera que me quería. Tu madre nunca me lo dijo, porque realmente nunca llegó a quererme. ¿Y sabes, Rebeca? Yo soy de carne y hueso, como tú, y me gusta que me quieran y me necesiten. Con el tiempo, Elena quedó embarazada, ocurrió el accidente de tu madre, tuvimos a Dani, después a Susana y creo que el resto ya lo sabes. —Conmocionada, asintió—. No intento justificarme. Sólo deseo que sepas la verdad en lo referente a tu madre y a mí. Tampoco me gustaría que pensaras que a tu madre no la he querido. La quise muchísimo, y en mi corazón siempre la querré.

En un silencio lleno de dolor, sentimientos y nostalgia, el hombre susurró:

—Mi visita de hoy era para preguntar por Kevin y por ti. Me imagino que lo habréis pasado mal y me siento fatal por no haber podido ayudar.

Con la garganta paralizada por la emoción, Rebeca sólo pudo responder:

—Kevin está mal, pero saldrá de ésta. Ambos somos fuertes, nos hemos apoyado el uno en el otro, y superaremos lo ocurrido.

El hombre sintió la frialdad en su voz, así que asintió y se levantó.

—Sólo quería saber que estabais bien. Sois mis hijos, os quiero y sufro por vosotros, aunque vosotros no lo creáis.

La tensión era tremenda e Iñigo, convencido de que su tiempo había acabado, se dio la vuelta y caminó sin decir nada más hacia la puerta. Tenía que marcharse. De pronto Rebeca se levantó de su silla para dirigirse hacia él.

—Papá... Yo...

El hombre, se detuvo, la miró y al verla cerca de él se apresuró a decir:

—Dime, cariño.

—Lo siento —dijo llorando—. Lo siento mucho.

Sin tocarla, pues no sabía cómo reaccionaría, el hombre murmuró emocionado:

—No llores, cielo. No pasa nada. Simplemente necesito que

sepas que os quiero. Os quiero mucho y os añoro más de lo que podáis imaginar.

—Papá...

—Toma, mi vida —dijo entregándole un pañuelo blanco y limpio que sacó del bolsillo—. No llores más. En tu estado no es bueno ponerse así.

Pero ella no paraba de llorar.

Quizá conocer aquella cruda verdad había sido la gota que había colmado el vaso. Tantos problemas en tan poco tiempo era demasiado para cualquier persona. Su padre, asustado, logró sentarla de nuevo en la silla, pero Rebeca seguía llorando sin parar.

Iñigo intentó consolarla con palabras dulces, pero su cuerpo se movía de forma convulsiva por los sollozos hasta que al final su padre la abrazó como llevaba mucho tiempo sin hacer. Durante unos minutos la mimó, le besó la cabeza y la meció. Aquel abrazo era lo que Rebeca necesitaba. Necesitaba sentirse arropada y en ese momento su padre le estaba dando la mejor medicina que había en el mundo: El amor.

Cuando por último Rebeca se tranquilizó, se percató de que su padre era quien la abrazaba y acunaba, y se sorprendió al sentir que no le importaba; al revés, le gustaba.

—¿Estás mejor, cariño? —preguntó el hombre.

—Sí, papá. Ya me encuentro mejor.

Al ver que ella respiraba con normalidad, la dejó de abrazar. Durante unos segundos ambos se miraron a los ojos hasta que él rompió el silencio.

—Bueno, creo que es hora de que me vaya.

Se levantó con pesar, pero de pronto su corazón se hinchó de felicidad, cuando sintió que su hija lo asía de la mano con fuerza y preguntaba:

—¿Podré volver a verte, papá?

A Iñigo se le volvieron a escapar unas lágrimas, y tras limpiárselas asintió con una tierna sonrisa.

—Siempre que tú quieras, cariño. Siempre —murmuró emocionado.

Rebeca asintió y le dio un apretón en la mano que dijo mucho sin necesidad de palabras.

—De acuerdo, papá —susurró al tiempo que le soltaba la mano.

Emocionado, Iñigo caminó hacia la puerta, pero antes de salir se volvió.

—Hija, hay una cosa que quiero pedirte. Nunca le digas a Donna lo que te he contado. Se enfadaría con su madre por haberle mentido y creo que a mí me odiaría aún más. Sería un sufrimiento innecesario para ella, y más cuando para mí es tan hija mía como tú. ¿De acuerdo, Rebeca?

—Mis labios están sellados, papá —afirmó entendiendo lo que su padre quería decir.

Un segundo después, Iñigo, abrió la puerta del despacho y se marchó. Una vez sola, volvió a llorar, aunque esta vez de felicidad. Poco después entró Belén.

—Rebeca, ¿estás bien? —preguntó preocupada.

Reponiéndose como una campeona, sonrió.

—Belén, no me pasa nada.

—Pero estás llorando.

—Sí, Belén. Lloro de felicidad —respondió al ver que aún tenía en la mano el pañuelo de su padre.

Capítulo 47

Aquella tarde, en cuanto finalizó sus asuntos en el despacho, Rebeca esperaba su turno en la sala de ecografías del hospital, sin soltar el pañuelo de su padre. Saber la verdad de lo ocurrido entre sus padres le había aclarado muchas cosas y, sobre todo, le hizo tener una visión diferente de su familia y su vida.

Cuando dijeron su nombre se levantó y entró en la pequeña sala. Una vez allí ya sabía lo que tenía que hacer. Se echó sobre la camilla y el médico comenzó su ritual con el gel.

—¿Qué tal te encuentras, Rebeca? —preguntó el médico.

—Bien, aunque cada vez más gorda.

Ambos rieron y el doctor le guiñó un ojo y empezó a mover el aparato sobre su barriga.

—Vamos a ver cómo está nuestro amiguito o amiguita.

—En la última ecografía me dijiste que quizá hoy pudiéramos ver el sexo del bebé.

El hombre sonrió.

—Vamos a intentarlo. ¿Tú qué quieres, niño o niña?

Rebeca se lo pensó unos segundos, y finalmente se encogió de hombros y respondió:

—La verdad es que me da igual. Lo único que quiero es que esté sano.

Con una simpática sonrisa, el hombre la miró y, tras comprobar los datos que necesitaba para saber que el bebé estaba bien, señaló la pantalla.

—Bueno... bueno, pues te diré que es un niño; ¿lo ves?

—¡Un niño! —exclamó encantada—. Fenomenal.

—¿No decías que te daba igual? —bromeó el médico al tiempo que le daba un trozo de papel para que se limpiara el gel de la barriga.

Con una radiante sonrisa, Rebeca asintió.

—Si me hubieras dicho que era una niña estaría igual de contenta.

Veinte minutos después salió del hospital con su ecografía bajo el brazo, deseando llegar a su casa para enseñársela a Kevin y Ángela. Quizá aquello le hiciera pasar un rato feliz a su hermano, ¿o no? Continuamente dudaba sobre cómo proceder con él. Kevin no hablaba, no reía, no se comunicaba. Sólo miraba por la ventana o al techo todo el día, sumido en una tristeza desesperante. Rebeca pensó en contarle la visita de su padre aquella mañana, pero al final desechó la idea. No sabía cómo se lo podría tomar. Y no quería ni enojarlo ni ponerlo nervioso. Ya se lo contaría más adelante.

Después de aparcar el coche en su garaje, entró en su casa pletórica de alegría, y cuál fue su sorpresa cuando vio a Kevin corriendo, seguido de Ángela. Parecían tener mucha prisa.

—¿Qué pasa? —preguntó Rebeca alarmada.

Su hermano se acercó a ella con los ojos llenos de vida y gritó:

—¡Es Pizza! ¡Está de parto!

Sin dar crédito a la vitalidad de su hermano y a lo que decía, Rebeca soltó sus cosas en el sofá y los siguió mientras balbuceaba:

—¿Qué... Pizza... qué?

Pero cuando entró en la habitación de su hermano, su sorpresa fue mayúscula al ver a su perra rodeada de mantas, con dos cachorros minúsculos a su lado, y otro que luchaba por salir.

—¡Ay, Dios! —susurró asustada.

—Eso digo yo. ¡Ay, Dios! —repitió Ángela agachándose—. Pero ¿cómo no nos hemos podido dar cuenta de que este pobre animal estaba esperando cachorros?

—Las preocupaciones, Ángela... las preocupaciones —respondió Kevin rompiendo la bolsa del nuevo cachorro con una sonrisa que les llegó al alma.

—Pero ¿qué ha pasado? —preguntó Rebeca sin poder creerse lo que veían sus ojos. Pizza dando a luz y Kevin tan locuaz, despierto y bromista como antaño.

—Ha sido alucinante —contestó su hermano—. Estaba tumbado y de pronto he notado que Pizza se bajaba de la cama. Segundos después he oído un ruidito extraño y, al mirar, he visto a Pizza sangrando. ¡Joder, qué susto me ha dado la muy puñetera! He bajado corriendo para avisar a Ángela y, al subir, nos hemos quedado sorprendidos al ver que la sangre que yo había visto era porque estaba empezando a parir. Después hemos bajado a por toallas y ha sido cuando has llegado tú.

Ángela, pendiente en todo momento de la perrilla, los miró.

—Si ya decía yo que últimamente la veía más gorda. Ay, Virgencita. ¡Que sale otro!

Pero Rebeca miraba a su hermano emocionada.

—Kevin, ¿estás bien? ¿Te encuentras bien? —susurró.

Él asintió entendiéndola.

—No te preocupes por mí. Estoy bien. Ahora lo importante es Pizza —susurró a su vez, pasándole la mano por el mentón.

Aquella tarde la casa de Rebeca era una fiesta. Todo volvía a ser como antaño. Kevin estaba vivo, alegre y dicharachero, y Ángela no paraba de reír y bromear. Cuando llegó la noche, Pizza dormía tan tranquila en la habitación de su hermano junto a sus cinco cachorros. Rebeca los miró antes de bajar al salón y, feliz, pensó que una vez más Pizza había vuelto a llevar la alegría a la casa.

Gracias a ella y a su inesperado parto, Kevin había vuelto a reaccionar. El médico tenía razón, sólo era cuestión de tiempo.

Mientras bajaba, se paró en la escalera al oír a Ángela y a Kevin. Risas. Escuchar risas y bullicio tras tantos meses de silencio era maravilloso. Bromeaban en relación con la barba que tenía.

—A mí me gusta. Me da un aire más enigmático —decía Kevin.

—Pero hermoso, con la cara tan bonita que tienes, ¿por qué esconderla tras esa mata de pelo? —respondió Ángela, con los brazos en jarras.

—Pero, Ángela, ¿no crees que me da un aire más maduro y serio?

—Ay, Dios mío, ¿para qué quieres madurez ahora que eres joven? Vive la juventud y exprímela a tope, que para madurez ya tendrás tiempo. ¿Verdad, mi niña? —preguntó Ángela al verla parada en la escalera.

Feliz por aquel inesperado acontecimiento, la muchacha terminó de bajar los escalones y, se acercó a donde estaban ellos.

—Tiene razón Ángela. La vida es para vivirla. Y hablando de vida, tengo una noticia. Hoy me he hecho una ecografía. Todo va perfecto, ¡y ya sé lo que es!

—Yo también, un pato —se mofó su hermano.

—De esto entiendo yo —dijo Ángela—, y ya te he dicho que cuando se tiene la tripa redondita se dice que es una niña, y cuando se tiene de pico se dice que es un niño. Y tú, tesoro, la tienes redondita, y va a ser una niña.

—Pues no —contestó riéndose—. ¡Es un niño!

Kevin, emocionado, no sabía si reír o llorar, y sin pensárselo abrazó a su hermana.

—Un niño ¡qué alegría! —gritó la mujer, y dándole un colleja a Kevin dijo—. ¿Lo ves?, no es un pato.

—Ay —se quejó él—. ¡Ángela, vaya mano más larga que tienes!

—Pues la puedo tener más larga aún —aclaró la mujer remangándose—. Por lo tanto, ahora mismo todo el mundo a cenar, o aquí se me estira la mano esta noche.

Fue una noche llena de felicidad, emoción y risas, y más por ver a Kevin hablar y sonreír por fin. Cuando Ángela se iba a marchar, Rebeca se empeñó en llevarla hasta casa. No vivía lejos, pero no quería que fuera andando sola por la calle. Kevin se ofreció a conducir, pero su hermana no lo dejó. Al final Rebeca se salió con la suya y acercó a la mujer a su casa.

Kevin se despidió con un beso de aquella mujer a la que quería como una madre. Y cuando vio que el coche se alejaba y se quedó solo en casa, cogió su teléfono móvil. Buscó en su agenda un número, y en cuanto lo hubo encontrado lo marcó dispuesto a conseguir su propósito. Veinte minutos después, Rebeca regresó a casa y su hermano la esperaba en el salón tomándose un refresco.

—No has tardado apenas nada.

—Ya sabes que Ángela vive muy cerca. —Kevin sonrió y Rebeca añadió feliz—:. Oye, ¿sabes qué vamos a hacer ahora?

—A saber lo que se te ocurre.

—Vamos a llamar a Donna y le vamos a dar las tres buenas noticias que tenemos.

Kevin asintió con una sonrisa. Donna se alegró al saber que el bebé era un niño. Se sorprendió al enterarse de que Pizza había tenido cachorritos, pero cuando verdaderamente lloró de felicidad fue cuando habló con Kevin y lo encontró vivo. ¡Su amado hermano había regresado!

Aquella noche los hermanos se sentaron en la cocina para tomar un vaso de leche y Kevin se sinceró por fin. Le contó que había querido morirse al pensar en el engaño de Bianca y la vida sin ella. La amaba y eso lo hacía todo más duro y difícil. Pero tras lo ocurrido con Pizza, sin saber por qué, se había dado cuenta de que la vida continuaba sin Bianca, y que había seres como Rebeca, Ángela, Donna y Pizza, que lo querían vivo y feliz. Al escucharlo, la muchacha lloró. Aquello suponía un paso muy grande para su hermano y eso la emocionó.

Después de charlar durante más de una hora, Kevin obligó a Rebeca a hablar sobre Paul y su inexistente relación. Ella se sinceró. Su hermano la escuchó y, pasándole con cariño un pañuelo por el rostro, la consoló y le recordó que en la vida casi siempre había solución para casi todo y que pasara lo que pasara, siempre estaría a su lado.

—Oye, Rebeca, necesito darte las gracias por todo lo que has hecho por mí en estos meses.

Emocionada, ella afirmó:

—No hace falta, Kevin.

—Sí. Sí hace falta.

—Vale. —Sonrió limpiándose las lágrimas—. Dámelas.

—Sé que he sido peor que un mueble inútil, y mi trato ha sido horroroso e inhumano. Siento haber perdido la cordura y, en especial, no haber sido capaz de entender que la vida continuaba tras mi problema y yo debía vivirla. Pero quiero que sepas que nunca más volverá a suceder algo así, porque he descubierto que tengo la mejor familia y la mejor hermana del mundo —murmuró cogiéndole las manos.

Lágrimas de felicidad corrían por el rostro de Rebeca.

—Estoy segura de que tú hubieras hecho lo mismo por mí, incluso yo hubiera sido más intratable. Recuerda que soy muy testaruda e insoportable.

Él sonrió con cariño y le dio un beso en la frente.

—¿Te das cuenta de que ya es casi Navidad de nuevo? —preguntó mirándola fijamente.

—Sí.

—Con todo lo que nos ha ocurrido este año podemos escribir un libro.

—Sí... —asintió ella—. Se podría titular Casi una novela.

Ambos rieron. Aquel año había sido duro y determinante para sus vidas. Las confidencias continuaron y Rebeca recordó la visita de su padre y decidió contárselo todo. En un principio, Kevin parecía reticente a escuchar, pero al final le prestó toda su atención. Con paciencia, Rebeca le explicó lo mismo que su padre a ella, aunque omitió el tema de Donna. Ese secreto lo guardaría con celo toda su vida.

Al final, Kevin llegó a la conclusión, gracias a las palabras de su hermana, de que había llegado el momento de hablar con su padre. Escuchar cómo su hermano decía aquello para Rebeca fue el colofón de un gran día. De madrugada decidieron irse a dormir. Rebeca estaba hecha polvo. Habían sido muchas emociones en un solo día, y en su estado aquello la había sobreexcitado. Su relación con Paul era inexistente, pero la dicha de ver a su hermano activo y con vida la animó una barbaridad.

Antes de irse a la cama pasaron al cuarto donde dormía Kevin para ver a Pizza. La perra estaba dormida y agotada, rodeada de sus cachorros. Se acercaron a ella y ésta, al verlos, abrió un ojo y movió el rabo feliz. Emocionada, Rebeca se agachó con torpeza, a causa de su barriga, para repartirle por el morro y la cara varios besos amorosos. Y tras darle las gracias en silencio por la felicidad que aquel animalillo siempre le había regalado, se marchó a dormir, y como era de esperar, soñó con Paul.

Capítulo 48

A la mañana siguiente, cuando Rebeca se despertó, se encontraba agotada. Nada más poner los pies en el suelo, el estómago se le contrajo y corriendo se fue a vomitar al baño.

—Oh... Dios, ¿cuándo dejaré de vomitar? —susurró mirándose en el espejo.

Al ver su horrible pinta y su pelo revuelto, pensó en ducharse. Pero se encontraba tan mal y desganada que, como una autómata, regresó a la cama. Después de diez minutos en los que el estómago parecía haberse normalizado, oyó ruido de cacharros en la cocina.

«Seguro que Kevin está preparando algo rico.»

Obligándose a luchar contra la pereza, se levantó. Tenía sed. Se puso una bata de color ciruela que ya apenas le abrochaba y, con el pelo enmarañado y sin quitarse las legañas de los ojos, se asomó al cuarto de Kevin. Allí sólo estaban los cachorritos de Pizza. Unas preciosidades indefensas y minúsculas en color canela y blanco que movían sus patitas descontroladamente. No pudo evitar sonreír al ver lo monos que eran todos y comenzó a bajar los escalones con una gran pesadez.

«Allá va la ballena», pensó al sentirse como tal por su enorme barriga de siete meses. En ese momento se cruzó con Pizza, que subía los escalones. Con torpeza, se agachó para tocarle la cabecita y la perra se lo agradeció con un amoroso lametazo. Tras hacerle más de una carantoña, la perra continuó su camino y ella bajó hasta la cocina. Aunque cuando llegó se quedó paralizada.

Allí estaba el hombre de sus desvelos, más atractivo que nunca, desayunando con su hermano. Kevin fue el primero en verla y sonrió. Acto seguido Paul la miró, y se quedó tan paralizado como ella.

—Buenos días, hermanita —saludó Kevin para romper el hielo.

No fue capaz de contestar.

¿Qué hacía Paul en su cocina? Y lo peor de todo, ella tenía una pinta horrible. Paul se quedó boquiabierto al verla. Su gesto de sorpresa lo decía todo y se levantó sin saber realmente qué decir ni qué pensar.

—Estás... estás, tú estás...

Rebeca quiso salir corriendo, pero sus pies parecían pegados al suelo. Kevin, al ver las caras de sorpresa de aquellos dos, intercedió por ellos.

—Oh no... Paul, si lo dices por esa enorme barriga que ves, es que anoche cenó más de la cuenta. Ya sabes que esta chica cuando come ¡no tiene medida!

—Rebeca, ¿estás embarazada? —consiguió preguntar Paul clavándole aquellos preciosos ojos.

Mentir era una tontería. Por ello, finalmente, sonrió. Miró su prominente barriga, cogió aire, y con seguridad afirmó:

—Sí. Espero un bebé.

Cinco meses sin verla, sin saber de ella, había sido una enorme tortura para Paul. Había intentado centrarse en su trabajo, en su hija y en sus amigos para olvidarla, pero el recuerdo de Rebeca lo había perseguido noche y día allá donde estuviera. Y, de pronto, al recibir la invitación para desayunar de Kevin, no se lo pensó y fue. Y allí la tenía. Preciosa. En bata y embarazada. Sin quitarle la vista de encima, se acercó a ella nervioso.

—¿Te encuentras bien?

Moviéndose para separarse de él, Rebeca se acercó a su hermano y, con la mejor de sus sonrisas, le dio un pisotón que a éste le hizo ver las estrellas. Después respondió mientras notaba cómo el bebé se movía:

—Sí, no te preocupes.

Dolorido, Kevin se separó de su hermana, pero estaba dispuesto a conseguir lo que se había propuesto.

—Por cierto, es un niño. Un precioso chicarrón —dijo ganándose otra nueva mirada asesina de aquélla.

Rebeca, al ver la mirada sorprendida de Paul, quiso morir. ¿Qué estaba pensando? Pero, éste, cada vez más confundido, contemplaba a los dos hermanos. Mil preguntas se formulaban en su mente y los observaba en busca de respuestas. ¡Quería respuestas! Kevin sonrió y Rebeca, con el corazón a punto de salírsele del pecho, comenzó a preparar un café. Lo necesitaba. Sus manos temblaban cuando oyó la voz de Paul.

—Rebeca... No sé si debo preguntártelo, pero ese...

«Ay, madre... Ay, madre, que me lo va a preguntar», pensó horrorizada y, sin dejarlo terminar, asintió.

—Sí, es hijo tuyo.

Durante una fracción de segundo ambos se miraron y ella pudo ver cómo su cara se desencajaba. Paul, boquiabierto por lo que acababa de descubrir, se apoyó en la encimera, cerró los ojos y cuando los abrió susurró confundido:

—Dios mío...

Al ver su gesto la joven intervino rápidamente.

—Te lo iba a decir, pero yo... es que yo...

No podía continuar hablando. La intensa mirada de Paul la estaba matando. Asustada por lo que se le venía encima, cerró los ojos a la espera de que le cayera la gran bronca de su vida. Sabía que ocultarlo no había sido una buena idea, pero de pronto los brazos protectores del hombre al que amaba la rodearon y su boca comenzó a cubrirla de besos.

—¿Por qué no me lo dijiste, cariño?

Confundida, Rebeca se dejó abrazar y mimar. Era justo lo que necesitaba y quería. Pero al recordar aquello de «nunca dejaría un hijo mío a tu cuidado», de un manotazo se soltó de él.

—No me lo quitarás, Paul.

Perplejo por aquel arranque de ella, preguntó arrugando el entrecejo:

—¿Qué?

Rebeca se separó de él de sopetón.

—¡Es mi bebé! —gritó histérica—. Y te juro que si intentas algo te mato con mis propias manos. ¿Me has entendido?

Kevin, aún dolorido por el pisotón, se mofó.

—Joder, hermanita. Te has levantado hoy guerrera.

Paul estaba aturdido y no entendía las palabras que ella acababa de pronunciar.

—Pero ¿de qué hablas? —preguntó.

—Tú lo sabes.

Con las manos en alto, en señal de paz, lentamente se acercó a ella.

—No, cariño, no lo sé.

Pero Rebeca de nuevo se separó de él. Y para sorpresa de los dos hombres, se puso a gritar como una loca.

—¡¡Lo dijiste!!

—Pero ¡¿qué dije?! —quiso saber Paul atónito.

—¡El último día que nos vimos tú dijiste que nunca dejarías a un hijo tuyo a mi cuidado! —chilló—. Y no. No voy a permitir que destroces mi vida y la de este bebé porque tú creas que yo no puedo ser una buena madre, porque sé que sí puedo serlo. Al igual que podría haber sido una buena amiga de Lorena y no una egoísta que juega con sus sentimientos, como tú me tachaste.

Al entender de lo que hablaba, Paul se acercó de nuevo a ella.

—Escúchame, cielo... —murmuró.

—No... No te voy a escuchar y mucho menos permitir que me quites a mi bebé. Porque yo...

Paul no la dejó terminar y, acercándose a ella, sin tocarla dijo:

—Te quiero, Rebeca.

Ofuscada, no oyó lo que decía y prosiguió.

—Dijiste cosas horribles sobre que yo no quería a Lorena. Pero ¿cómo no voy a querer a Lorena si la adoro? Es una niña preciosa, encantadora y llena de vida. ¿Cómo no quererla? Dijiste que yo era una egoísta y que nunca podría querer a nadie. Y no... ¡eso no es así! También dijiste que yo utilizaba a las personas y cuando no me interesaban las apartaba de mi lado y...

—Cariño, ¿me has oído? ¡Te quiero! —insistió cortándola.

Pero ella no escuchaba. Estaba histérica y dolida y necesitaba decirle todo lo que no le había dicho en meses.

—Rebeca, tranquilízate —pidió Kevin cogiéndola del brazo para que lo mirase.

—¡No. No quiero tranquilizarme! —gritó retirándose el pelo de la cara—. ¿Por qué has tenido que traerlo aquí? ¿No te bastó con lo que pasó la última vez que nos vimos? Oh, Kevin... ¿por qué te metes continuamente en mi vida?

Desconcertado por las cosas que ella decía, Paul no podía responder. Tenía razón. La última vez que se vieron se comportó como un energúmeno, aunque estaba tan dolido con su indiferencia que no calibró sus palabras. Pero no. Aquello había acabado. Allí estaba ante ella y sólo quería que lo mirara y ganarse de nuevo su confianza y su amor como fuera.

Kevin, ajeno a los pensamientos de ambos, y al ver a su hermana enloquecida, decidió intervenir.

—¿Me preguntas por qué me meto en tu vida, cabezota?

—Sí. Oh, Kevin... ¿Por qué has vuelto a hacerlo?

—Porque lo necesitas, cariño —insistió él.

—No. El bebé y yo ahora estábamos bien —gimió tocándose la barriga—. Tú te has recuperado y yo podía seguir adelante con mi vida. Pero ahora lo has complicado todo. ¡Todo!

Kevin, incapaz de callar un segundo más, aclaró con afecto:

—No, cielo. No he complicado nada, Rebeca, y si te tranquilizas te lo explicaré.

Incapaz de mirar a Paul, que desde un lateral los observaba con gesto indescifrable, volvió a preguntar:

—¿Por qué te has vuelto a meter en mi vida, Kevin?

—Muy fácil, hermanita. Sufres y echas de menos a este hombre. Alguien tenía que dar el primer paso para que os vierais e intentarais arreglar lo vuestro.

—Pero yo no te lo pedí.

Kevin asintió y miró a un cada vez más desconcertado Paul.

—Lo sé, Rebeca, lo sé. Pero os separasteis por mi culpa, por mi problema, por no contarle lo que pasaba. Y yo no puedo seguir viviendo sin intentar aclarar lo ocurrido entre vosotros, porque yo quiero que seas feliz. Te mereces ser feliz y necesito ver que alguien te cuida y te mima como te mereces. Y ese alguien es este hombre; pero ¿no lo ves?

Paul fue a hablar, pero ella se le adelantó.

—Maldita sea, Kevin. Ahora él sabe lo del bebé y ¡Dios!, tendré problemas.

Paul cansado de escuchar, se interpuso entre ellos y se acercó de nuevo a la muchacha.

—No, cariño. El único problema que hay aquí es hacer que vuelvas a confiar en mí. —Ella lo miró—. Ahora que Kevin me ha explicado todo, ya sé por qué no me podías decir nada de lo que pasaba, y quiero que sepas que me siento como un idiota por no haber sido capaz de mirar más allá de mis narices y entenderte. Tendrías que habérmelo dicho para que yo pudiera ayudarte y protegerte como te mereces. Y lo que hiciste me demuestra que eres la mejor persona que hay en el mundo y te agradeceré toda mi vida el que pensaras en proteger a mi hija antes que en protegerte a ti. —Una lágrima resbaló por el rostro de ella y él continuó—. Cariño, yo no sabía lo que ahora sé, y pensé y prejuzgué a mi manera. Me volví loco al imaginar que me mentías y me ocultabas cosas y...

—No te necesito, ¿me oyes? —cortó Rebeca señalándolo—. Ni mi bebé ni yo te necesitamos. ¿Has oído, Paul Stone?

Kevin fue a protestar pero Paul le indicó que callara; se acercó a ella y susurró:

—Pero yo a ti sí te necesito, cariño.

—Mentira.

Paul, tan dispuesto como Kevin a conseguir su propósito, repitió:

—Te necesito y te quiero. Es más, Lorena y yo te necesitamos.

—Vamos, Rebeca... Paul te quiere, ¿no lo ves? —insistió Kevin.

—Tú cállate, maldita sea, ¡cállate! —Y clavando la mirada en el hombre que le decía maravillosas palabras de amor, siseó—: ¿Cómo eres capaz de decirme que me quieres? Si mal no he oído, sales con una modelo valenciana y yo no quiero interferir, ni romper algo que...

—Eso no es cierto y lo sabes —interrumpió desesperado—. La prensa del corazón me busca novia todos los días, pero yo sólo te quiero a ti, créeme. La única novia y mujer que quiero eres tú.

Rebeca resopló y Kevin sonrió. Su hermana estaba perdiendo fuelle a cada contestación de él.

—Yo no estoy en el mercado ni de novias, ni de mujeres.

—Pues tú eres la única que me interesa —insistió Paul.

Su corazón se deshacía segundo a segundo con las cosas que le decía, y al verse reflejada en el microondas preguntó:

—Pero ¿tú te has dado cuenta de la pinta que tengo?

—Sí. De loca —se mofó Kevin.

Y Paul contestó:

—Te quiero, Rebeca. Y no voy a parar de repetírtelo hasta que me creas.

Verla ante él con aquel pijama, y la bata apenas abrochada junto a los pelos de loca, era lo más bonito y dulce que había visto en los últimos meses. Y al darse cuenta de que se tranquilizaba, se acercó a ella mientras le susurraba al oído:

—Estás preciosa, cariño. Más bella que nunca.

Aquella voz y sus palabras le pusieron la carne de gallina. No podía más. Las barreras que había levantado contra él en aquellos meses se deshicieron como la mantequilla. Y, sin importarle absolutamente nada, Rebeca al final apoyó la frente en aquel fuerte pecho.

—Siento decirte que necesitas gafas.

Cerró los ojos henchido de amor por aquella mujer, la besó con verdadera pasión en la cabeza, y murmuró emocionado, deseando que todo acabara bien:

—Lo que yo quiero y necesito es a ti, cabezota.

Rebeca sonrió.

Se dejó abrazar por el hombre al que adoraba y guiñó un ojo a su hermano que, enternecido, los miraba apoyado en la nevera.

Tras varios dulces besos y susurradas palabras de amor, Rebeca preguntó curiosa:

—Por cierto, ¿qué haces tú en mi casa a estas horas?

—Ayer por la noche recibí una llamada invitándome a desayunar —aclaró el piloto mirando a Kevin—. En un principio pensé que Kevin se había vuelto loco, ¿qué hacía yo desayunando en tu casa? Pero insistió tanto en que tenía que hablar conmigo y enseñarme algo que cambiaría mi vida, que finalmente no pude negarme.

—¿Y qué tenías que enseñarle? — le preguntó con curiosidad al tiempo que le tiraba un beso de agradecimiento a su hermano.

—A la vista está, hermanita —respondió éste mientras ella asentía divertida.

Conmovido y agradecido, Paul sonrió. Por fin habían terminado aquellos días de larga soledad en los que sólo podía pensar en ella y se volvía loco. La tenía entre sus brazos y no tenía intención de soltarla nunca más.

Una vez acabaron el café entre risas y bromas, la joven murmuró consciente de su error:

—Paul, siento no haberte dicho antes lo del embarazo. Pero toda mi vida se descontroló de tal manera estos meses que...

—Chissss... no importa, cariño, no importa. Lo importante es que todos los problemas se han solucionado y estamos juntos, nada más.

Ambos sonrieron, y tras un dulce beso en los labios preguntó:

—¿Qué crees que dirá Lorena cuando me vea?

—Uooo... se volverá loca cuando sepa que va a tener un hermanito —exclamó Paul riendo—. Y cuando mi madre se entere de que va a ser abuela de nuevo, ¡ya verás!

Kevin, al sentir que en aquel momento sobraba, sin hacer ruido se levantó de la mesa, cogió su cazadora y abrió la puerta trasera de la cocina para salir.

—Eh... amigo —llamó Paul mirándolo—. Tienes una cazadora igual a la mía.

Con una cariñosa sonrisa, éste miró a la parejita que se había vuelto a unir y respondió:

—Eso quiere decir que tenemos muy buen gusto, colega.

—Gracias por todo —dijo Paul abrazado a Rebeca.

Kevin asintió, se metió las manos en los bolsillos del pantalón vaquero y salió dejándolos solos. Paul, emocionado, cerró los ojos. Siempre le estaría agradecido. A continuación Paul volvió a besar a la muchacha con suavidad y, cogiéndola entre sus brazos, la sentó sobre él.

—¿Recuerdas el día que nos conocimos en la tienda donde vendían la cazadora?

Ella asintió feliz y emocionada.

—¿Cómo lo voy a olvidar? — respondió llena de amor—. Fue el día en que, sin yo saberlo, me enamoré de ti.

Epílogo

Kevin, Rebeca y su padre, Iñigo, se reunieron por primera vez tras muchos años. Cuando su padre empezó a hablar, Kevin, conmovido por la tristeza que vio en sus ojos, lo abrazó. El amor a su madre le había hecho prejuzgar, sin pensar que en la vida siempre hay que escuchar la otra versión. Elena, la mujer de Iñigo, les demostró desde el primer día lo maravillosa que era. Olvidó el pasado y decidió partir de cero dándoles todo su cariño. Y como era de esperar, Kevin, al conocer a sus pequeños hermanos, los malcrió y desde el minuto uno se adoraron.

Lorena y Tina, cuando supieron que Rebeca estaba embarazada, saltaron de alegría. El que aquellos dos estuvieran de nuevo juntos y un bebé de ambos fuera a venir al mundo, era la mejor de las noticias. Carla y Samuel, junto a sus hijos, disfrutaban de la felicidad de todos. Atrás habían quedado los problemas, y tenían por delante un bonito futuro.

Donna, días antes del parto de Rebeca, regresó a España junto a Miguel y María. Ángela se volvió loca, rodeada de todos aquellos muchachos a los que quería. En un principio, Donna estaba reticente con el tema de su padre, pero al ver que sus hermanos lo habían perdonado, no lo dudó. Decidió darle una oportunidad y éste no la defraudó.

Kevin se recuperó a pasos agigantados y volvió a ser un espíritu libre, sorprendiéndolos a todos saliendo un par de veces a cenar con Belén, la secretaria de Rebeca. ¿Habría algo entre ellos?

Pizza estaba hecha toda una madraza con sus cinco cachorros. En un principio Rebeca, ante la llegada del bebé, pensó en regalarlos. Pero tras decidir que Kevin viviría en su casa y ella se trasladaría a vivir a un nuevo hogar con Paul, optó por quedarse con todos, excepto con dos, que se quedarían con Kevin.

Dos días después de la llegada de Donna, Rebeca se puso de parto y tuvo un niño precioso al que pusieron el nombre de Víctor. Tres meses después, Paul y Rebeca contrajeron matrimonio en una celebración íntima, emotiva y sin ninguno de los paparazzi que siempre les rondaban.

Rita e Iván respiraron con alivio al saber que sus amigos por fin eran felices. Aquel era un comienzo que les daría un nuevo sentido a sus vidas´, y estaban seguros de que lo iban a aprovechar. Todos juntos y unidos disfrutaron de una boda entrañable. Porque cuando Rebeca y Paul se dijeron el «sí quiero» mirándose a los ojos, lo dijeron con verdadero amor.